泥光

NI GUANG

王公学 著

九州出版社
JIUZHOUPRESS

图书在版编目（CIP）数据

泥光 / 王公学著. -- 北京 : 九州出版社，2024. 7. --
ISBN 978-7-5225-3296-7

Ⅰ. I247.5

中国国家版本馆 CIP 数据核字第 2024RZ4120 号

泥　光

作　　者	王公学　著	
责任编辑	郝军启	
出版发行	九州出版社	
地　　址	北京市西城区阜外大街甲 35 号 （100037）	
发行电话	(010)68992190/3/5/6	
网　　址	www. jiuzhoupress. com	
印　　刷	鑫艺佳利（天津）印刷有限公司	
开　　本	635 毫米 ×965 毫米　16 开	
印　　张	16.25	
字　　数	215 千字	
版　　次	2024 年 11 月第 1 版	
印　　次	2024 年 11 月第 1 次印刷	
书　　号	ISBN 978-7-5225-3296-7	
定　　价	58.00 元	

书写现代化征程中城乡教育的中国故事（序）

李一鸣

在人类社会漫长的历史进程中，教育始终如同明灯，照亮人类前行的道路，也照亮人的心灵。人类文明赖此传承，精神力量由此获得，民族国家依此强盛。

党的二十届三中全会提出，"教育、科技、人才是中国式现代化的基础性、战略性支撑"，将教育、科技、人才工作摆在更加突出的位置。全会提出，深入实施科教兴国战略、人才强国战略、创新驱动发展战略，这对于以中国式现代化全面推进强国建设、民族复兴伟业，具有重大现实意义和深远历史意义。

科技、人才、教育三者有着必然的逻辑关系，科技创新离不开人才，人才培养根本靠教育。作为党之大计、国之大计，教育的地位和作用随着现代化国家目标的推进更加凸显出其特殊重要性。而基础教育作为提高民族素质的奠基工程，是国民教育的基石，承载着现代化建设后继有人的使命、肩负着推进民族复兴伟业的未来。

在这宏大的历史视域和时代背景下，长篇小说《泥光》为我们提供了一幅波澜壮阔的现代化进程中乡村教育的画卷，刻画和塑造了一批献身乡村教育的教育工作者群像，深情观照他们的生活、命运、情感，表达他们的心愿、心情、心声，展现了城乡融合阶段社会生活复杂丰富关系中当代教育人的责任与担当、艰辛与磨折、探索与奋斗，奏响了时代之声，抒发了教育强音，是一部难得的为时而著为事而作的长篇佳制。

这部长篇小说触及乡村教育发展的许多重大问题。如城乡教育一体化问题，如何优化资源配置，建立健全城乡学校交流机制，实现城乡学校间的教育资源共享；教育经费投入问题，政府部门如何加大教育经费支持力度，向农村学校倾斜投入，如何争取社会力量支持，用于改善农村教育硬件设施，提高农村学校的办学条件；乡村学校师资队伍建设问题，如何吸引更多的优秀教师到农村学校任教，建立科学的教师评价体系，提高农村教师的待遇和发展空间，提升他们的专业素质和教育教学水平；农村学校教学改革问题，如何科学设置学科，进行教学内容、教学方式改革，拓展学生的学习能力和发展潜力，培养学生的综合素质；教育合力问题，学校教育、家庭教育与社会教育如何相互配合，教育主管部门如何激励学校发展，企事业单位如何支持教育事业进步，等等。这部小说以强烈的社会责任感和深切的忧患意识，揭示了事关乡村教育改革发展的大问题。当然，对于这些问题，小说是用艺术形象呈现的，是"莎士比亚化"的表现，而非"席勒化"的说教。如小说通过主人公的心理描写，描绘了当下乡村教育中普遍存在的弊端："老师们教学以外的社会性事务太多，除了正常教学之外，上级安排的其他工作一项接着一项，让人无言以对且没有理由做不好，各种检查、各式报表、各方平台将教学时间挤占得支离破碎，万般无奈中都要给这些工作让路，教学似乎成了教师的副业。"此可谓针砭时弊，力透纸背，令人沉思。

这部小说塑造了鲜明的人物形象，让人看到了一位乡村校长的成长历程和生存状态。陶行知先生说过："校长是一个学校的灵魂。"要有一所好学校，首先要有一个好校长。小说刻画了一个身处困境却无所畏惧毅然前行的硬汉子校长形象。主人公薛无境有着先进的教育理念，在弥水街道学区任教科室主任，他首先关注班级管理，积极推行小组化班级管理模式，在竞争与合作中营造出积极向上的班级学习氛围。他推动课堂教学改革，在遵循学科教学规律的前提下，提倡大单元教学，打造学生们喜欢的高效课堂。在陈湾小学，他确定了"让每一名学生都享有出彩的机会，努力打造成农村小学教育高地"的办学愿景。在班级管理上，推行"小组化班级管理"模式，各班以小组为单位，小组成员之间互帮互助，小组之间互相竞争，班级秩序逐渐好转。在课堂教学中，以语文教学改进为突破口，紧紧围绕《语文新课程标准》推行"大单元"语文教学，将单元中每一篇课文中的识字、内容阅读、主题思想、段落结构四大元素为一个模块整体推进，同时，突出重点内容分析和写作指导，让传统的语文课堂变得更加灵活高效。短短一学期，学校的教学成绩跃居学区第一名，成为区域内的名校，东郡市教育的标杆。"招生片区外的很多家长通过各种关系想方设法把孩子送进来"。然而，在秋季开学前，他被调任桃源学校校长，面对一所学生流失严重、师资紧缺、管理混乱的乡村薄弱学校，他团结带领全校师生砥砺奋进，开拓创新，着力从学校制度建设、教师关爱和专业发展、学生素养提升、课程建设和课堂改进、家校社协同育人等方面不断完善现代学校治理体系，提升教育教学水平，推动乡村学校高质量均衡发展，最终将学校创建成乡村名校。生于斯，长于斯，业于斯，乡村是他究其一生难以释怀的情结，从普通教师、班主任到学校中层、副校长，最后成为一名校长，一路走来，其成长历程平凡又漫长，充满了无奈与艰辛，但他自立自强，凭借骨子里不折不挠的韧性和始终追求进步的毅力，一步步脱颖而出，成长为教师群体中一名佼佼者。一个成功者背后总离不开父母的谆谆教诲、领导同事的鼓励提携，更离不开自己的辛勤付出，正如文中所说"应该感谢自己，是自己勤奋努力和无私付出赢得了的认可和尊重，换来人生发展历程中一次次难得的机遇"。凭着根植于内心深处的教育情怀，薛无境身先士卒，垂范躬行，在校园中、在教室里、在操场上、在餐厅的饭桌旁和师生们一起研究乡村教育发展的规律，探索推进改革发展的新路径。他不囿于传统思想的束缚，敢想敢为，竭力摆脱人情世故的困扰，始终将立德树人的主责主业牢牢扛在肩上，开辟了一条乡村教育振兴的阳光大道。在这部小说的故事展开中，我们也看到了一所乡村学校的发展蜕变和蓬勃力量，随着人口向城市转移，乡村学校生源不断减少，大批民办教师陆续到龄退出历史舞台，乡村教育面临优质均衡发展的严峻考验。面对重重困难，人才是改变现状的核心因素，薛无境和他的同事们不等不靠，迎难而上，在转变思想中挑战教育发展的新赛道，用制度管人，用人情暖心，把人的积极性和创造力充分调动起来，将学校发展引入正常轨道，用辛勤的汗水和无穷的智慧创造了乡村薄弱学校凤凰涅槃的新奇迹。在桃源学校，这所充满阳光充满温暖的大家庭里，我们感受最深切、最动容、最无以言表的是值得托付的担当和向上生长的力量。写小说就是写人物。可以说，薛无境这个人物，是一个新时代乡村教育的改革者、开拓者形象，就如新时期文学之初蒋子龙在《乔厂长上任记》中塑造的乔光朴一样，薛无境无疑进入了新时代文学的人物画廊。

　　这部小说展现了新时代乡村教育的光明前景。桃源，何尝不是象征？

　　在充满爱与被爱的育人场景中，没有尔虞我诈你死我活的激烈矛盾冲突，也缺少曲曲折折的故事情节，而是日复一日平凡平淡的教学生活。"心宽无处不桃源，何处不是水云间"，"静待花开终有时，守得云开见月明"。岁月在校园的铃声中敲打出曼妙的音符，唤醒了乡村的校园，也预示着新时代现代化强国建设中的乡村教育美好的明天！

　　是为序！

2024 年 11 月

一

初秋，燥热的空气从夜色中走来，透着一股清爽的凉意，此时的夜，犹如一条慢慢扯紧的皮筋开始变得越来越长。待到东方泛出一点点白，大地才极不情愿地睁开一双半睐不睁的睡眼，从梦中苏醒过来。窗外，灰白色的晨光中混合着一点看不透的朦胧，让人觉得模模糊糊，却又清清楚楚。

县城的楼房拥挤着，密密麻麻地排布在河两岸，将如同一轮偃月的阳水紧紧抱在怀里。楼层间渐次亮起几盏灯，闪闪烁烁，城市在沉睡一夜后眨着眼睛开始寻找光明。小区里很静，静得听不到一丝杂音，偶尔几个早起晨练的人，三三两两沿着楼后小路往北边河道走去。或许是脚步声惊扰了正在草丛中熟睡的秋虫，绿化带里开始传出一点窸窸窣窣的响声。这些小虫儿抬头望一眼还在夜空中逍遥的月儿，在半梦半醒中伸着懒腰，打着哈欠，渐渐变得清醒起来，灌木丛围成的绿地里多了一些欢腾。起初一点儿，接着一阵儿，然后一片儿，"吱——吱吱——吱吱吱——"，它们吮吸着草尖上的露珠，大吆小喝着轮番上阵，在秋的气韵里唱响了属于昆虫的乐章。

薛无境躺在床上，睡，睡不浓，辗转反侧，总感觉有一桩放不下的事情压在他的心坎上，如同决定人生命运的宣判即将发布，沉甸甸的，不知道何去何从。醒，又睁不开眼，迷迷糊糊，仿佛有一只飞来飞去的蚊虫在他耳边不停地"嗡嗡"作响，搅扰得神经一翘一翘地时紧时松，难以平静。

或是一种让人兴奋、值得庆幸的期待；抑或一种让人不可预知、难以确定的迷茫，这些无名状的感觉不知道来自哪里，总在薛无境的脑海里蹿来蹿去，难以捕捉它的踪影。他就像睡在树林中的吊床上，无依无靠地悬在空中，心里兴奋一阵，又失望一阵，没有一点睡意。他索性骨碌一下坐起来，揉了揉眼睛定定神，便轻手轻脚走出房门，顺着小区外的海岱路向城市中心的小河走去。

鳞次栉比的楼房一栋攀比着一栋，不断刷新着城市的高度，东郡人独具慧眼，将这条穿城而过的阳水打造成小城的会客厅，供人游玩娱乐。北魏郦道元《水经注》曰："余生长于东齐，极游其下，于中阔绝，乃积绵载。"文中所提即为阳水。据记载，郦道元的父亲郦范曾在小城做官，幼时的他经常到河里玩耍，伴随着美好的童年记忆，阳水也留在了这部地理专著中。往来古今，人事代谢，河水日复一日永无休止地冲刷着，河床越来越宽也越来越深，成为小城一道抹不去的印迹。经济大潮中，东郡人没有忘记历史，更没有忘记他们生命的支点在哪里。十几年前，一位新来的市委书记看中这片宝地，对阳水进行大规模整治。短短几年，水清岸绿，花团锦簇，阳水像极了一位待嫁出阁的新娘，端庄秀气，楚楚可人。河两岸用柏油铺成绿道，路边安装了各式各样的景观灯，来河边游玩的人越来越多。沿着岸上的小路走走逛逛，累了便停下来，到河边或水上的亭台上休憩一下。即使夜晚，河边散步的人也成群结队，川流不息。小河让快节奏的城市放慢脚步，找回了古城的烟火味道，让原本少有人去的城市洼地变成了这座小城的精神高地。

暑假里，学校里事情少，不用天天去。薛无境一早一晚都到河边走走，毕竟身体才真正属于自己，健康最重要。天刚亮，河边绿道上很多中老年人已经悠闲地走着，他们说说笑笑，享受着夏日里难得的清凉。他从南岸下来，沿着河流往下游走去。往上游是城区，钢筋混凝土浇筑的城市在这个暑气尚未消去的初秋依然热气蒸腾，让人觉得烦躁不已；往下游则是村庄绿野，两岸旺长着的玉米大豆吸尽空气中的热能，一身碧绿，看着给人一种凉爽舒服的感觉。

对于这条河，薛无境并不陌生，甚至有一点从骨子里生发出来的喜欢。他每天骑着自行车沿河边去学校，八里路程十几分钟就到了。

一路走来，既锻炼身体，又能欣赏一路沿河的风景，想想在城市郊外小学任校长是多么幸福的事情呀！要说喜欢，与他的初中同学李欣有关。阳水治理是东郡市委、市政府一项市政工程，更是民心工程，为此市政府设立阳水管护中心，成立专门队伍管理这条河流，李欣恰好被任命为中心主任。她知道薛无境喜欢研究当地历史文化并且写得一手好文章，便请他帮忙挖掘整理阳水文化，让他有深入了解阳水的机会。每到节假日，薛无境不像那些悠闲的人聚在一起吃吃喝喝，而是一个人或徒步，或骑着自行车沿着河流行走。从西南山区的黄泉源头到下游的弥水入河口，阳水大大小小的支流以及流域内的每一个村庄、每一口老井，他翻山越岭都走遍了，甚至当年郦道元没有搞清楚的阳水源头，在《阳水探源》一文中也他被厘清了，并且得到东郡文史界一致认可。在李欣主持下，短短几年，阳水创建成省级湿地公园和国家级水利风景区，她从心里非常感激这位老同学在关键时候帮着撰写文稿。每当需要文字上帮助，薛无境总是愉快接受，即使熬夜到凌晨也要按时完成交办的任务，为此，李欣没少往市教体局跑，在局长面前极力推荐这位有能力又实干的同学。

薛无境沿着河南岸，快步往下游走着。他想让运动强度更大一点，出汗更多一些，减轻一下身上的赘肉。河岸柳树下，一些早起的垂钓者已经抛出第一杆，坐在柳树下目不转睛盯着水中的浮标，生怕咬钩的鱼儿来不及提竿溜走，殊不知鱼儿的自由与死亡在发力的一瞬间，便前路生死两茫茫。在鱼儿看来生死是多么可怕的事情，当它恐惧般摇摆着身子竭力挣脱鱼钩的时候，岸上的人却喜笑颜开。薛无境脸上开始渗出汗珠，时不时掏出手绢擦一下。额头的汗水落在眼镜上，变得模糊不清，于是，他干脆摘下来放到裤兜里，旁若无人般行走在自己的路径里。他无暇顾及身边的路人，只管低着头快步往前走着。

"这不是薛校长吗？这么早就出来锻炼了。"薛无境停下脚步，走近了才看清楚，原来是同事于晴。她住在河边小区，因为陪丈夫治病，暑期前一个多月请假离校，想不到在这里碰到了。去年，明州市评选优秀教师"妈妈"，因为她班里有个孤儿小女孩，懂事乖巧，学习又好，还担任班干部，就被推荐为市级新时代好少年，并且入围 CCTV 最美孝心少年。她作为班主任，一直对小女孩关心帮助，被列为"优秀教师妈妈"人选。当时上报推荐材料，她正在南方旅游，薛无境找人帮她写总结材料，递交到市教体局，想不到竟然幸运入选。事后，她很感激这位秉持公心、成人之美的校长，每次见面说话总是客客气气。

"是呀，清晨大好时光，出来呼吸新鲜空气，顺便锻炼一下身体，免得赖在床上养一身肉膘子。"他说着，从裤兜里掏出眼镜架在了鼻梁上。

"薛校长，老师们私下里传说你要高升。秋季新学期眼看快开学了，你要调到哪里去呢？大家还等着给你庆贺呢。"于晴脸上堆着笑。

薛无境一愣，心想：这消息是从哪里来？他只是无意将想法传给了局长。到底能不能调动，调到哪里去，他自己也不清楚。

"哪里有的事？大家在一起挺好的，我舍不得离开同事们。再说，我们学校每次考试都是学区第一名，教风和学风严谨浓厚，家长满意度 100%，我做校长多省心呀，哪里都不想去。"薛无境半开玩笑半认真地说。

"我们这个农村小学对你来说大材小用，你应该有更大的舞台，更广阔的发展空间，才能更好施展你的才华。"她脸上不苟一丝微笑，显出从未有过的认真，"我们也不愿意你调走，跟着你干，大家都挺省心，只要管理好班级，认真上课就行，其他与教学无关、乱七八糟的事情不用我们操心，你都能给教师们顶住。"

薛无境苦笑一声，心想：的确，现实让人感觉很无奈。老师们教学以外的社会性事务太多，除了正常教学之外，上级安排的其他工作一项接着一项，让人无言以对且没有理由做不好，否则就要被领导约谈。各种检查、各式报表、各方平台将教学时间挤占得支离破碎，万般无奈中都要给这些工作让路，教学似乎成了教师的副业。

五年前，薛无境在弥水街道学区任教科室主任。这一年恰逢校长换届，他有幸从13名竞争者中以第一名的成绩竞聘上岗。平时，学区安排工作的领导都是老同事，也算比较照顾，有些可干可不干的工作他就放在一边，有更多时间抓好学校内部管理。他首先关注班级管理，积极推行小组化班级管理模式，在竞争与合作中营造出积极向上的班级学习氛围。其次，他推动课堂教学改变，在遵循学科教学规律的前提下，提倡大单元教学，打造学生们喜欢的高效课堂。短短一学期，学校的教学成绩跃居学区第一名，并走在了全市前列。

一时间，陈湾小学成了区域内的名校，招生片区外的很多家长通过各种关系想方设法把孩子送进来，这让薛无境感受到了无比的荣耀。记得他刚来时，面对全体教师提出了"让每一名学生都享有出彩的机会，努力打造成农村小学教育高地"的办学愿景。现在看来，他的愿望实现了。一路耕耘，一路收获，走过五年，学校获得东郡市级以上奖牌近二十块，在校学生数比他刚来时翻了一番，学位达到了饱和状态，作为农村小学已经成为东郡市教育的标杆。

"我几斤几两，有多大本事自己最清楚，还能发展到哪里去？学校幸亏有你们这些爱岗敬业的教师，把学校当作自己的家，把学生看作自己的孩子，学校才有今天的知名度和影响力，你们才是学校最大的功臣。"薛无境一边说，一边望着河中一朵一朵绽放的荷花。

"薛校长，你别那么低调，能力大小老师们最清楚。现在，家长的心一直都悬着，我听接孩子的家长聚在校门口经常议论：校长这么认真负责，管理得井井有条，学校办得有成绩又有名气，肯定不会在这个农村小学校永远干下去。"于晴的语气似乎更多了些肯定。

薛无境还想说点什么，握着的手机响了。于晴见状，识趣地说了声"再见"，就远远走开了。

一个陌生又似曾相识的固定电话，薛无境赶紧接通电话，那边问："是薛校长吗？我是市教体局组织人事科。"

"是的，有什么事情安排吗？"薛无境立刻变得紧张起来，一脸严肃的样子。

"请你八点半准时到市教体局二楼会议室开会，不能顶替。"还没等薛无境反应过来，对方就挂断了电话。

薛无境意识到，该来的终于盼来了。不管是喜是忧，事情总算有了眉目，他忐忑中带着一点欣喜，渴望中带着一点忧郁。他看一眼手机，尽管离开会时间还早，然而他的心仿佛早已飞到会场，继续往前走的意愿顿时消失殆尽。他转过身，急匆匆往家赶去。

二

东郡市中小学校长一百多人，局里没有大会场，全市校长会要安排到附近的学校礼堂。一早通知他来局里开会，薛无境猜到肯定不是一般工作会议。当他走进教体局小会议室时，尽管没到开会时间，里面却已经坐满了人。

他低着头找了个不太显眼的位置，坐稳后才抬头环顾了一下四周。市直学校校长和学区主任坐在前排，后排坐着十几位中小学校长，其中有几位陌生面孔。会场气氛有点严肃紧张，不像往常在领导尚未入席之前，邻座的会贴着耳朵嘀咕几句，交流着一些无关紧要的话题，犹如好久未见的老朋友总要寒暄几句，在众人面前轻松又亲近。而此时，大家一脸正经，似乎猜到什么，又含而不漏，像在等待一场疾风暴雨的降临，局促不安中又显得无可奈何。临近开会时间，分管人事的党工委副书记乔峰山拿着一份红头文件急匆匆走进来。他抬头看了一下在座的，简单客套几句，直接宣读了市教育工委和教体局党委关于校长调整的任免决定。宣读完毕，几分钟的会议就结束了，他要求调整的校长做好交接，新任校长迅速到岗开展工作。

走下楼来，有的人内心高兴，却非喜形于色；有的人近乎恼羞成怒，却也不露声色。大家知道，既然市局已经宣布，结果不可能改变，即使新的岗位没有满足内心的意愿，也只能等下一次机会。薛无境夹在人群里，匆匆来，又匆匆离开，心情却截然相反，心里有说不出的兴奋。漫长的暑假对他来说简直是一种煎熬，好在终于等来一个企盼已久的结果，一颗悬着的心总算放下了。走出教体局办公大楼，几个熟识的人向他打着招呼，微笑着向他表示祝贺。桃源学区甄伟主任主动迎上来，握着手向他表示祝贺，"薛校长，祝贺你来桃源学校工作，热烈欢迎你呀！"

"感谢甄主任，今后工作需要你多多支持呀！"薛无境赶忙伸出手，笑着说。和甄伟主任算是认识，但不十分了解，以往开会遇见只是客气着打声招呼，想到将来要在一个锅里摸勺子，有种瞬间熟悉且亲近的感觉。

"那就尽快来报到吧，下午一点半我和学区班子成员在学校门口等你，与大家举行一个见面会。同时，我通知退下来的王元安校长召集中层以上干部在学校欢迎你。"甄主任说完，松开薛无境的手，开起车驶离市教体局大院。

因为事情来得太突然，薛无境没有回家，而是开车直接去了陈湾小学，他要和副校长冯紫玉道一声别，顺便收拾一下自己的物品。假期里，学校里没有学生，显得异常安静，只有一名值班教师，随时处理平台上的通知。薛无境直接将车开进校园，停在楼前。不到五分钟，冯紫玉骑着电动车从附近的小区来到学校。

"冯校长，刚刚去市教体局参加一个会议，宣布我被调到桃源学校工作，临别之际，和你说一声。"薛无境坐在校长室，见她推门进来开口就说。

"啊，你真要调走呀！看来大家传说得没错，同事一场还没待够呢！怎么说分开就分开呢"冯校长惊讶地说。她尽力缓了缓情绪，眼神中带着一些失落。

"咱俩从初中同学到学校同事，缘分也够深的。非常感谢五年来你对我的包容和支持，以前那些不恰当的话和不顺心的事，请你多谅解。这么多年，与我一起共事受苦受累，却没有任何怨言，这份缘、这种情值得珍惜。"薛无境话语里带着一点歉意。尽管只有二十四名教师的农村小学，每个人心中都有自己的小算盘，人与人之间的关系也是复杂多样，毕竟，有人的地方各种是是非非就在所难免。冯紫玉却念及同学情谊，时时站在薛无境的角度为学校着想，处处维护他的权威，及时协调处理一些学校棘手的难题，这让他从心里感激她。

"哎呀，老同学说话何必这么客气！当校长也挺不容易，里里外外的事都要你操心处理。校长冲在前面铺好路，我们这些干活的跟在后面也省心，只管落实好你的要求就行，还是你劳神又劳力，付出最多。"她失落的表情慢慢平静下来，脸上露出一丝笑容，"尽管舍不得你走，也要祝贺你高升呀，从农村小学升到九年一贯制大学校，说不定有些事情还需要你帮忙呢。不在一起工作，可别把我们这些老同事忘了呀。"

薛无境连忙接上话说："哪能忘了呀，没有你们的理解和辛勤付出，学校也不能办得这么好，成为农村小学教育高地上一面高高飘扬的旗帜，我更不会有提拔的机会呀，真心感谢你们才对呀。"

两个人正说着，陈湾村主任老陈从楼下走上来。冯紫玉一看，急忙和薛无境说笑几句，顺便招呼一声走上来的陈主任，便下楼去了。

"兄弟呀，放假这长时间，好久不见挺想你呀！今天路过学校，刚好看见你的车停在校园里，想找你喝壶茶。"陈主任说着，一屁股坐在沙发上。

薛无境见老陈进来，从抽屉里拿出烟递过去，又走到茶几旁打开热水器。陈湾村就在学校南边，隔着一条街，村里孩子都在家门口上学，陈主任就有事没事往学校里跑，也给全校师生解决了饮用水的难题。村里有事，老陈没多少文化，就指望薛无境这支笔杆子帮忙写个发言稿，在大喇叭上吆喝几声，一来二去，学校和村里的关系变得越来越和谐。大街上的人都说老陈身上带着一点农村干部的土气和霸道，但在薛无境面前表现得很顺从，说起话来总是一副商量的口吻。

"是呀，好久没见老兄了，最近挺好吧！"薛无境边说，边掏出打火机笑着给老陈点烟，"学校是无烟的地方，一般人不允许抽烟，唯独你是例外。"

"看出咱兄弟俩最亲！"老陈吸一口烟，又吐出来，自豪地说，"村里倒是没多少事，阳水景区却让人不省心，暑假里到河边玩水的孩子很多，防溺水的压力很大，多亏你出了一个好主意，与阳水管护中心联合设立'防溺水劝导员'，景区和学校双方联手管控，来河边玩耍的孩子少很多，我这保安大队长也变得轻松了。"阳水从他村前流过，因为他对附近村里情况比较熟悉，便于管理，景区物业公司聘任他为下游河段保安大队长。

"一个小小的创意，宋市长在全市防溺水工作群里点赞，她认为这一做法打通了学校、家庭和水域管理人员防溺水工作的屏障，将景区'看住水'与学校、家长'管住人'有效地衔接起来，筑牢了同心防溺水的最后一道防线。汛期还没结束，防溺水不仅是景区，也是学校重要工作，更是党委政府的政治任务呀！"薛无境为自己一时兴起的创意能引起市长点赞而感到高兴。

"还是兄弟有智慧，点子多，要不然，我们小学也不能办得这么有声有色，很远的家长都打听我要把孩子送到陈湾小学。"老陈变客为主殷勤起来，美滋滋地端起茶壶给薛无境倒了一杯。

这几年，陈湾小学成了远近闻名的优质学校，很多家长慕名将孩子送到这里，老陈就送了不少。尽管市里要求划片招生，就近入学，因为要处理好与村里关系，薛无境也没有难为过老陈，总是想方设法地满足他。

"老陈呀，你是无事不登三宝殿，秋季开学在即，你是有事让我帮忙吧！"薛无境看着老陈，问了一句。

"兄弟呀，你真是我肚子里的蛔虫，什么都瞒不过你。我天天从学校门口经过，就想看看你在不在。最近有个很近的亲戚找到我，想把孩子送到咱们学校来。"老陈站起来，一脸的笑容。

　　"实不相瞒，我刚从市局开会回来，我已经不在陈湾小学任职，调到桃源学校去了。学生的事我已经说了不算，但是你嘱咐的事情我也一定安排好！"薛无境答应的同时，脸上划过一丝难色。他不想给继任者留下难题，但是又怎么能拒绝呢，有时候，人情比事情还要复杂多。

　　"什么？你真要调走吗？"老陈愣在那儿，不知道说什么好。"刚才，看着你在收拾东西，我感到纳闷，原来你要调走了呀！兄弟，你把茶水换了，我再喝一壶，将来离得远，找你喝茶的机会就少了。"

　　薛无境看着老陈有些失望的神情，心里感到了一股酸楚。他换了一壶茶，顺便从抽屉里拿出仅有的两盒蓝八喜，装在他的口袋里。"尽管离得远，兄弟们的情谊却是天长地久，放心吧，路过陈湾村我还来看你。桃源学校离这里也不算远，你路过时一定进去找我，可别把我这小兄弟给忘了呀！"薛无境心里也不是滋味，毕竟这几年他们交往多，也积攒了深厚的感情。

　　"兄弟，我们是一辈子的情谊，用得着我的地方你尽管说，我会在所不辞。俗话说：是金子在哪里也发光，我知道你早晚有一天会高升，祝贺你。"老陈说完，站起来紧紧握着薛无境的手，很久没有松开。

　　薛无境送老陈到楼下，一直望着走出校门口。他抬起手腕，看了一下手表，时间已接近中午，值班教师回家吃饭了。他把橱柜里的书整理好，还有自己使用的一些日常用品装到车里，驶出了校园。

　　他把车停在校门外，再次回望这栋教学楼、这座校园，现在看来是多么熟悉，将来或许会变得越来越陌生！他不敢多想。回想在这里奋斗了五年，而今要离它而去，心里有股说不出的滋味，甜甜中带着一种无法言说的酸楚。

回到老家时，母亲已经做好午饭，在等他。五年前，父亲因为肺部恶性肿瘤，在他刚上任陈湾小学校长后不久离世，剩下七十岁的母亲一个人住在老家。她离不开老家，总惦记着院子里喂养的鸡鸭猫狗，也不习惯城市楼上狭小的空间，情愿住在乡下的老宅里，宽敞也自在。左邻右舍的老人们喜欢和她聊天，有事没事总爱来串串门，张家长李家短说笑一通，不像生活在城市，满眼都是陌生的面孔，显得孤独又寂寞。

母亲早把做好的饭菜摆放在桌子上，等儿子回来。薛无境匆匆忙忙吃了几口，只是说自己调换了学校，离家更远，好在顺路能来老家多陪陪她。母亲听了，脸上露出笑容，也藏着担心，毕竟她最了解自己的孩子。

薛无境去桃源学校任职的消息传得很快，吃饭时候，薛无境接二连三收到一些朋友打来的电话，有些是经常聚在一起的知心朋友，有些则是少有往来，甚至是陌生人的电话，这让他感到很惊讶，想不到这么多人会在背后默默关注着他。

从老家出来，已经接近约定时间，薛无境直接开车去了桃源学校。对薛无境来说，桃源学校既熟悉又陌生。世纪之初，杨庄镇以胶济铁路为界一分为二被撤并，铁路以北划归了桃源镇。他当年任教的杨庄初中处在铁路北，自然就归属了桃源镇。当时桃源初中作为镇驻地中心初中，很多教育教学活动都由桃源初中牵头组织，他作为学校团委书记兼初三级部主任，来来往往要沟通很多事情，所以对这里的很多教师算是相识。更何况即将从桃源学校退下来的王志安校长是薛无境的老师，上初中时给他辅导过数学，交往算是频繁。因为经常聚在一起，也时常听他说起学校里的一些人和事。事情的发展总是以人的意志为转移，六年后乡镇再次调整，尽管杨庄初中在铁路北边，却因为在国道309以南，戏剧性地从桃源镇脱离出来又划归了弥水街道办事处。十几年过去了，不在同一个乡镇，没有教学上的业务联系，薛无境很少和桃源初中教师有来往。再后来，随着教育形势不断变化，桃源初中和桃源小学之间的那堵墙被推倒，合并成一所九年一贯制学校，并称为桃源学校，他的老师王志安成了这所学校的校长。而今，因为年龄原因，王志安即将离开校长岗位，意料之外，薛无境恰好接替了他的职务。

世间总是有那么多巧合，能让人鬼使神差地朝着某个地方行进，遇到某些人，发生一些事，或许这就是命运。薛无境自己也搞不清，十几年前，当他走进桃源学校的时候，还是一名普通教师，而今，他以校长的身份再次走进这座学校，仿佛是冥冥注定，一切又前途未卜。

三

薛无境远远地看见有些人在校门口等着，就把车停在路边，一个人走过来。甄伟主任迎上来，互相介绍一番，便前后相随往学校里走去。假期里，学校里几乎没有人，一个保安拿着蒲扇在传达室门口闲坐着，看见一群人走进来，赶紧站起来，笑嘻嘻迎上前说："甄主任，王校长他们都来了，正在接待室开会呢。"

"这是新来的薛校长，以后你要听从他的安排。"甄主任对保安半开玩笑地说。

"噢，这就是新来的校长呀，我刚刚听说了。看起来很年轻呀！"保安朝薛无境笑了笑，然后高昂起着头，"我和甄主任是五服内的兄弟。"

薛无境看了一眼保安，有种说不出的感觉，便朝他微微一笑，往楼上走去。

上午，王元安已经接到离任消息，此时正在接待室和校委会成员召开最后一次办公会。他见甄主任一行走上楼来，便很快结束会议，让大家去会议室等候。

"欢迎薛校长来桃源学校，我这老朽也该退休了。"王元安握着薛无境的手，把他们迎进接待室。"上午刚刚得到消息，听说薛校长要来任职，我从内心里感到高兴，后浪推前浪，一浪更比一浪强。相信在薛校长带领下桃源学校一定会谱写新的篇章。"

甄主任见两人很熟悉，简单把市局的调整决定重复了一遍："让薛校长和大家见个面吧，我们走之后，有些具体工作你们再慢慢交接。"

二十一名校委会成员坐在会议桌南边，好奇地注视着新来的校长。甄主任坐在北侧居中的位置，等其他人陆续坐下来，他严肃认真地说："按照市教体局党委研究决定，薛无境同志任桃源学校校长，因年龄原因，王元安校长不再担任，学区根据需要另有安排。希望大家服从市教体局党组决定，贯彻好组织意图，坚决维护好薛校长的工作，开创学校更加美好的未来。秋季开学马上就要到了，请各位同志，按照薛校长安排迅速开展工作，确保新学期顺利、平稳开学。"稍做停顿后，他转过脸朝着王元安笑了笑，"临别之际，请你也说两句吧。"

王元安没有推辞，深有感触地说："感谢这几年大家对我工作的支持和帮助，也希望我们的同事情谊能够长久，尽管不在一起了，也要经常聚一聚。同时，我要祝贺薛校长，年轻有为，前途无量，是一名专家型校长，他从一线教师中一步一步成长起来，并在多个领导岗位上接受过锻炼，是校长队伍中少有的教育硕士研究生。有些同志可能认识他，有些同志还不是很熟，他是我们东郡市的'才子'校长，是校长队伍中唯一的省作协会员，已经出版了多部著作，也是我市有名的文化学者，在我们东郡市具有一定的影响力。"王元安对这名学生能有如此发展成绩，内心里感到由衷高兴。尽管他还没有感受到从校长退下后产生的落差，但是话语里听不出任何留恋，相反多了一份无比的欣喜和抚慰，毕竟接替校长的人是他学生。

"希望大家像支持我一样支持新任的薛校长，精诚团结，无私奉献，少一点抱怨，多一点积极的心态，遇到困难想办法，一切行动听指挥，将桃源学校打造成东郡市一流的学校。最后，祝愿大家一切顺心如意，也祝愿桃源学校的明天越来越好。"王元安校长说到最后，变得慷慨激昂起来，但也免不了流露出一名谢幕者伤心失落的情绪。

王元安说完，站起来向大家鞠了一躬，会场上响起热烈的掌声。不知是对离任者的挽留，还是对新任者的欢迎，掌声里有一种别样的味道，每个人都在想着自己的心事，毕竟新的机遇和挑战摆在了他们面前。王元安向薛无境依次介绍了校委会每一名成员的情况，他笑着一一点头回应。

轮到薛无境讲话，他望着大家只是客气地说了几句感谢、希望的话，他知道，今天的主角尽管是他，却不能多说，免得触动某些人敏感的神经。他只是一遍又一遍环视着周围的每一张脸，希望尽快把他们记在脑海里，免得见了面辨别不清出现尴尬。

新任校长的兴奋就像一剂强心针，刺激着薛无境的身体处于亢奋状态。第二天，天刚蒙蒙亮，薛无境早早起来开车往学校去，他要在开学之前尽快熟悉学校情况，为即将到来的新学期做好一切准备。一路上，他的右脚一直踩在油门上，停留的时间比以往多了些。原先在城郊，八里路程一踩油门就到了，而现在去了东郡市东北乡，要走三十多里路。

校长室是用三间大教室隔开的，西侧一间是校长办公室人员工作场所，有两个年轻人在里面办公。东侧两间用作校长室兼接待室，里面摆放着几组沙发和茶几，西南角靠近窗台放了一张校长办公桌，背后是一组书橱。室内最显眼的要算东墙上装裱精美的一幅书法作品《求真务实 开拓创新》。

薛无境从校长办公室门前经过时，屋里的人都站起来，像是迎接远道而来的客人。他打开校长室的门，一股清凉的感觉迎着面颊扑了上来，室内的空调早已经打开，显示着室温二十六摄氏度。地面瓷砖拖得干干净净，能映出窗外的法桐树。热水器里的水烧开了，只等着泡茶喝。一种从未有过的优越感和获得感，让薛无境感受到这次调整带来的新变化。

"薛校长，这是昨天晚上平台上刚下发的通知，需要你签发一下。"薛无境刚坐下，办公室主任赵丽娟拿着打印好的通知，站在了他旁边。面对这位成熟稳重又穿着时尚的办公室主任，薛无境脑海里多少有点印记，思绪瞬间就回到了十几年前。

大学毕业后，空有一腔抱负的薛无境又回到生他养他的农村，在杨庄镇初级中学当了一名语文教师。想不到自己刻苦努力一路上进，一心想要改变土里来泥里去的农村生活，最终还是没有逃出这片土地，重新回到了再也熟悉不过的地方，只是转换了角色，从一名普普通通的农民儿子成为一名教师。工作后很长一段时间，他仿佛迷失了自己，恍恍惚惚、无所适从，就像一列失去方向和动力的机车脱离了轨道，一股万念俱灰的失落与惶恐在他的脑海里死死缠绕着，让他无法安心。直到第二年，大学结识的女友来到同一所学校，他暴躁不安的心态才算慢慢平静下来。两个人结婚生下女儿，一切的美好在他面前舒展开来，放学后，抱着女儿，看着她胖嘟嘟可爱的笑脸，听着她用稚嫩的声音喊着："爸爸——爸爸——"薛无境感到了生活的幸福甜蜜。但是，每到夜深人静时，总有一种莫名的自责和无助困扰着他：三口之家寄居在学校的宿舍里，领着可怜巴巴的工资，纯粹一个"月光族"，没有厚实的经济基础，怎么能为孩子提供更好的成长条件。

那段时间，薛无境陷入了彷徨又难于抉择的困惑迷惘中，躺在床上，耳边一遍又一遍单曲循环播放着刘欢的《从头再来》，听着歌，眼睛里总是禁不住涌出泪水，"心若在，梦就在，只不过是从头再来"。为了孩子，也为了这个家庭，他想从头再来，通过继续学习重新给自己一次选择的机会，从而改变目前窘困的生活状态，摆脱命运的捉弄。于是，薛无境找到桃源镇学区副主任赵兴华主动要求调到小学，就在那时，第一次见到了赵丽娟。她身材娇小，一头秀发披在肩上，腼腆地站在赵兴华旁边，露出一副害羞的神态。后来薛无境才知道，她是赵兴华的女儿，刚参加工作在桃源初中教数学。

思绪就像一个长焦镜头，跨越了那段不堪回首的艰苦岁月又被拉回到现实。薛无境接过通知，看了一眼，顺便让赵丽娟坐在对面沙发上："赵主任，那年多亏你父亲帮忙，我顺利调到了小学。"口吻里带着一股亲切。薛无境知道，十几年前，赵兴华主任因为肺病，还没有退休就早早离世了。

"我记得，你家就在路边，院子里有棵几百年的大槐树。"薛无境岔开话题，

赵丽娟抑制住心底的悲伤，抬头微笑着说："是呀，薛校长的记忆真好，快二十年了，还记得那么清楚。"

"我怎么能忘呢！"薛无境从内心里感激她父亲，就在出殡那一天，他还特意去敬献了花圈。简单的几句话瞬间拉近了他们之间的距离，初次接触的生疏感仿佛转变成了无话不谈的好同事，这让赵丽娟有了更加亲近的感觉。

初来乍到，薛无境让赵丽娟领着在学校里转了转，先熟悉一下校园环境，然后分别去初中部和小学部教学楼内看了看，想尽早熟悉学校，快点进入角色。回到校长室，他让赵丽娟尽快提报三份材料：学校领导的分工、教师一览表和各级部班级学生花名册。薛无境要事先了解一下学校基本情况，为接下来的工作做好一切准备。

临近中午，薛无境让赵丽娟通知学校班子成员，召开校长办公会，研究确定一下开学前有关事项。不到五分钟，七名班子成员都到齐了，其中四名是市教体局聘任的：初中部校长钟理才、小学部校长韩永祺、后勤校长盛才俊、党支部副书记魏镇；另外三名是学校自己聘任的：工会主席易华强、校长助理夏梅婷及办公室主任赵丽娟。

眼前七名同志，薛无境有的以前交往过，比较熟识；有的只是一面之缘，也不至于陌生。最熟的莫过于副书记魏镇，当年薛无境任杨庄初中团支部书记时，他是桃源中心初中的团委书记，业务上

受他领导，十几年过去，薛无境反而成了他的直接领导。当魏镇一走进校长室，就热情地招呼说："非常欢迎薛校长任职桃源学校，成为我们的领航人！"

薛无境从校长座椅上站起来，走上前主动握起魏镇的手，像是多年未见的老朋友。尽管彼此间谈笑风生，他还是从魏镇的面部表情里觉察到了一丝惭愧且不自在的神情，然而，薛无境内心里却涌动着一股霸主般傲视群雄、无往不胜的自信，的确，今天他是以胜利者的名义出场，挥洒自如且激情满怀。

相比之前所在的陈湾小学，他只有一个人在单打独斗，而今，是一群人凝聚在一起，有了他们的辅助，薛无境身体上生发出一股从未有过的强大力量，让他可以走得更远，站得更高。正如非洲谚语所说："一个人可以走得更快，只有一群人才能走得更远。"

临近中午，薛无境安排好开学各项工作，他们便回到各自办公室准备了。

正式开学前两天，全体教师返校参加校本培训，为即将开始的新学期做好准备。俗话说"丑媳妇免不了见公婆"，第一天全体教师到校，薛无境决定召开全体教师见面会。会前，赵丽娟安排人已经将会场布置得井井有条。当薛无境走向会场的时候，他感到了一点拘谨，但是，多年的历练让他很快放平了心态，抬着头，挺着胸，健步走进了会场。

会议伊始，班子成员按照各自分工依次安排新学期具体工作，作为压轴，薛无境最后一个登台。

当薛无境走上主席台，近一百三十双好奇又期待的眼睛齐刷刷聚焦到他身上，瞬间让他感到了从未有过的压力。既然命运已经将他推上桃源学校的舞台，成为这个舞台上的主角，他就要担当起这个角色，将最精彩的一面奉献给台下的观众。他坐在主席台中间，鼓足勇气，镇定自若地说："不是一家人，不进一个门，这是因为有缘；进了一个门，就是一家人，这是因为有爱。有幸走进桃源学校和大家一起工作，希望各位老师能愉快接纳我，把我当成学校大家庭的一员。桃源学校里有我熟悉的老师，有我曾经的同事，有我的同学，有我的学生，有幸我又回到了你们中间。尽管我们好久不在一起，隔断了彼此的讯息，但时间会把我们拉近，成为相亲相爱的一家人。"

台下的老师抬着头，目不转睛注视着他们的新当家人，敬佩他年轻有为，不用发言稿站在台上就可以慷慨陈词，大家的心情从排斥向接纳逐渐偏移。

"凡是过往，皆为序章。今天我又回到这里，与大家一起共事，这是我的荣幸，也深感肩上责任重大，内心不安，怕辜负各级领导的重托与厚望，怕我过激的言行给老师们带来一些伤害，怕我的无知将学校引入教育教学发展的误区。好在，有在座各位老师的鼎力支持、彼此理解和包容，我们齐心协力一定会将桃源学校建设成为一所和谐、博爱、笃行、至善的阳光校园。"

不知是谁先鼓掌，瞬间，会场上响起了一片掌声。薛无境感受到老师们的热情，禁不住深鞠一躬，表达出内心对老师们的谢意。

等掌声停止，薛无境说到了学校的办学愿景、学校精神和发展路径。最后，他满怀豪情地说："教育家夏丏尊说：教育没有情感，没有爱，如同池塘没有水一样。希望每一名教师要有以校为家、爱生如子的教育情怀，求真务实、开拓创新的工作作风，追求卓越、争创一流的教育信念，推动桃源学校各项工作再上新台阶、实现新跨越。我坚信：行而不辍，未来可期。"

掌声再一次响起，仿佛一道道希望的亮光划亮了整个会场，在老师们的心海里激荡。如同春风荡漾着的麦田迎来了一场透彻心扉的甘霖，充满了盎然的绿色生机，一垄接着一垄开始返青、拔节、抽穗，直至出现一片片金色的麦浪。

四

薛无境从陈湾小学调走的消息不胫而走，私下里说什么的都有。

有的人感到不可思议，守着一座社会公认的优质学校，占据靠近城区优越的地理位置，教学成绩突出、群众满意度高，很多校长想来都来不了，他却调走了；也有人觉得在情理之中，校长年轻有发展潜力，学校办得有声有色，不提拔这样的校长提拔谁呢，那岂不是老天爷瞎了眼？不管怎样，有人高兴，有人失望，而大多数学生家长知道后感到很遗憾。曾经多么熟悉的身影，每一个清晨、每一个黄昏，他总是站在校门口迎送着他们的孩子，而今他调走了，谁会来接替？换了新校长后，孩子的管理是不是还像老校长那么尽职尽责？太多的困惑围绕着他们，让家长在失落中对未来新校长多了一份期待。

与老师们相处五年，结下了深厚友谊，离开总是恋恋不舍。想到这里，薛无境联系好陈湾小学新校长周大新，听说老师们都在学校忙着开学前的准备工作，于是，他放下手头上的工作，开车径直赶了过去。

薛无境走进陈湾小学校门，瞬间感觉自己已经由主人变成了客人，身份的改变让心态也随之发生变化，不再那么理直气壮，而是客气地说说笑笑。五年的时光转瞬即逝，曾经刚上任时的豪情满怀已经留在了记忆长河中。望着门厅两侧悬挂着的一块块奖牌，薛无境意识到，对于这座学校他只是其中的一名过客，来也匆匆，去也匆匆，在时空的隧道里到底能留下什么，时常被人提及？还是早已被人遗忘？他自己也弄不清楚。

"时间能检验一切，还是交给人们去评说吧。"薛无境自言自语地叹了一声。但是，这种莫名的失落感在他走上楼梯的时候，很快就被莫名而来的一种自豪感代替，今天，他是以成功者的角色再次回到这个舞台上。

在校长室，薛无境和周大新简单做了一下工作上的交接，顺便把陈主任送学生的事和周大新说了说，他满口答应了。等老师们集合完毕，他俩一块往会议室走去。还是那个会议室，刚好能容纳全校二十四名教师，此时的气氛明显比往常融洽很多，老师们脸上大多露着笑，友好的表情里带着一点祝贺的喜悦。

薛无境清晰地记得，五年前走马上任的第一次见面会也是在这个地方。那时是一间简陋的美术教室，没有会议桌椅，只有学生用的课桌凳。大家早猜到他可能会从学区来陈湾小学任校长，见面会上没有表现出任何的惊讶和意外，而是一种顺理成章的接纳。老师们围坐在一起，听他讲学校的规划与未来。当时，老师们对薛无境算是熟悉，因为他在街道学区任职，经常到学校检查指导工作，面孔上比较熟悉。更何况，校长竞聘结果已经公示了五天，薛无境从十三名竞聘者中脱颖而出且位列第一名，如果让他选择也会来陈湾小学，毕竟这所学校在 20 世纪 70 年代末曾经有过最为辉煌的一页。

薛无境到陈湾小学报到后，做的第一件事是改造办公室和会议室，将原来老师们挤在一起的大办公室间隔成两个小办公室，防止了老师们过于集中，互相影响，使得办公秩序彻底好转。同时，将分散的教务处和总务处集中到同一间办公室，设立校务办公室，便于集中商讨解决学校存在的问题，提高办公效率。在班级管理上，推行了"小组化班级管理"模式，各班以小组为单位，小组成员之间互帮互助，小组之间互相竞争，班级秩序逐渐好转。一系列管理变革让陈湾小学很快形成了良好的管理秩序和教学风气。

课堂教学中，以语文教学改进为突破口，紧紧围绕《语文新课程标准》推行"大单元"语文教学，将单元中每一篇课文中的识字、内容阅读、主题思想、段落结构四大元素为一个模块整体推进，同时，突出重点内容分析和写作指导，让传统的语文课堂变得更加灵活高效。

然而，老师们习惯了传统的教学方式，想要做出一点改变也需要一个漫长的过程。时间拖不起呀！想到这里，薛无境决定身先士卒，要为老师们上一节示范课。那次示范课，全校语文教师都自觉地来了，有的坐在教室后面，几个来晚的老教师坐在课桌间的过道里，都想见识一下新校长所倡导的语文课堂是什么样子。上课铃声响了，薛无境神情自若地站在讲台上，是想让老师们见识一下他不是无所事事，只知道坐在办公室里喝闲茶的平庸之辈，而是来学校干事的。

语文课在"捉迷藏"游戏中开始，在制作好的课件中出示了本单元的重点词语，薛无境指着屏幕中的字词说："这些词语藏在课文中，请同学们迅速在课文中找一找，并用笔标注出来，谁先找全请举手。"

学生们来了兴趣，一边读课文，一边认真寻找着这些重点词语，很快就找出来了。

"这些词语长得什么样？请同学们认真看一看、写一写。"薛无境看同学们很快进入学习状态，一副认真投入的样子，又激励说，"写完后，同学们看屏幕，我让同学们开始找'朋友'，比一比哪个同学认识得多。"

学生这下可来了劲头，仔细端详着每一个词语，有的用手在面前比画着字的形状，有的用笔在本子上写着。很快，学生们就把词语记在心里了。薛无境在让学生找"朋友"的同时，讲解每一个词语的结构与意义。

学生们小脑袋真聪明，不一会儿，词语就记住了，学以致用是关键。薛无境让学生用词造句，比一比哪个小组词语用得恰当，每个小组推荐同学说一说。对那些词语运用恰当的同学，他用红笔画一朵小红花标注一下。擂台赛结束，优胜的小组孩子们露出灿烂的笑容；表现差一点的，则垂头丧气一脸不高兴。薛无境一边表扬，一边鼓励，一节课很快就结束了。那些听课的老师仿佛让薛无境带入了学习场景，也被激发出无限的学习欲望，意犹未尽中一节课结束了，大家不禁为校长的教学技能啧啧称赞。

评课阶段，薛无境结合自己所讲的这节课，从四个方面与听课教师分享了自己的教学理念。第一，要把课堂还给学生，让学生真正成为课堂的主人；第二，要调动学生学习的积极情绪，不断激发孩子们的学习热情；第三，俗话说，教给学生一碗水，老师需要有一桶水，要钻研业务，不断丰富自己的知识储备，在驾驭课堂的时候才能做到游刃有余、挥洒自如；第四，课堂是学生接受知识的主阵地，因此要让学生在课堂上掌握本节课所学内容，做到堂堂清，减轻学生的课外负担。参加评课的每一名教师边听边记，陷入了沉思，或许，他们在比较中开始反思自己的课堂教学。

在薛无境带动下，陈湾小学的课堂活跃起来，校园里又响起了琅琅的读书声。五年来，陈湾小学在学区组织的历次统一考试中始终保持第一名，家长们乐在脸上，喜在心里。突出的教学质量成了这座学校的金字招牌，薛无境深知，这里面凝聚着每一名教师辛勤付出、潜心育人的艰辛，是大家的共同努力才成就了现在的陈湾小学。

"你陪我一程，我念你一世。"在即将离别时，薛无境心里充满了道不尽的感谢。不管是丽日晴空，还是风雨交加，他和老师们一直坚守在平凡的岗位上砥砺奋进，创新发展，赢得的奖牌挂满了门厅前的墙壁，学校成为东郡市农村小学教育高地上一面高高飘扬的旗帜。一个个难忘的镜头，一幕幕温暖的场景，都在这一刻化作了人生旅程中一段不可磨灭的永恒，充盈了生命的时空，定格在陈湾小学的每一处角角落落。

临别之际，他有很多话要倾诉，但在此时此刻，唯有感谢与祝愿是绕不开的主题。薛无境心里默念着：作为校长，要感恩这些默默无闻的同事们！如果没有他们一起努力，一起拼搏，怎么会有自己提拔重用的高光时刻。曾经一起共事的老师们，在他看来是最大的贵人。

五

九月一日，新学期开学第一天，桃源学校的南门和东门变得拥挤热闹起来。尽管已是初秋，但是倔强的暑气却不甘败下阵来，使出浑身解数在地面上一个劲地翻滚着，一浪掀起一浪，吹得人身上热乎乎的，使得汗水不停从面颊上渗透出来，顺着颌下"嘀嗒——嘀嗒——"落下来。

大部分学生乘坐校车从西门进了学校。南门口，几个来晚的初中生背着书包拖拖拉拉才走进校门。而东门外的公路上却挤满了小学部家长接送的车辆。自行车、电动车和汽车，有些横七竖八地停在路边，有些在路上缓慢行驶，挤满了校门外十几米宽的公路。到处是行走的人，混杂着来来往往的车辆，就像乡村大街上的集市，显得杂乱无序、拥挤不堪。

薛无境在西门迎接完第一拨坐校车的学生，来到东门查看情况。此时，韩永祺领着小学部三名值班教师和两名保安正在校门口维持秩序。安全隔离带内，入校的学生在老师组织下自觉排成一队，迈着整齐的步伐有序进入校园。而公路上各种车辆却挤作一团，薛无境见状，便来到公路中间疏导车辆，同时看护学生安全通过公路。他在路中间来回穿梭着，指挥车辆有秩序缓慢通行，嘴里时不时吆喝着学生过公路时小心车辆。汗水浸透了蓝色的短袖上衣，薛无境却浑然不觉，只是想尽快疏散车辆，恢复公路的正常秩序，毕竟校门往北还有很多镇直部门在里面，怕妨碍了车辆正常通行。

正当薛无境忙着疏导交通时，口袋里的手机响了，是老家邻居打来的大："你快来家看看吧，你母亲躺在沙发上晕得不行了。"那边传来急促紧张的声音。

薛无境一听，就猜到母亲头晕老毛病又犯了，如果不及时就医，就容易造成血管堵塞形成血栓，后果会更加严重。想到这里，他快步走到韩永祺身边嘱咐几句，开上车就往老家驶去。

母亲贪恋老家的宅院和两亩多田地，有事没事总爱去地里干点农活。或许是年轻时劳累过度，又加上偏于肥胖的缘故，几年前母亲就出现了血流不畅的毛病，厉害时候头晕目眩，呕吐不止，直至瘫在地上不能动弹，为此，薛无境每年都会给母亲打疗程，缓解一下症状。挂心母亲的身体，也想让母亲幸福快乐一点，不管事多事少，薛无境每周都要抽些时间回老家陪母亲吃顿饭，说说话，毕竟人老了，最放心不下她的孩子。

薛无境回到家的时候，母亲躺在地上，身边已经围满了人。他急忙把母亲扶上车径直开到了市区的仁和医院。他一边忙着和母亲做检查，一边打电话让姐姐来照看母亲，毕竟是开学第一天，学校里离不开他，还有很多事在等着处理。正当他忙着送母亲去 CT 室时，学校分管安全的夏梅婷打来了电话："薛校长，派出所宋所长来校长室坐着不走，嫌我们学校管理不到位，校门口存在很大安全隐患。"

薛无境皱了一下眉头，没想到开学第一天就有人找上门来，他盘算着如何处理才好。"薛校长，不用管他，他这个人就好挑毛病，估计一会儿就走。"夏梅婷接着说。

薛无境略做思索之后，说："你给沏上茶，让他喝着茶慢慢等我，我一会儿就回去！"

"好的，你放心吧，我应付一下。"夏梅婷答应一声，挂断了电话。

薛无境为母亲办好住院手续后，看着母亲躺在病床上开始输液，就嘱咐姐姐几句急匆匆赶回学校。此时，宋所长喝了杯茶没等到薛无境，无奈地走了。当薛无境赶回学校，已经到中午放学时间，初中部学生排着队正往餐厅走去。他随着学生，最后一个走进了二楼餐厅。餐厅里，学校为每个就餐班级划定了区域，由班主任陪餐。食堂工作人员在学生到来之前，已经将菜分到了餐盘里，每张餐桌只需派一名学生们去拿面食，盛稀饭。

薛无境来到就餐座位旁，环视了一周，看到整个餐厅乱糟糟的。到处走着的，大声说笑的，像是一锅粥"咕嘟咕嘟"沸腾着，只有极少数的学生坐在自己的餐盘前细嚼慢咽地吃着。薛无境实在坐不住，也无心吃饭，在餐厅里到处走着，使劲吆喝着让学生静下来。尽管他不停地大声喊着，却很快被五百多人的嘈杂声给淹没了。或许学生不知道他是谁，也没有人在乎他说了什么，只顾自己随心所欲地说说笑笑，完全没有公共场所的文明秩序。偌大一群人各顾各的，只有他一个人目瞪着眼前的一切，若有所思般在过道里傻傻地吆喝着。

下午，薛无境没来得及休息，坐在校长室里看办公室主任赵丽娟送来的学校基本情况。与陈湾小学相比，桃源学校在规模上大了近五倍，在校生一千六百多人，教职工近一百三十人，仅校委会成员就二十一人。从学校领导安排上，保留了合并九年一贯制学校前两套完整的班子，形成了小学部和初中部相对独立的管理体系。

大学校不同于小学校，人多了事就多，更何况桃源学校是镇驻地学校，各种各样的问题都会扑面而来。薛无境心想，不能再像陈湾小学那样施行扁平化管理模式，任何事情都是一竿子插到底，校长直接面对教师和学生。如今这么多的老师和学生，薛无境怎么能管得过来，他要尽快转变原来的管理方法，调整自己的工作思路，否则会败得一塌糊涂。

俗话说，"新官上任三把火"。正当薛无境考虑从哪三个方面"点火"的时候，几个穿铁路制服和公安制服的人趾高气扬从外面直接走进来，紧接着，夏梅婷随后也跟进来。

"薛校长，这几位是学校西边火车站工作人员，他们有事要找你。"不等他们开口，夏梅婷介绍说。

"噢，来了就请坐吧。"薛无境看见他们傲慢的神态，心里感到十分恼火，却表现得异常平静，笑着从座椅上站起来。同时，赵丽娟看到有些外人来，推开侧门，赶紧为他们拿杯沏茶。

"薛校长，听说你是刚来的新校长，我们要和你反映一个问题，希望你尽快解决。"一位身材魁梧，黑脸的公安民警严肃地说，"我是车站派出所的，姓侯，具体负责内勤，这位是车站鹿站长。"

薛无境从语气里听出了一股盛气凌人的霸道，但是他脸色上并没有表现出任何不满，而是满脸笑着和他们一一握手，就像似曾相识的朋友，显得彬彬有礼，热情友好。他很清楚自己的缺点，仿佛一座活火山，一旦岩浆活跃到一定程度容易随时喷发一样，此时，他需要战胜自己，将心中的不满牢牢压制住，等待着对方不攻自破。

等王所长一股脑把问题全都说清楚了，薛无境仍然表现出一副认真倾听的神态，默不作声。他知道，以静制动是为上策。

沉默了大约五分钟，空气仿佛凝滞一般，大家都感觉出一些尴尬。薛无境望了一眼夏梅婷说："我刚来，这里的情况我不熟，请分管学校安全的夏主任简单说一下吧。"

"王所长反映的问题已经存在好长一段时间。前几年，新冠疫情暴发的时候，为了避免学生聚集，镇党委、政府就在西墙开了一个侧门，将学生一分为二，乘坐校车的学生从西门进出；家长接送的初中生走南门，小学生走东门，这暴样就减轻了学校南门和东门入学高峰的交通压力。学生入学问题解决了，但是我们的校车停放在校外西侧的路上，几乎占了路的一半，影响了车站人员进进出出——"

还没等夏梅婷把话说完，王所长就从沙发上站起来，给人一种居高临下的压制感："这条路是我们出钱从老百姓手里征来的，路也是我们出钱修的，你们不能妨碍我们走，再这样下去，干脆就把路堵了，谁也别走了。"

听到这里，薛无境"噗哧"一声笑了出来，这是要解决问题的方式方法吗？多么鲁莽无知又荒唐可笑。

"王所长，你反映的问题超出了学校的管理权限，我需要和镇上汇报。那个特殊时期，镇党委、政府研究做出开西门的决定，我们认为是切实可行的。你提出的问题，我们学校不能给你答复。同时，希望你们主动与镇党委沟通解决，我们学校一定会积极配合。"

薛无境实在不能容忍他如此放肆下去，斩钉截铁地顶了上去。

王所长一时语塞，竟不知道如何是好，勉强应了一句："这事我们会到镇里去反映。"

"这个问题已经多年了，需要我们共同想办法慢慢去解决，薛校长刚上任，大家也不用这么急吗？"夏梅婷为缓和一下紧张气氛，插上一句话。

薛无境见气氛趋于平静，微笑一下，说："看着你们益阳铁路管理处的人，我感觉非常亲切，亲外甥就在你们车站旁的车辆段上班，他大爷是丰山泉。"

"噢，丰山泉是我们管理处的副处长，都是很好的朋友，原来我们都是自己人呀。"鹿站长听了之后，笑着站起来。

王所长露出惊讶的神情，脸一阵红一阵白，自言自语说："我们还是去镇上找领导沟通一下吧。"

说完，他们把警帽摘下来，擦了擦额头上的汗，又把警帽戴在头上，不知所措地走出了校长室。

六

开学第一天，学校东门的秩序确实有点糟糕，持续二十多分钟时间道路不能正常通行，也难怪宋所长不满意，更何况派出所也对学校负有护学责任。

第二天，薛无境在南门迎接完初中生，早早来到东门，看看问题到底出在哪里？能不能找到解决的好办法。此时，学校东门口还没有学生，保安老程见他走过来，也顺手拿起放在一旁的警棍跟了出去。

"薛校长来得真早呀！我们维持一下就行，还用校长亲自来执勤呀！再说，大学校里杂七杂八的事务多，你哪有时间在校门口看护学生呀！"老程语气里多少有点惊讶，"以前，哪个校长像你一样早来晚走站在校门口迎送学生呀。"

"新学期刚开学，学生们很兴奋，家长们也放心不下，都挤在校门口堵住公路，影响交通就不好了。"薛无境望着老程，答应着，"以前，校长在校门口迎送学生靠自觉，而现在成为校长的一项基本职责，也是我应该做的。"

薛无境站在校门口细细打量着老程，瘦高个，挺直的腰板，头发花白，但精神状态却很好，便有意无意地问了一句："老程你多大了？在学校干了几年了？"

老程望着薛无境，感觉新校长与其他前几任校长做事风格迥然不同，特别认真细致，脚踏实地，敢说也敢干，不像其他校长浮在学校上面只管大事，发号施令，不接地气。当听到校长问他，转过身凑上前说："今年六十七周岁，在桃源学校已经干了八年。"

薛无境愣了一下，心里有些疑惑，却没有再说什么。按照安保公司规定，保安年龄不能超过六十周岁，而老程快七十了，为什么还一直干着？

七点半刚过，学生就从周围的村庄往学校聚拢，不一会儿，学校东门前公路上变得拥挤起来。有的车辆在公路上随意掉头，横在路中间；骑电动车的干脆逆行，往校门口斜插过来；步行的学生随意横穿公路，人车混行，险象环生。接送孩子的老百姓简直把公路当成自家的地盘，管它有没有危险，更不用说什么交通规则，哪里有空哪里钻，怎么方便怎么行。

薛无境看在眼里，急在心里，站在公路中间不停指挥着，俨然成了一名道路交通指挥员。一名穿着警服的公安干警站在校门口一侧，注视着眼前发生的一切，却也无能为力。薛无境注意到了他，突然想起，就是在前天下午放学时候，薛无境在路上维持秩序，就是他坐在警车里从眼前经过。薛无境猜到，这个人可能就是在校长室等他的宋所长，眼前不禁浮现出当时那种傲慢的神情和高高在上的姿态，不免产生一种厌恶情绪。面对问题大家共同想办法解决，只将责任推到一方，一味抱怨对方做得如何不好，这种自以为是、有官僚习气的人，薛无境从心里有点瞧不起。

等学生都进入校园，薛无境脱下身上的黄色马甲旁若无人般走进了校园，他不想搭理这个穿警服的人，但从他身边经过时，隐隐约约听到他在嘟囔着什么。

迎接完学生，薛无境没有直接回校长室，而是围着校园转了一圈，重新审视眼前这座学校。桃源学校主要建筑有四处：两栋教学楼，一栋功能楼，还有一栋餐厅楼。从南门进来是初中部教学楼，这栋楼是 20 世纪 90 年代建的，为了"双基"达标验收而建的，后来为增强楼房的抗震能力，对整栋教学楼进行了一次抗震加固。穿过初中部教学楼中间过道往后是小学部教学楼，是十年前校舍改造时新建教学楼。这两栋楼都是四层单跨，只是初中部的楼道在前，小学部的楼道在后。两栋楼之间有两个花坛，中间是一条东西水泥路，直通学校东门。路两边生长着高大挺拔的法桐，枝叶青翠，繁茂荫翳，走在树下给人一种凉爽的感觉，但是庞大旺盛的树冠却遮住路旁的花坛，也伸展到教学楼旁，影响了教室采光。初中楼并排往东是一栋三层小楼，音乐教室、创客教室、录播教室等各种功能教室都设置在这栋楼上。在小学楼东侧是一栋单体建筑，一楼是会议室，二楼用作餐厅。操场在学校的最后面，标准且规格高。红色的塑胶跑道，规整的足球场、篮球场、排球场一应俱全。

当薛无境转到小学部时，恰好上课铃响了，但是有很多学生站在楼道里玩耍打闹，丝毫没有一点上课前的紧张感，甚至有的学生追逐着从教室里跑出来，向楼外跑去。薛无境一把抓住学生，严肃地说："上课了，还跑出去干什么？"

那个学生愣了一下，低着头无奈地回到教室。路过办公室，看见老师们站在里面说说笑笑。薛无境实在忍不住，停下脚步推开办公室的门，他没有走进去，也没有说什么。此时，几个眼尖的老师看见校长站在门口，匆忙地拿起备课本，往教室走去。

薛无境沿着东楼梯从一楼转到三楼，又从西楼梯转下来，明显感受到这里的教学氛围和办公秩序比陈湾小学差很多。顿时，他感觉肩膀上的担子更重了，一头挑着初中，一头挑着小学，让他不得不放慢脚步，再次审视自己所面对的新挑战和肩负的新使命。看到这些，也难怪老校长王元安曾经在小学楼办公，嫌学生太吵太闹，后来就干脆搬到了初中楼。

走出小学楼，薛无境感到了一种从未有过的紧迫感。他目视着远方，长长深吸一口气，沉入丹田，化作了心中无限动力，坚定地朝初中楼走去。初中部老师在课堂上认真讲，学生们也在专注地听，只是后面有几个学习较差的学生一副心不在焉的样子，做着小动作。办公室里异常安静，没课的老师坐在办公室安心备课，他感觉初中教学秩序明显比小学好很多，原本焦虑的心得到了一些安稳。

刚回到办公室，学区甄伟主任打来电话说，弥水学区孙主任一会儿要来看他。

"是呀，走得太匆忙，也没有和老领导辞别一下，心里有点过意不去。"薛无境想到这里，下楼到学校南门去迎接。

不到五分钟，一辆黑色轿车驶进学校。孙主任从车上走下来，薛无境马上迎上去，笑着说。"欢迎孙主任来桃源学校指导工作呀！"

"我指导什么呀？桃源学校又不属于我管理。"孙主任一边说笑，一边往楼上走去，"你这人呀！走也不打声招呼。没来得及送你，自己就偷着跑来了。是不是提拔了，兴奋得等不及了呀？"

"岂敢呀！我是没脸见你呀！现在有关系的都找着往城郊学校跑，离城近，还能领乡村补贴。我是没有关系，被你一脚从城郊踢到偏远乡镇来了。"薛无境半开玩笑半认真地说。

"很多人想来也来不了，你就偷着乐吧！"孙主任拍了一下薛无境的肩膀，贴着耳朵说："赚了便宜，你就别卖乖了，从全市层面来看，你调整的力度最大，也最理想。"周围的人没听到他俩说什么，但也能猜得差不多。

两人相视一笑，一前一后来到校长室。此时，赵丽娟已经沏上一杯茶，端到孙主任旁。薛无境简单介绍了一下学校情况，孙主任边听边若有所思地说："现在来看，桃源学校是东郡市规模最大的乡村学校。这次校长调整，你算安排得最好，从一个乡村小学一步升到九年一贯制大学校，可谓提拔重用呀！"

"是呀！要感谢各级领导对我的信任与厚爱呀，更要感谢你一直对我的支持和帮助，要不然，我也不会在陈湾小学做出这么大成绩，赢得领导们认可呀！"薛无境一脸的谢意，心里却比谁都清楚，前行的路上还有很多难题等着他。

正说着，学区甄主任走进来，握着孙主任的手说："我到镇里找领导有点事，过来晚了，有失远迎呀！中午一定住下，让薛校长好好款待一下。"

"没关系，我是顺路来看看薛校长。他可是弥水学区最好的校长呀，我都舍不得他走，让你给挖来了，你可好好使用呀。"孙主任站起来，有点遗憾地说，"午饭就不用薛校长破费了，我们一会儿走，民办幼儿园要转公办还有好多事情要去处理。"

"薛校长可是我们东郡市有名的作家校长呀，一手好文笔。我还听说他管理学校也很有一套，硬是把一所普通的乡村小学办成了东郡市名校，我们求之不得呀！"甄主任得意地笑着说，"薛校长来桃源，这也是支援你老家的教育工作呀，你更应该感到高兴才是。"

薛无境听到这里，赶忙笑着插了一句："对呀！孙主任，桃源镇可是你老家呀，现在不跟着你干了，也要多多关心支持我工作呀。"

办公室里气氛很融洽，两个主任交流着学区工作共同面临的一些问题。一种喜悦的场合，又是一个庆贺的主题，大家脸上都洋溢着会心的笑。

"薛校长，有时间常回弥水学区看看，一起工作了这么多年，大家都很想念你，也希望你去传经送宝，分享你的治校经验，我一定带领全体校长列队迎接。我回去还有事情要处理，就不再久留了。"

孙主任说完，站起来就走。

"孙主任难得来一趟，吃了午饭再走吧！"甄主任和薛无境示意挽留着，见孙主任执意要走，就一块陪着下了楼。

目送孙主任的车驶出校门，薛无境内心深处感受到了"老家"来人般的暖意。不知道在未来的道路上会发生什么，但他坚信：不管伤痕累累，还是一路阳光，既然迈出了这一步，就只管风雨兼程，毕竟很多人在远处注视着他。正如汪国真《热爱生命》中所写："我不去想是否能够成功，既然选择了远方，便只顾风雨兼程。"

刚回办公室坐下，一男一女两名教师推门走进来。薛无境抬头一看很熟悉，是曾经在作家协会一起参加过文学采风活动的两位文友，机缘巧合又成了同事。

"童老师，宫老师快请坐。"薛无境站起来，给两位老师倒水沏茶。

还是女老师话来得快，两个人还没坐稳，宫老师就笑着说："薛校长，听说你来给我们做校长，我们从心里感到高兴，我和童老师特意来跟你打声招呼。我们经常一起参加作协采风活动，很敬重你的文采，希望在今后工作中多多关照呀！"

以前同一个乡镇，在一起临查阅卷，后来加入作协，又在一起谈文学创作，他们两个人都出版了各自的散文集和诗集。多年过去，薛无境对他们在文学上的创作比工作更了解。

"我初来乍到，更需要你们这些老朋友支持我，今后工作上有什么做得不恰当地方，还需要你们多多提醒呀！"薛无境客气一番，问，"听说童老师最近出版了诗集，啥时候赠我一本呀？"

"这事就别提了——"童老师支支吾吾没有说明白。但是薛无境听别人说，因为序言的事没有处理好，童老师和出版方还闹了些不愉快。

"童老师，我一直想把市作协的朋友邀请过来，在学校会议室为你的诗集举行一场座谈会呢！一个文学爱好者能出书，也是值得庆贺的事情。"薛无境认真地说。

谈起这本诗集，童老师显得非常尴尬，就转移话题说："谢谢薛校长，这事以后再说吧。在你领导下，今后有些事情还请你多帮忙。"

"进了一个门就是一家人，如果我能为你们做点什么，就尽管开口。"薛无境爽快答应着。

三个人聊了一会儿文学上的事情，见薛无境的手机不停地有电话打进来，他俩顺便找个借口走了。

薛无境心里不清楚，他俩为什么会到办公室主动找他，是沟通一下感情，还是另有所求。他脑子里乱哄哄的，也没去多想。

七

放学后，薛无境送走最后一名学生，才急匆匆往城里赶去，因为母亲还躺在医院病床上。

人到中年，上有老人需要照顾，下有小孩需要关心，还有自己的一份工作，哪个都很重要，哪个也要装在心里认真对待，无奈之下只能累了自己。身在其中，薛无境才真正体会到谌容小说《人到中年》里陆文婷的不易，好在还有妻子和姐姐为他分担。早晨，薛无境要赶在学生之前早到学校，送母亲去医院的事就交给了妻子，姐姐陪在医院里负责照顾，只有晚上时间陪着母亲说说话。

药物作用下母亲身体渐渐好转，薛无境悬着的心总算放下了。晚饭后，他陪着母亲正在客厅里看电视，手机"嘟嘟"响了两声。他打开微信一看，有个微信红包转过来，接着又发来一段话：薛校长您好，本人晋聘职称，亟须东郡市优秀教师荣誉称号，深盼惠顾。

薛无境微笑一下，就把手机关闭了。多年校长经历，让他认识到学校里有两大棘手难题，一是学期初安排工作。俗话说：不患寡而患不均。都多都少谁也没话说，如果稍有点不均匀，非要找到排课的教务主任不依不饶，要个说法。二是评先树优，干活的时候不想多干，来了好事，大家却把眼睛瞪得溜圆，都想把菜挖在自己篮子里，生怕让别人得去了。

尽管刚来桃源学校不久，薛无境耳朵里就听到一些教师经常抱怨：荣誉谁要给谁，谁用着给谁。那些认真工作成绩突出的年轻人怎么能撕破脸皮去争，空有一腔怨言，只能眼睁睁看着本属于自己的荣誉给了那些投机钻营的人，久而久之，工作积极性消磨殆尽，也难怪桃源学校的教学成绩一直在低位徘徊。

每年教师节，东郡市教体局都要评选一定数量的优秀教师，今年也不例外。当办公室主任赵丽娟将评选优秀教师的通知放到他面前时，他决定召开一个校委会，统一思想，总结安排一下最近工作。

薛无境的"三把火"一直没有点起来，而是少说多做，一有空就到校园里转一转，用眼睛仔细观察着身边发生的一切。他平时很少传达指示，而用自己的实际行动去影响大家。他想，尽量先把自己的锋芒藏起来，不急于出手，免得留下后患。

薛无境走进会议室，大家都已经将会议记录本放在面前，坐好等着了。他环视一圈，直接切入主题说："学校开学已经一周，这算是第一次正式召开校委会，我希望将这样的会议定为每周一的例会，请同志们八点准时参加，有事向我请假。今天会议，我重点阐述一下我的工作原则，也好凝聚大家共识，推动学校更好发展。"

大家认真听着，并在会议本上记录着。薛无境从讲业绩、讲奉献、讲团结、讲大局、讲实干、讲创新六个方面提出新的工作要求，同时，他要求每一名校委会成员根据职责分工积极行动起来，高标准严要求，充分发挥好个人的能动性和创造性，主动担当作为，不要静等着校长发号施令。谁的职责谁负责，干好了是功劳，干不好就是失职。

薛无境深知，只有校委会成员动起来，下面的老师才能跟着行动起来，否则，整个学校将是一潭死水。大家听完，每个人都觉得身上的担子更重实了，不能再像以前那样轻松自在。以往校长包容性很强，要求也不高，只要不出事就行，至于干多干少，干好干坏无所谓。领导是这个态度，老师们看得也清楚，都觉得：干和不干一个样，干多干少一个样；干好了，领导不喜；干坏了，领导也不恼，一切都顺其自然吧！

"关于教师节评先树优这项工作，我刚来情况不熟，请初中部钟校长和小学部韩校长将真正优秀的教师评选出来，推荐上去。借推优这项工作，我们学校要给老师们树立一个导向：谁教学成绩突出，对学校贡献大，谁就是优秀人选，体现'师德为首，教学为王'的评价原则。我想，在今后评优工作中，相关负责同志要先拿出一个评优方案，等校长办公会研究通过后，严格按照方案执行。"薛无境认真且严肃地说，他知道在大是大非面前，不能有丝毫的含糊。"我们要怀揣一颗敬畏之心，敬畏工作、敬畏他人，才能赢得别人的尊重，工作上才能取得实效和突破。凡是要求大家做到的，我先做到，大家只管向我看齐就行。最后，希望大家简单相处，增强信任，减少猜疑，尽快将思想和行动统一到学校工作中，开创新局面。"

会议很短，却让参会的每一个人感觉心里沉甸甸的，或许只有转变以往旧观念适应新校长，才能在自己的职位上立足，否则就要被淘汰。

回到办公室，薛无境猛然想到再过两天就是教师节，他拍了一下自己的脑袋，心想差点耽误了大事。他心里盘算着如何庆祝一下属于教师们自己的节日，也想在全校老师面前赢得一个开门红，于是，一个大胆奇异的想法在他脑海里闪过。弥水街道是全国北方最大花卉集散中心，享有"买全国卖全国"的声誉，家家户户也有种植花卉的传统，如果能为老师们献一盆鲜花该多好呀，放在办公室或者教室，增添一些绿色的活力。找谁拉个赞助呢？他眼前一亮，满怀信心地开车进了城。

两年前，同学李欣从阳河管护中心调到市工商联任党组织书记兼常务副主席主持工作。今年春天，全国工商联要在东郡市召开"万企兴万村"现场会，据说一位副国级领导要出席会议，因此各级领导都很重视，要求各项准备工作一定高规格，上档次。因为会议准备要投入大量人力，而工商联人手少，李欣想到薛无境，找他帮忙跑现场，写文稿。活动成功举办，东郡市工商联的典型做法得到参会领导高度认可，于是全国各地参观考察团接踵而来，这让李欣在东郡市工商企业界树立了很高威望。

薛无境来到市工商联，办公室的人说李欣书记正领着外地考察团在企业参观。情急之下，他拨通了李欣的电话："李书记，我是薛无境，正在你办公室呢。"

振铃之后，那边传来清脆的声音："薛大校长怎么有空联系我呀，我在外面领着考察团参观呢，恐怕一时回不去，有事你在电话里说吧。"

薛无境毫不隐瞒，直接地说："教师节快到了，想让老同学帮我一下，能不能协调东郡市花卉协会，让花卉界爱心企业家为学校教师奉献一片爱心，借教师节之际赠送点鲜花呀。"

"你这个提议很好，相信很多企业家也想借此机会奉献社会呢。我这就安排办公室落实一下，尽快给你回信。"李欣在电话里爽快地答应了。

薛无境从心里佩服这名女同学，头脑清醒，办事利落，是东郡市女干部中的佼佼者。再说，这几年薛无境对她也有所帮助，这点力所能及、美美与共的事，她怎么会推辞呢。

第二天，一辆箱货车驶进学校，随后东郡市花卉协会会长和几名志愿者开车跟进来。薛无境和市工商联领导早就等在校门口，见状连忙迎上去。

互相介绍后，会长说："明天是教师节，市工商联联合市花卉协会一些爱心企业家，为老师们准备了一些盆栽花送给大家，以此表达我们对辛勤园丁的敬意。"

薛无境欣喜地说："感谢你们奉献爱心，正是由于你们对教育的支持，我们的教师才更有幸福感和荣誉感，也会用心用力教育好我们的孩子，让他们健健康康成长，快快乐乐学习。"

"这点花草对我们来说不算什么，很多花卉企业家还没来得及认真准备，就急匆匆搬上车送来了。教师才是这个时代最可爱的人，你们早来晚走，在三尺讲台上默默为党育人、为国育才，付出了辛劳和汗水，值得全社会尊重，我们这点花草真是不成敬意呀！"会长边指挥人卸车，边交谈着。

　　薛无境让赵丽娟组织老师帮忙一块卸车，很快楼前广场上摆满了一片各种各样的鲜花。蟹爪兰、仙客来、万寿菊、海棠花等各色花卉争相斗艳、吐露芬芳，老师们不知道一些花卉的名字，站在一旁谈论着。

　　"大家动脑想一想，动动手用花摆个造型吧！"少先队辅导员余静在人群中说。一句话仿佛提醒了大家，老师们不再站着闲谈，而是弯下腰，纷纷动手忙活起来。在楼下国旗台前，老师们先用开满花的花卉摆了一个"心"的外形，中间用绿色植物将"教师节快乐"五个字填充起来。不一会儿，一幅用鲜花组成的完美图案就在楼前摆放完毕，寓意：心向祖国，快乐育人。

　　送花的人在一旁看着，时不时夸赞老师们很有创意，于是，他们拉起横幅在图案前与老师们合影留念。活动结束后，薛无境让老师们将剩余的鲜花带回办公室，摆放在办公桌上。一时间，原本枯燥乏味的办公室变得多姿多彩，生机盎然。

　　刚送走市工商联和花卉协会的领导，薛无境接到了学区甄主任的电话，说下午镇党委、政府要在桃源学校召开教师节座谈会，让学校准备好会场。

　　下午3点钟，镇长董涛波、分管教育的尤副镇长在甄主任陪同下来到学校会议室，其他学校的教师代表已经早早坐好等着了。首先，全体教师进行集体宣誓，然后甄主任汇报过去一年取得成绩和下一步工作打算，再是优秀教师代表发言，最后董涛波代表镇党委、政府讲话。他肯定了一年来教育取得的成绩，也指出存在的问题，并对今后工作提出希望。

会议按照既定议程很快结束，在楼前广场合影留念后领导们离开了。回到校长室，赵丽娟跟着走进来，神秘兮兮地说："薛校长，这次会议挺有深意，大家感觉你来之后，甄主任对我们学校的态度发生了转变。"

"怎么了？尊师重教是各级党委、政府一项重要工作，每年学区不是都要组织这样的会议，邀请镇领导参加吗？"薛无境转过身，疑惑地问。

赵丽娟略带牢骚地说："是的，每年都开教师节座谈会，却不在我们学校，而是去唐庄小学。尽管那是一所刚改建完成的新学校，设施条件好，全镇庆祝会议也不至于跑到远离镇区的地方，我们镇驻地学校的脸面哪儿去了？"

"唐庄小学我听说过，是桃源镇一所乡村小学，教学成绩挺好，校长康健是一个能力强、又实干的人。"薛无境说完，接着不假思索地问，"关于这种事，老校长王元安就没提过反对意见吗？"

"王元安校长快到离岗年龄，学区怎么安排都行，他才不去找那个麻烦呢。再说，甄主任很有主见，一旦他定下的事，听不得别人意见。我估计校长提也白瞎，他这人很固执。"赵丽娟在桃源学校二十年，哪个人什么情况，她摸得最清楚。

薛无境不再说也不再问，一个人坐在沙发上想：作为镇驻地中心学校，学区教育会议应该安排在桃源学校召开，否则，他的脸真不知道搁哪儿。

八

与往年平淡的教师节不同，今年学校每名教师收到了爱心企业赠送的鲜花，让他们心里感到无比甜蜜，仿佛教师的地位瞬间提升了不少。教师们在私下调侃着：校长从花卉之乡调来，送给我们鲜花，如果是从蜜桃之乡调来，就每人一箱蜜桃了。这些都是东郡市的国家地理标志产品，老师们在办公室嘻嘻哈哈说笑着，来度过属于他们的节日。

楼前，薛无境在老师们摆放的花前来回走动着，一副陶醉且略带满意的神情。他想，人呀！只有付出才有回报，如果没有他一味付出怎能换来李欣的热情帮助，然而现在的人总想着少付出，多回报，"天上掉馅饼"的事怎么会轮到普通人身上呀。

正想着，校门口停下一辆高级轿车，镇长董涛波和分管教育的副镇长尤一龙从车上走下来。薛无境感到很纳闷，赶紧让保安打开电动门迎上去。随后，甄主任急乎乎开车赶过来，像是要发生什么大事。

"薛校长，你抓紧安排人准备一下，市委常委、办公室主任郭盛宇要来看望教师，共庆教师节。"甄主任有点受宠若惊地说。对一所乡村学校来说，市委领导和老师一起欢度节日，实在难得。

薛无境感到十分惊讶，来不及多想，迅速安排人将会议室的水杯清洗干净，摆放整齐。考虑到市领导要去看望老师，又安排级部主任收拾好办公室，以整整齐齐、干干净净、清清爽爽的良好风貌展现给领导。

薛无境陪着镇领导和甄主任一起站在校门口，随时迎接市领导到来。薛无境瞅着一点空闲，凑到尤副镇长面前说："尤镇长，上次没来得及跟你打招呼，有两件事我向你请示一下：一是西门停放校车的地方占了半边路，影响了车站人员车辆进出，如果能把路边的垂柳移栽到别处，校车往墙边靠一靠，这样会少占路，几乎不影响他们通行。二是学校东门外没有斑马线，学生横穿马路很不安全，政府能不能出面协调一下。"

尤镇长早就听媳妇说，他们校长已经调到桃源学校任校长，原本熟悉的关系不经意间成了上下级搭档，自然就有一种无形的亲近感。

"薛校长，你说的第一件事，车站也找过镇领导，初步研究等到明年春天绿化，补植一下枯死的树木，将这几棵垂柳移栽到镇前路上。第二件事，我马上联系路政公司，让他们尽快解决，别等到发生安全事故就晚了。"尤镇长附在薛无境耳边轻声说。

刚说完，一辆别克商务车停在校门口，市委常委、办公室主任郭盛宇从车上走下来，大家紧跟着都围上去。寒暄之后，薛无境在前面引领着往楼上走去，他边走边和领导介绍学校发展情况，气氛显得自然融洽。

郭主任一边认真听一边抬头四处打量着这所乡村学校，听得间隙，还不时问一问，有没有家庭困难教师呀？学生在食堂里吃得怎样？学校发展有没有遇到困难？薛无境都一一做了回答。

"我们直接去办公室看望一下老师们吧！"走进教学楼时，郭主任说了一句。

当看见薛无境领着领导们走进来，九年级办公室的老师们都放下手头上的工作，从椅子上站起来，微笑着面向领导。

"今天是教师节，按照市委统一安排，我来看望大家。虽然没带什么礼物，但是把市委、市政府的关怀和美好祝愿带来了，祝老师们节日快乐，身体康健，阖家幸福。"郭主任一进门，笑着对老师们说，"教书育人，为国家培养栋梁之材是泽被后世的功德，老师们劳力又劳心，确实不易呀！希望大家工作之余锻炼好身体，这可是革命的本钱呀！在工作和生活中，如果大家有什么需求，可以和镇里领导反映。需要市里协调的，可以直接给我打电话，我们一定会为老师们做好后勤保障，让你们全身心投入工作，将老百姓的孩子培养成社会主义建设者和接班人。"

不等郭主任说完，办公室里响起热烈掌声。市领导讲话平易近人，很接地气，老师们听着没有任何拘谨感，反而有种家人般的实在和亲切。

郭主任在校长办公室坐了一会儿，董涛波顺便汇报了镇里一些工作。临走之际，薛无境将自己出版的散文集《走读东郡》签名赠送给郭主任，他欣然接受，翻看一会儿说："东郡历史悠久璀璨，文化底蕴深厚。校长工作繁忙，还能有时间走遍东郡，写出这么精美的散文，很了不起呀！"

听到市领导夸奖，一旁的镇领导和甄主任流露出自豪的神情，想不到薛无境的专著也能扩大学校的影响力。

市领导来到桃源学校，对老师们亲切慰问，这在学校历史上是很少见的事情。以往教师节，一般镇里都会举行表彰会或座谈会，偶尔镇领导也会到学校看望一下教师。新校长到任，怎么会惊动市领导跑到乡村学校来慰问老师？是不是有意来为新校长站台，壮壮声威？大家私下里议论纷纷，都在猜测新校长到底什么来头，背景有多深。

市领导莅临学校让薛无境内心激动了好几天，但在老师们面前却显得异常沉稳淡定，就像一阵风从湖面上掠过，掀起一点点没有声色的涟漪，很快又悄无声息地消失在岸边葳蕤葱郁的芦苇中。

教师节过后，节庆的喜悦气氛很快就消失了，校园又恢复往日的节奏。随着上课铃声有规律地响起，老师的心态又平静下来，像往常一样忙着自己的事情。他们穿梭在办公室与教室之间，在匆忙嘈杂的脚步声中，教学秩序回归到正常节奏。而薛无境像是放下了一桩心事，在经历紧张忙碌的开学之后，终于可以坐下来舒心地喘口气。

事与愿违或许是人生的一种常态，有时候你越想安安稳稳，事情越是朝着相反的方向发展，让人猝不及防，疲以应对。清晨迎接完学生，薛无境刚回到办公室就接到学区办公室打来的电话："薛校长，你快去市信访局看看吧，市教体局惠民中心领导来电话说，你们学校童老师到市里上访去了。"

薛无境听完之后，头一下子胀大了，仿佛一个大葫芦套在脑袋上，木胀胀有种晕乎乎的感觉。"前几天还像正常人一样，看不出有什么异样，为什么突然生出变故来？再说，有什么问题他应该先和学校反映，怎么自作主张跑到市里上访去了？"薛无境心里仿佛有个大疙瘩解不开。

"韩校长，童老师今天在学校里吗？"薛无境冷静想了一会儿，打电话想核实一下情况。

小学部校长韩永祺解释说："童老师今天一早来把孙女送下，就请假走了，也没说什么事。"

"他上访去了！这样的事你们也不问清楚，今后老师请假一定要写清楚事由，否则一律不准。"薛无境十分生气，甚至有点恼怒，毕竟在稳定压倒一切的社会环境下，竟然有教师神不知鬼不觉跑到信访局去了。

薛无境不敢有丝毫怠慢，让赵丽娟开上车就往市里赶。"赵主任，你在学校这么多年，情况比较了解，童老师为什么去上访？"

赵丽娟猜测着说："在你来之前，童老师为职称评聘的事曾经找过老校长一次，当时也没有给他明确的答复，这次上访可能还是为这事吧。"

薛无境神情稍微平静一下。多年来，教师们为了评聘高一级职称，真是没少费心思，想尽一切办法报课题、发论文、搞专利，甚至为了能得到一个荣誉称号绞尽脑汁投门子、找关系。大家使出浑身解数都想早一天解决职称问题，毕竟职称高低直接影响着教师工资收入。

听说今天市长要来接访，一大早市信访局前已经围满了人，门口公路两边也停满了车。上访人群中，有三五聚在一起正在协商的；也有手里拿着材料袋，挤在门口焦急地朝楼内张望着，市信访局工作人员和警察已经在开始维持秩序。

当薛无境赶到时，市教体局惠民服务中心花主任已经陪在童老师身边等着了。看见薛无境急匆匆赶来，童老师脸上显得很不自然，低着头就像犯了错误的小孩，不知道说什么好。

"童老师，啥问题解决不了呀，怎么跑到信访局来了？再说，我解决不了的问题，这不是还有市教体局的领导吗？大家一起努力，就没有解决不了的问题。"薛无境走到童老师面前，稳了稳情绪，和颜悦色地说。

童老师抬头看着薛无境，愧疚的表情里流露出不满的情绪："薛校长，这件事与你没有任何关系。我也是没有办法才跑到市里来呀，还有两年就要退休了，高级职称没有解决，你说我能不急吗？再说，现在省里有了文件，只要乡村工作二十年，就可以申请高级职称，学区里还在打分排队，啥时候能轮到我呀！"

这时候，市教体局分管稳定的张局长走过来，将一张"东郡市领导公开接待群众来访登记表"递到薛无境面前，上面写着童老师要反映的一些问题：

1. 桃源学区否定文学的教育教化功能，无原则更改著作论文的晋聘分值数据，要求改回原分值。

2. 桃源学区对教师晋聘打分暗箱操作，严重侵害参加晋聘老师的权益，要求所有参加晋聘的教师现场参加唱票打分，允许教师对所有参评资料核查取证。

3. 桃源学区用假论文、假课题、假专利、假文凭、假荣誉圈定参加晋聘教师人头，然后用真材料填写正式表格，投机者获益，严重侵害教师权益，要求依法依规无私无害开展公正的晋聘工作。

4. 申请：恳请宋市长以本人较高的文化底蕴和修养及较高的文化成果为参照，批复本人一个破格晋聘副高级职称的名额。

薛无境快速浏览了一遍内容，又迅速转过身，语气温和地说："童老师，你反映的职称聘任问题，现在市里还没有下发职称评聘的通知要求，学区也没开展这方面的工作。以前存在的问题，我刚来，情况不清楚，也不好评价。今年职称评聘的时候，我一定会把你反映的这些问题汇报给学区领导，给你一个满意的答复。"

童老师听了，感觉自己的行为有点冒失，带着歉意说："薛校长，这件事给你添麻烦了，我先回去考虑一下再说吧。"

"既然是这样，你听我一句话，我们一起往回走。到职称评聘的时候，我保证你反映的这些问题都能解决。如果你还不满意，再跑到市里来，我也不拦你。"薛无境十分把握地说。

童老师看薛无境说话认真的样子，心里便多了一份信任。他抬头向市政府大楼的方向望了望，看看市长还没有来的迹象，就转身向停在一旁的摩托车走去。

九

最近几天，薛无境特意嘱咐韩永祺关注一下童老师，当听说童老师情绪稳定后，他的心总算放下。

薛无境为童老师上访捏一把汗，教师作为体制内的人，上访会不会对他本人造成影响，作为校长要替教师们着想，保护好他们。想到这里，他拨通了高中同学的电话："杨局长，从乡镇跨进市局轻松多了吧。"

"我们信访局哪有轻松时候，天天有忙不完的事。不是这个来吵，就是那个来闹。整天像打仗似的。"那边传来抱怨的声音。

"这些事还用你局长亲自出面呀，科室人员处理好就行。"薛无境打趣地说。

"局里人员少，乱七八糟的事多，实在忙不过来呀。"电话那边抱怨说，"听说你调到了大学校，祝贺呀！打电话有事吗？"

"前几天，我们学校有名教师到你们那儿反映问题，不会有什么事吧？"薛无境听对方着急挂电话，就直接问。

"你是说童老师吧，我看了他填写的诉求。"那边猜测说，"针对他反映的这些问题，市局是不会安排他与市长见面的，毕竟反映问题的人太多。即使见到市长，他作为公职人员也不能越过业务主管部门直接到市里反映问题，可以先找具体责任单位市教体局和人社局拿出处理意见。如果继续缠访和越级上访，市镇两级监委就会约谈，严重一点就受处分。"

薛无境认真听着，等对方挂断电话，他立即找来韩永祺，让他做好童老师的工作，务必向他讲清楚上访的利害关系，千万不要再做出鲁莽的事情，避免一些不必要的麻烦。

现代社会反映问题的渠道很多，老百姓的维权意识也增强了，就像12345热线电话。老百姓有一点不顺心的事，抬手摸出电话就能把问题反映上去，好像一个12345电话能解决任何问题。殊不知，问题哪里来，最终还是在哪里解决。俗话说：家家有本难念的经，领导也不是万能的。但老百姓又有什么办法呢？薛无境抬起头望着校园上空自由飞翔的鸟雀，长长叹了一口气。

最近，市教体局通过办公平台接连下发几次开展社情民意调查工作的通知。社情民意调查结果是省政府评价下级单位的重要参考指标，而明州市也将测评结果作为评价各县市工作的重要内容。为做好年底省市两级电话测评工作，东郡市教体局提前安排，启动"走千家访万户"大家访活动，及时解决家长诉求，赢得家长的理解和支持，以便接到访问电话时能得到一个肯定的回复。但在薛无境看来，办一所群众满意的学校不是"临时抱佛脚""现求佛现烧香"，应该是一种长久的、务实的、暖心的具体行动，让家长感受到学校对孩子无微不至的关爱和教育。

在陈湾小学时，薛无境总是第一个早来，最后一个晚走，风雨无阻。他天天站在校门外迎送学生，因此落了一个"站街校长"的称号。家长们都说：每次接送孩子看着校长站在校门口，总感觉很踏实，将孩子送进学校也放心，因此，学校年年被评为明州市零投诉学校。在薛无境看来，校长的一言一行是社会对学校满意评价的关键因素，只要校长做好了，谁还说学校不好呢。

调到桃源学校后，薛无境依旧早来晚走。他已经习惯两头不见太阳，开着车在公路上自由驰骋，不用担心路上车辆拥堵。更重要的一点是，如果不看着学生入校和目送最后一个学生离开，心就不踏实，仿佛悬在空中落不下来。而今，桃源学校家长觉得新校长有点特别，不像前几任校长，连人的影子也很少见到。薛无境深知，有些事情任何人都代替不了校长。当他站在校门口，身上就有一种特殊的表征，这种显露于外的征象潜藏着一种责任，一种担当，一种溢于言表且能隐于内心的满足。

每次站在校门口迎送学生，薛无境总站在路中间指挥着车辆顺畅驶离。看到违规现象，嘴里时不时吆喝着，"骑电动车的，不要逆行""开车的，不要随便掉头""学生横穿公路要走斑马线"。他想，造成交通混乱的局面能怨谁呢？有些家长根本不知道交通规则是什么，也不讲什么文明出行，特别一些爷爷奶奶级别的，好像路是自家的一样，只顾在公路上我行我素，他才不管碍不碍别人的事。有时因为堵车或差一点发生碰撞这样的小事，一些家长嘴里骂骂咧咧的，薛无境看在眼里，一脸的无奈。

作为学校，做好自己分内事情就好，尤其是看着校门外已经标好的人行横道，他决心先从抓学生文明交通做起，让学生养成良好的交通文明习惯，从而带动家长文明出行。

每次上下学时间，薛无境安排德育处负责同志站在斑马线前，不断提醒学生过公路要走人行横道，并及时劝返那些随意横穿公路的学生。他依旧站在马路中间及时疏导车辆顺利通行。为让学生养成良好交通行为习惯，他要求班主任召开交通安全主题班会；借助周一升国旗时间开展交通安全主题演讲。一段时间后，学生的文明交通意识增强了，交通违规行为明显减少。小手牵大手，在孩子们影响下，原来乱停乱放、随意调头的机动车辆少了，骑着电动车逆行的少了，随意横穿公路的学生没有了，校门口的交通秩序变得井然有序。车辆顺畅，出行规范，一个看似无所谓的日常小事，家长们看在眼里，喜在心上。偶尔，宋所长的车从校门口经过，也伸出大拇指为他点赞。

周一例会，薛无境像往常一样总结上一周工作，安排本周工作。

会前，又特别提出学校的办学目标要紧紧围绕"立德树人"根本任务，努力创建学生向往、家长满意、社会认可的乡村优质学校。

散会后，薛无境正和两位学部校长商量家访事宜，此时一辆本田雅阁停在校门口。紧接着，传达室老程慌慌张张打来电话，"薛校长，明州市教育局检查的来了。"

薛无境听完，感到十分纳闷，地级教育局今天来检查什么？怎么不通知一声就下来了。但又一想，现在检查作风改变了，采取"四不两直"的方式，不看你准备得好坏，就看平时工作开展得怎样，这样的检查才更能发现问题，促进工作。他来不及多想，急匆匆从楼上跑下来。

此时，来人已经在校门口做好登记，走进校园。"欢迎各位领导来桃源学校检查指导工作！"薛无境迎上去，笑着说。

"我们是明州市教育局的，今天来学校看看社情民意工作开展情况。"来人亮了一下工作证。

只是一晃的工夫，薛无境隐隐约约看见工作证上有一个"王"字，赶忙笑着说："王主任，先到接待室坐一坐吧。"说完，领着他们上了二楼。

听清楚对方来意，薛无境立即让赵丽娟通知负责这项工作的钟理才来展示一下相关材料。过了一会儿，钟理才拿着几个档案盒满头大汗从三楼走下来。

"这是我们前期根据市局要求开展的一些过程性材料，请领导查阅。"钟理才把档案盒递过去。可能是没有丝毫的准备，他脸上显得有点急促不安，不停地擦着额头上的汗珠。

王主任仔细翻阅了一遍资料，又询问了一些家校沟通的具体措施和取得成效，钟理才站在一旁，小心翼翼回答着。看着王主任检查结束，薛无境在一旁补充说："针对家长反映的问题，学校认真梳理了一遍，主要集中在两个方面：一是反映餐厅卫生条件差，饭菜质量单一，很难适合孩子们的口味；二是小学部教室内的空调制热效果很差，冬天达不到取暖效果，孩子们感觉有点冷。"

王主任将目光转向薛无境，注视着眼前这名镇定自若且思路清晰的校长。"对于家长反映的问题，学校将积极采取措施，改善就餐卫生环境；增加菜品种类，尽可能满足学生就餐需求；同时，积极向上级申请资金，更换陈旧空调。"薛无境说着话锋一转，面露一点难色："关于饭菜质量问题，每顿7元的餐费实在太低。现在肉价和食堂工作人员工资又高，确实很难满足学生多种口味需求，但是我们保证饭菜卫生安全，让学生吃饱。下周，我们还将组织家长代表到学校餐厅一起与学生共餐，让家长也品尝一下饭菜口味和质量，听听家长的意见和建议。"

王主任边听边不住点头，脸上露出赞许的神情。"很好！要敢于面对家长提出的问题，想方设法积极行动去解决，这才是提高社会满意度的唯一途径。如果让家长被动接受学校要求，当接到电话，一味回答'满意'，只能让家长更反感，省社情民意调查就变了味。"

"桃源学校尽管是一所乡村薄弱学校，我们将以'发展学生、幸福教师、荣耀学校'为办学理念，紧紧围绕'立德树人'根本任务，通过课堂改进和课程建设，实现学生全面成长、教师专业发展和学校创新发展，努力办好老百姓家门口前的优质学校。"受到王主任鼓励后，薛无境又说到学校办学理念，脸上洋溢着满腔的教育情怀。

一时间，接待室气氛由严肃紧张变得活泼自由，没有以往上级来检查工作时压抑与被动的紧张气氛，更像是在一种轻松自在、无拘无束的环境中交流工作。临走之际，薛无境从书橱里拿出自己的著作，签上名递给王主任。

"没想到薛校长还是校长队伍中的作家呢，真难得！"王主任感慨说。

"什么作家呀！只是爱好文学创作。我这本散文集主要展示了东郡市的山水风物人情，欢迎王主任到东郡参观旅游，我可以为你做导游。"薛无境说着，拿出手机主动添加王主任微信好友。

"东郡市历史悠久，文化璀璨，是国家历史文化名城，也是中国优秀旅游城市，我经常来，但是书中有些地方我却第一次听说，到时候一定请你做导游，到这些地方走一走，看一看。"王主任一边翻着书，一边欣赏着说。

两个人说笑着走下楼，目送王主任的车驶出校门。还没等薛无境转过身，甄主任领着学区分管人员急乎乎来到学校，问薛无境检查了哪些内容？结果怎么样？一副担惊受怕的样子。薛无境轻描淡写说了几句无关紧要的话，甄主任才放心地走了。

在薛无境看来，《走读东郡》一书和这次检查没有丝毫关系，却无形中拉近了他与王主任的距离，使得这次检查能顺利通过。想到这里，薛无境脸上浮现出自豪的神情，似乎是在感谢时光的馈赠，更是感谢自己多年的付出。

一年前，《走读东郡》刚出版发行，东郡古城景区从宣传东郡旅游文化出发为他举行了首发仪式，邀请十几位省城文学刊物的主编和大学里的文学评论家参会，进一步推介东郡历史文化。首发仪式上，薛无境介绍了这本书的主要内容和创作过程，并签名赠书。与会领导和专家纷纷发言，认为这本书在作者的意义上重新解读了义学上、精神上、美学上的东郡，这将在东郡市人文历史和人文景观的推广和挖掘上起到重要意义。市政协副主席到会并讲话，肯定了作者精湛的创作水平和这本书出版发行的社会价值和现实意义。尤其是中国作协领导为这本书撰写序言，并附有国内多位知名散文家的推荐语，更增加了这本书的影响力。首发仪式在东郡电视台新闻播出后，产生了不小的轰动，那段时间薛无境的电话几乎被打爆了，文友的祝贺，想要求赠书的陌生人，甚至一些常年在外的东郡人得知消息后，也想从文章中找到家乡的影子。

有人说：路虽远，行则将至；事虽难，做则必成。岁月不会亏欠每一位艰辛付出的人，等汗水积攒到常人难以承受的程度，一定会结出一个硕果，福报也就不期而至。薛无境这样想，也在这样做。

十

夏天的暑气慢慢消退，乡村处处弥漫着秋的韵味。绛紫色的喇叭花缠绕在路旁的灌木丛中尽情展现出娇艳的芳容，田野里一垄一垄的玉米露出成熟的身姿，从秸秆上耷拉下来，像是在向大地诉说着什么；有的还紧贴着绿色的秸秆，留恋着母亲般温暖的怀抱，不舍得分离。不管何种千态百媚，他们都已挣脱开紧紧包裹的外衣，歪歪着黄灿灿的小脑袋，探出身子倾听收割机的轰鸣声，迫不及待走进农家的宅院，颗粒归仓。

国庆节假期，尽管离城区有点远，薛无境时不时到学校走一走，他心里总惦记着学校的一些事情。放假前，校长办公会确定的一些事，利用假期往前推进一下。平时老师忙着上课，全体教师家访活动就安排在假期里，每一名教师要到包靠学生家里看一看，了解家长诉求，加深师生感情，为提升学校满意度做好铺垫。

来到学校，几名工人已经在收拾楼前小广场两侧法桐树下的景观地带。南门是学校正门，一进校门西侧是一个"L"形连廊，上面爬满了几年前栽种的凌霄和紫藤。花期虽然早早过去，但受夏季雨水的滋润，长势旺盛，异常繁茂，把整个连廊的顶部罩得密不透阳光。连廊和小广场之间是一米多宽的绿化带，里面长着一些低矮的灌木，有金叶女贞、红叶小檗等。高高低低，显得杂乱不齐，甚至有些枯死的地方让看门的保安种上了葱。

东侧有一座假山蹲在椭圆形的水池里。水池的水浑浊不清，水面上漂着一些脏兮兮的垃圾袋、落叶等。水底的淤泥已经好多年没清理，看上去厚厚的一层。假山干巴巴的，像一个干瘪的老头呆呆地傻愣在那儿，没有一点生机活力。水池四周用砖围砌而成，覆在上面的水泥脱落得像个大花脸，直接露出了砖块。渗水厉害，早晨水放得满满的，到晚上水漏了一大半。

当薛无境提出要修整一下楼前景观地带时，校委会成员一致表示赞成，毕竟这是学校的脸面。一走进学校门口，人人都能看到，这是外来人对学校的第一印象。

　　教学楼里空荡荡的，很是安静。薛无境走进办公室，将室内的两棵绿萝浇透水，然后坐在椅子上，享受着假日里难得的安闲。在舒适的座椅上，闭着眼睛，恍恍惚惚犹如进入梦境一般。他经常问自己，这是身在哪里？怎么会来到这个地方？自己来这儿干什么？二十年前，他领着杨庄学校的初三学生到这里参加桃源镇组织的统一考试，只是毕业班一名班主任，校长离他很遥远，甚至想也不敢想。二十年后，已是中年的他辗转多个单位，鬼使神差般回到这里，身份却变成了这座校园的领导者，驾驭着这辆陈旧的战车在东郡市教育园地里前行。想想二十年的辛酸，他最应该感谢自己，或许是属虎的缘故，骨子里流淌着一股无所畏惧的勇敢和坚毅前行的倔强。正是这种永不服输的力量和追求完美的精神，驱动着他，一步一步朝着自己的目标迈进。

　　迷迷糊糊间，薛无境从办公桌旁的窗户看见学区甄主任的车驶进了校园，他迅速清醒过来，从二楼上跑下来。甄主任把车停在教学楼前，带着一种不满，气怄怄地从车里下来，指着干活的工人问："找他们来干活，报账怎么办？"

　　薛无境一看这架势，好像甄主任对学校工作有很大成见，瞬间感觉来者不善。关于学校财务运转，后勤校长还没有来得及详细向他汇报，但是他耳朵里听到了一些让他意外的信息，学校欠账一百多万，每季度办公经费学区要统筹30%，学校每次报账不能超过学区下发的金额。

　　看甄主任一脸生气的样子，薛无境心中的不满"腾"就上来了，本来一心想为学校办点实事，却不曾想到被领导"问责"。

　　"甄主任，刚来桃源学校，学区的财务规矩我不清楚，作为校长，我只想把学校内的工作干好。如果你想知道怎么报账，就去问问负责学校财务工作的盛才俊校长吧！再者说，关于楼前绿化美化事项假前校长办公会研究一致同意的。如果你有什么疑问，我可以让办公室赵丽娟主任把当时的会议记录拿给你看看。"薛无境不管不顾，没好气地顶了两句。

甄主任感觉自己的权威受到从未有过的挑战，嘴里嘟嘟囔囔，说着一些不应该的话。他一时又说不出反驳的话。为了挽回作为领导者的面子，他一个人在绿化人员中间来来回回走了几圈，不停地用手指指画画，心里仿佛有一万个不痛快。工人们只顾干自己的活，甄主任见没人搭理，开上车一溜烟出了校门。

薛无境回到办公室，激动的情绪久久不能平静，心想：也太不给领导留面子，即使不同意领导意见，作为下属也不至于当面反驳，弄得甄主任下不来台，太意气用事，心里不免有点后悔。但是性格使然，他认为对的事情就排除一切困难，坚持做下去，仿佛一头犟驴，谁也很难拖住他。

甄主任这一闹，让薛无境的心情一上午没平静下来。临近中午的时候，他想起在学校附近干企业的初中同学曲志强，于是拨通了他的电话："曲总吗？我是你老同学薛无境呀！"

"噢，薛校长呀，我也是刚刚听说你调到桃源学校，想不到多年不见，竟然成了校长，欢迎你来为家乡孩子们做贡献！"电话那边传来惊喜的声音。

多年没联系，一听还是原来的声音，薛无境瞬间就从刚才的苦恼中摆脱出来，脸上露出笑容。"听说你企业规模做得很大，产值超过2亿，是东郡规模最大的液压件民营企业，也是我们桃源镇的龙头企业，祝贺你呀！"

"本来早就应该联系你，为你接风，祝贺一下新校长上任，出差一个多月耽误了。快到午饭时间，我正好没事，让司机开车接你来厂里吃吧。"曲志强诚恳又实在地说。

"今天中午正好没地方吃饭，那我就不客气了。你先准备一下，我们自己开车一会儿就到。"薛无境挂断电话，就把副书记魏镇叫到学校。

魏镇住在学校附近教师公寓，当听说薛无境让他一起去拜访曲志强，瞬间露出满脸的兴奋："曲总是我们桃源镇规模最大的企业家，很有影响力，镇里领导是他家的常客。这几年企业越做越大，他经常做一些公益事业，为老人送慰问品，为困难学生送资助金，他还为村里打了一口深水井，让村里老百姓喝上了免费的放心水。"

薛无境听完魏镇的话，不禁对这位同学产生了敬佩之情，尽管多年没有交往，从新闻媒体上他也略微了解了一些。对于今天初次拜访，薛无境有一点不成熟的想法，但是他没有说出来。去之前，他让魏镇去茶店称了两斤新鲜的绿茶，算是一点微不足道的见面礼。

等薛无境到时，很多人已经在客厅里等着了，镇长董涛波也在其中。他赶忙跑上前握手问好，董涛波站起来握了握手，然后朝他一笑，直接坐在了主陪位置上。"我今天邀请董镇长做主陪，我做副陪，主要是为我老同学薛无境新任桃源学校校长接风。"曲志强一边说着，一边招呼着客人们入席就座。

大家互相介绍认识后，薛无境谦让一番，最后按照曲志强的安排坐在主宾位置上。初来乍到，薛无境感觉很不自然，尤其是镇长坐在身边作陪，更让他多少有点局促不安。

"国庆假期里，曲总准备了二十年陈酿，大家都把酒杯倒满，为我们的祖国祝贺生日，也为薛校长接风。"大家在董镇长提议下，纷纷都把酒杯倒满。薛无境本来不胜酒力，但是又不能拒绝领导的好意，跟着也倒满了。

酒席在董涛波主持下，大家表现得异常活跃，毕竟他是一镇之长，全镇老百姓的父母官。薛无境喝完两杯，在53度酒精麻醉下，感觉头皮发麻，脸上火辣辣的，像是着火一般满脸通红。酒杯端在手里，就是倒不进嘴里，但在这种场合也不能先败下阵，硬着头皮往前冲。

看薛无境喝得实在难以下咽，魏镇站出来主动替薛无境挡过去。大家也不再劝他，各自端着酒杯纷纷表示起来。尽管脸色通红，但是薛无境头脑还算清醒，见大家都喝得差不多了，他凑到镇长耳边嘀咕了几句，然后站起来端着酒杯说："按照东郡的规矩，酒喝到最后主宾要发话。俗话说：天下没有不散的宴席，今天大家喝得都很高兴，非常感谢曲总一片盛情，备下了好酒好菜让大家开怀畅饮，也感谢各位对桃源学校的关心支持。我刚来不久，有些情况不熟悉，希望各位一如既往关心学校发展，共同努力将桃源学校打造成区域名校、乡村典范，让桃源镇老百姓的孩子在家门口就能享受到优质教育。"

话音未落，酒桌上响起了掌声。薛无境一饮而尽，大家也都跟着喝起来。随后薛无境勉强又倒了一杯，他接着说："为了学校更好发展，今天来是想征求一下大家对学校的意见和建议，看大家喝得差不多了，我就把学校联系卡发给各位，上面有我的联系电话，随时可以沟通，也欢迎大家到学校指导工作，最后共同祝愿我们的祖国繁荣昌盛，国泰民安；祝福我们阖家幸福，喜乐安康。"

大家随和着，端起酒杯一饮而尽。魏镇本想走过去替他喝了这杯，但是他提议的酒怎么能让别人替呢，他一仰脖，倒进了嘴里，紧接着跑出去，一张口全吐在门口外的花坛里。俗话说：酒品见人品。大家见薛无境喝酒实在，醉了还要硬撑着，为人做事肯定差不了。等薛无境好受一点，再回到饭桌旁时，大家都酒足饭饱散场了。他使劲握着曲志强的手，不停说着感谢的话。

新学期，新岗位，一个多月来薛无境感觉有些手忙脚乱。国庆假期最后一天，薛无境终于静下心再次审视眼前这座学校。这是东郡市规模最大的一所乡村九年一贯制学校，三十九个教学班，在校学生一千六百多人，在职教师近一百三十人。十一辆校车覆盖服务区内近四十个村庄，这些校车都是几年前个人购买的，今年响应上级要求，由市长途汽车运输公司托管，实行公司化运营。较之陈湾小学，薛无境有种"鸟枪换炮"的不适感，过了新鲜期，事情多如牛毛让他有点不知所措。

走在安静的校园里，路边高大的法桐，挺拔高耸，枝繁叶茂，给人一种凉爽的感觉。伸出的枝枝丫丫遮住整条道路，也压住楼前的花坛，将前后两栋教学楼隐藏在浓浓的绿荫里。每次走在树下，薛无境总有一种压抑感，说不出是好是坏。此时，正在值班的赵丽娟远远走过来，薛无境招呼着一起走走。

薛无境望着得力干将，有意无意地问："赵主任，你在学校工作多少年了？"

"自从参加工作，一直在桃源学校从没离开过。师范毕业，父母希望回到他们身边，我毫不犹豫回来了，毕竟家里我是老大，他们需要人照顾。再后来找了对象，在教师公寓安了家，一晃二十多年了。"赵丽娟颇有感慨地说。

"我们老师一般都这样，如果没有想法，安安静静教学可能就在一个学校待一辈子。我算一个不安分的人，辗转多个单位，也够折腾了。"薛无境说完，莫名其妙笑起来。

赵丽娟仿佛带着一些疑问，抬起头问："听我父亲说，你本来在初中挺好的，怎么突然去了小学呢？"

"唉！"薛无境长叹一声，"当时我任学校团委书记，在年轻教师中算是佼佼者，自从有了孩子，身上的责任感更强了。我和你嫂子都是教师，当时乡镇上工资发放也不及时，想通过努力考上研究生为自己提供一次重新选择的机会，从而改变一下命运。小学时间相对宽松，我就去了小学。自学两年，很遗憾也没考上省委党校研究生，只好在师范大学拿了一个在职教育硕士学位。"

"那也很不简单！薛校长有这么大胆的想法和持之以恒的毅力难能可贵，再说，全市校长中有硕士学位的也很少呀！"赵丽娟露出羡慕的神情，紧接着又充满好奇地问，"薛校长，你的经历也够复杂的，里面有很多故事吧？"

"故事肯定很多呀！简单来说吧，到了小学，校长恰好是我读初中时的班主任。他用人心切，两年后把我提拔成副校长。后来，我去了弥水学区，当了七年教科室主任。再后来，校长竞聘我以第一名的位次派到陈湾小学，五年后跨乡镇来到桃源学校。"薛无境脑子里就像放电影一般，快进着人生的每一次转折。

赵丽娟像听传奇故事一样，听得很入迷。此时，薛无境却转换了话题："我那些经历都是陈芝麻烂谷子的事，赵主任，你在学校待这么多年，情况比我熟很多，哪些地方需要提升一下？"

薛无境试探着抛出话题，因为他耳朵里听到桃源学校太多不和谐的声音，只是忙于应付眼前工作，还没有关注学校背后潜藏着的灰色地带。他提出这个尖锐的问题，不仅想知道学校的真相，更想进一步考察一下赵丽娟，毕竟办公室主任对校长来说很关键。

赵丽娟抬起头想了想，欲言又止，但一个多月来对薛无境的亲近感让他无所顾忌，最终脸上露出一股超脱现实的勇气。"不瞒你说，我们能体谅老校长的心态，临近退休，老好人思想重了一些，对人很包容，听之任之。工作上标准不高，要求不严，干好了不喜，干差了也不恼。学校管理相对比较宽松，缺少规矩，因此老师们的行为就显得无拘无束、随随便便。即使有些规章制度也只是贴在墙上当摆设，落实不到日常管理工作中。尤其对各种荣誉，老师们反映最强烈，谁要给谁，谁用着给谁，打消了很多青年教师的积极性。"

是呀，一个学校没有制度约束和严格管理，没有客观评价和公平竞争，是多么可怕！听完，薛无境陷入沉思，在外人看来如此体面壮观的学校，在内部人眼里却显得异常薄弱多病。

十一

国庆节后开学第一天，副书记魏镇将一张明州市 12345 承办单放到校长室办公桌上。

来电人反映：

1. 东郡市桃源学校餐厅的饭菜内经常存在虫子、头发等异物。

2. 餐厅内的饭菜质量非常差。3. 学生吃饭时吃不饱，继续打饭时工作人员却不予理睬，对此不认可，要求处理。

此时，魏镇站在薛无境面前显得有点紧张，脸面皱巴巴的，不像平时那么舒展，一副很不自然的神情。作为分管惠民工作的校领导，这样的投诉并不陌生，只是他猜不透新校长关于投诉问题的态度，傻傻地站着准备接受批评。

薛无境眼睛看着投诉单反映的问题，脑海里像过电影一般，不停浮现着餐厅里的一幕幕，想从他的脑海中找到这些问题，但是所有的答案都在"可能"与"不可能"之间徘徊。不管问题是否存在，既然有人通过市长热线来反映这个问题，薛无境还是感觉到问题的严重性。但是作为一个大规模学校偶尔存在这样那样的问题也在所难免，尤其当他看到魏镇惶恐不安的样子，他反而却显得异常冷静。

"魏书记，你去把负责餐厅的同志叫来，把问题搞清楚，如果确实存在这些问题，要马上整改到位，避免再次出现。"薛无境抬起头，语气异常平缓地说。

"好，我这就去。"魏镇转过身，急匆匆往楼下走去。

不一会儿，魏镇和后勤校长盛才俊、总务主任国安宁从楼下走上来。平时，国安宁主要负责餐厅工作，他最了解真实情况。当他读完投诉内容，习惯点上一支烟，若有所思地说："最近餐厅进了一批菜花，可能有青虫；至于头发的问题，我们要求餐厅人员工作期间务必戴着头套，防止头发落到饭菜里，可能个别工作人员疏忽大意了；面食和稀饭都是足量供应，不存在吃不饱的问题。"

"可能，一切都是可能！问题就因为我们对待工作似是而非，缺少认真负责的态度。"薛无境一听，火气"腾"地就来了。

瞬间，屋里的空气紧张起来，变得鸦雀无声。沉默一会儿，盛才俊面露难色地说："每顿饭一荤一素两个菜，学生吃饱是没问题，七块钱的餐费，学生能吃得多么好呀，这个投诉的家长也不想一想！"语气里带着一点抱怨。

"这个投诉如果是家长搞的，他们心疼孩子在学校里吃不好，我们可以理解；但是投诉内容一条一条列得非常清晰，我们的家长怎么掌握得这么清楚，是不是有人在故意搞鬼。"魏镇带着一点疑惑说。

薛无境听着三个人的发言默不作声，此刻他的大脑在飞速旋转着，试图找到问题的症结和解决的办法。

"谁投诉我们抛开不管，关键要弄清楚是否存在这些问题？为什么会存在这些问题？以后怎么杜绝这些问题的发生？"薛无境把大家的思路引到如何化解问题上，"对于反映的问题，我认为或多或少是存在的，务必要引起我们足够的重视。现在学生很挑食，遇到不愿意吃的菜就倒垃圾桶里，浪费很严重，请盛校长和国主任迅速召开餐厅工作人员会议，针对反映存在的问题要找到真正的原因，迅速整改到位，也希望在今后工作中务必提高工作标准，加强餐厅管理，确保不再发生类似问题。"薛无境的语气里没有半点回旋的余地，只求干好工作，不要找借口掩饰问题。

薛无境看了魏镇一眼，口气稍微缓和说："魏书记，有人反映问题很正常，毕竟我们学校确实存在一些问题。只要我们畅通问题反映渠道，及早发现问题并解决在萌芽中，就可以避免矛盾激化，引起人们投诉。辛苦你再想想办法，尽量在第一时间将问题解决在校内，同时，你向他们做好投诉回复，让来电人满意，直至撤诉。"

此后几天，薛无境一直在餐厅陪餐，感觉餐厅工作人员态度好了很多，饭菜质量也有所提升，在吃饭过程中没有发现来电人所反映的问题，他想：投诉回复上去了，这件事也就过去了。

可是，五天之后魏镇哭丧着脸推开校长室的门说：来电人不满意我们的回复，退回来了。薛无境皱了皱眉头，自言自语说：看来要面对面地解决问题了。

"魏书记，你尽快安排各班主任成立班级家长委员会，然后你牵头组建学校家长委员会，有些问题我需要面对面和家长沟通。"

薛无境就像临战前的首长，发出了决战的号令。同时，他让总务处主任国安宁在周三午餐多做五十份，邀请家委会成员品尝学生午餐。

事情如薛无境安排的那样一切向前推进，学校新一届家委会成立了。成立仪式上，薛无境向每一名成员颁发了聘书，并做了精彩演讲，让在场的每一名家委会成员听得心里暖暖的。

"孩子是你们的，学生是我们，他们走出家门进入校门，又从校门回到家门，成了我们家校之间联系的纽带。你们怀着对学校的信任，把孩子交到老师手里，我们感觉身上的责任沉甸甸的。既然为着共同的目标，希望我们家长对学校多一点理解、支持与包容。孩子成长是一个漫长的过程，对他们的教育不会一蹴而就，需要我们有足够的耐心去陪伴，去面对。遇到问题，我们要凝聚智慧，共同商量解决，一味抱怨只会让孩子朝着我们相反的方向发展。"薛无境略微停顿一会儿，借着喝水的空隙用眼睛扫视了一圈，见大家听得认认真真，他激动的心情稍微平静下来。

"我是从乡村走出来的孩子，深知各位家长生活艰辛，也认识到孩子是家庭唯一的希望和未来，我们不敢有丝毫的懈怠和满足。家长们始终见我站在学校门口迎送学生，是向各位家长表明负责任的态度。作为校长，我从来不回避学校管理中存在的问题，有些问题需要你们协助去解决，而不是去抱怨、去抵触，甚至去投诉。如果你不放心，为什么要把孩子送到我们学校来呢？你自己的孩子在这里上学，你都不说好，谁会说我们好呢？这不是搬起石头砸自己的脚吗？大家可以看到，在我胸前工作证上写着两行字：你们的需要就是我最重要的工作，你们的满意就是我最大的快乐。真心希望家校之间能够坦诚相待，共同努力将桃源学校打造成乡村优质学校，让我们老百姓的孩子在家门口就能享受到优质教育。"薛无境刚说完，会场上就响起"哗哗哗"的掌声。

会议结束后，薛无境领着家委会成员参观了校园及各功能室，家长对学校的育人环境和现代化教学设备赞不绝口。当走进餐厅时，薛无境邀请各位家长与学生一块共进午餐，有些学生们看到家长来了兴奋不已。家长品尝着午餐，脸上露出满意的笑容。他们一边吃，一边发表自己的感慨："七块钱，吃这个样已经很好了，我们家长很满意。""学校也可以提高一下餐费，让学生吃得更好。""别惯着孩子，我们上学的时候哪像现在孩子这么幸福，能吃饱就很好了。"有的家长拿出手机，纷纷拍照，将品尝到和感受到的分享到微信朋友圈里。

送走家长，魏镇重新把上次的回复整理一下递给薛无境。

针对投诉人对学校餐厅问题仍不满意的回复，学校高度重视，充分理解家长心情，进一步采取系列措施，切实提高饭菜质量。

1. 学校周一工作例会进行了专题研究，并成立了以校长为组长的专班进行问题整改。

2. 第一时间召开了餐厅管理人员工作会议，学校校长、党支部副书记、后勤副校长、总务主任参加了会议。明确要求：（1）力争每餐为学生合理搭配一荤一素两菜。（2）要求餐厅工作人员转变服务态度，增强食品卫生安全意识，进一步提高饭菜质量，学校后勤人员做好督查。

3. 组织学校家委会及各班家长代表40余人，共同研究餐厅工作，广泛听取家长意见，会后组织家长参观了餐厅，并和学生共进午餐。取得家长对学校餐厅工作的理解和支持。

餐厅工作，事关每一名学生的健康成长，学校一直高度重视，家长反映的心声，就是我们学校工作的目标。学校会以本次投诉为警示，努力办好学生、家长、社会满意的教育。

投诉人后期如有问题可拨打学校电话进行反映。

看完之后，他把自己的手机号码写在了承办单上，嘱咐魏镇尽快回复。

投诉方得到了满意答复，12345热线一事算是风平浪静了。尽管事情已经平息，却让薛无境在反思中有新的触动。学生是学校服务的直接对象，而家长则是间接对象，办好人民满意的教育，家长是关键主体。在现代学校治理中如何发挥好"家长委员会"的作用，让他们更好参与并推动学校发展是校长亟须破解的重要课题，因此，他特别嘱咐魏镇一定要充分发挥学校家委会作用，让其成为推动学校发展的一支重要力量。

校长办公室在初中楼，小学部的老师却在后面远远地暗中观察着新校长的一举一动。尽管薛无境时不时到小学楼上转一转，无形中会给老师增加一点紧迫感和压力感，那毕竟是短暂的一瞬间。虽然不在同一座楼办公，但他们的目光却始终透过窗户注视着校长室里的一举一动。

一个多月过去了，校长室里很安静，没有他们预想到"新官上任三把火"的紧张情绪和畏惧感，于是，悬着的心总算放下来，心想：新校长也不过如此，依旧按照惯有的思维我行我素。其实他们不知道，一场转变思想的运动已经在学校管理层中酝酿开来。

下午放学送走最后一名学生，喧闹了一天的校园终于安静下来，薛无境绷紧的神经暂时进入松弛状态。天边，借着夕阳的渲染，云肆意地绚烂，把蓝的天空描摹得美轮美奂，薛无境望着云，仿佛在想着云的心事，禁不住感叹：云游荡在空中，不知道从哪里来，也不知道归向何处，如同那个忙碌的自己。窗外没有学生的跑闹，也没有上课铃声的提醒，他静静坐在椅子上，开始反思一周的工作。尽管有些专家说，一个好校长就是一所好学校，但是学校只靠他一个人整天忙忙碌碌能行吗？思想是决定行动的关键，只有将思想统一到大家行动中来，才能推动学校又好又快发展，否则，只是校长一个人在"独舞"，其他人都会成为无关的看客。

周一例会，薛无境没有像平常那样总结上周工作，安排本周工作，而是展开了一场转变思想的大讨论。"两个多月，学校的基本情况总算有所了解。想要做好学校工作，首先要有明确的定位，在我看来，学校尽管规模很大，硬件设施比较好，但是从软件建设和学校内部管理说却是一所薄弱学校，具体表现在：

1. 学生流失比较严重，除城市化进程加快，大量农村人进城的客观因素外，学校教学质量不高，与家长的期望值还有很大差距是关键。

2. 从教师角度来说，教和不教一个样，教好教坏一个样，缺少事争一流、唯旗是夺的斗志和追求卓越、积极向上的专业发展欲望，人人与世无争，流露出较强的职业倦怠感。

3. 学校发展目标不明确，规章制度和评价体系不完善，办学标准不高，内部管理不严。

4. 我们学校管理干部工作态度和能力有待提升，多数事情只停留在工作布置上，至于做得怎么样，如何去评价却没有及时跟进，更缺少解决问题的方法，遇到难题绕道走。"

薛无境一股脑将这段时间自己的所见、所闻、所想全盘托出来。"今后周一例会，不再听我总结工作和布置任务，而是希望在座各位充分施展自己的主观能动性，做好职责范围内的事情，向学校汇报。"

大家面面相觑，低头不语。想不到这么短时间，新校长就能一针见血指出学校问题的关键症结，思路清晰，干脆利落，并且为大家指明了解决问题方法和步骤。

十二

转眼间，薛无境来到桃源学校两个多月，除离城远一点，和陈湾小学也没有什么不同。原以为大学校难管理，其实教师明确了自己的教学任务，学校领导清晰了自己职责所在，大家各负其责都在忙着自己的事，薛无境也有时间坐下来清闲一会儿。

四十多岁年龄，薛无境不知道从什么时候生出"恋旧"情结，有时候陶醉在过去的旧时光里不能自拔，流逝的岁月像放电影似的，一幕幕在他眼前浮现。尤其在陈湾小学的那段美好时光，每一个黎明，每一个黄昏，夜色中办公室里透出的灯光照着村中的街巷，都会触动昨日的敏感神经。前几天，陈湾村村主任老陈还在微信里留言说：每天家长去接送孩子，不见薛校长，都感觉空落落的，像是没有了主心骨。

每次听到家长的评论，薛无境心里总会生发出一种无以言表的自豪感。在他的教育情怀里，学校孕育着一个孩子的未来和家庭的希望，责任重大，不敢有丝毫懈怠！从大处说，校长要落实好为党育人、为国育才培养目标；从小处说，学生成才、人民满意是学校办学的根本，而家长赞许才是对他最高的褒奖。

正当他陶醉在往日幸福时光里，手机短信提示音响了一下，是陈湾小学总务主任柳絮飞发来的："薛校长，陈湾小学领导让我转告与你，你所尚未交还的相机学校急用，望你下周内交还，如不交还，学校将上报弥水学区及其他相关部门，望知情。"

这让薛无境突然想起，上任陈湾小学不久，为提高学校宣传效果，拍出更加精美的图片，他特向学区孙主任申请购买了一台佳能相机。因为走得急，没有及时交给新校长，还一直放在车后备厢里。但是，当他读第二遍的时候，感觉到文字怪怪的，甚至带着一点威胁的口气。

薛无境想到这里，随手就拨通了柳絮飞的电话。"柳主任，俗话说'人走茶凉'，我才走两个多月，就不认老校长呀！这茶也凉得太快了吧！"

"薛校长，你别误会，我是奉领导指示才给你留言。再说，作为学校固定资产管理员，资产不明不白流失了，我也不好交代呀。"柳絮飞在电话里解释着。

"等我在这边稳定好了，我和新校长会做好交接工作，再说，我也没说不归还呀！"薛无境的话语里显得有些生气。想到一起共事时，柳絮飞表现得谦虚谨慎，害怕给自己添一些不必要的麻烦，没想到刚离开两个月，就翻脸无情了，这让薛无境感受到人世的薄凉。

"作为总务主任，当初你说学校账目复杂，主动提出不管财务只负责固定资产，我没有难为你。后来，你为了早日晋升职称，想获得一个考核优秀名额，我也推荐了，没感觉做对不起你的事情呀！"

柳絮飞仿佛也被激怒了，在电话里争辩起来："薛校长，我这是公事公办，对事不对人。"

薛无境一听反而更加生气了："柳主任我要问问你，我说不还了吗？你要反映到什么部门去呀？你什么意思呀！"连珠炮般的发问让对方插不进半句话。

"喔——喔——"柳絮飞就像被一口气憋住了，急得说不上话来。

薛无境还想继续说下去，想到同事一场便冷静下来。"过去的事咱就不提了，关于相机，明天我让冯紫玉捎到学校去，你也好对领导有个交代。"最后这句话，薛无境提高了嗓门。他再也不想听对方说什么，就挂断了电话。

第二天一早，他顺路把相机放在了陈湾小学传达室，并在电话里嘱咐冯紫玉将相机交给校长周大新。不承想，傍晚相机又被莫名其妙地退回来，理由是：型号不对。薛无境打开包，看了一眼，自言自语说：就是原来那部相机呀！他冷静地想了一会儿，用手机朝着包里的相机拍了几张照片，保存了起来。

等薛无境将相机再次让冯紫玉转交学校时，他本想给柳絮飞打电话，问问相机型号哪里不对，但仔细一想，东郡县城不大，同在一个地方生活，总有见面的时候，如果闹僵了，再见面怎么开口说话呀！于是，握起的手机又放回了裤兜。

一周过去了，陈湾小学再没有传出什么消息，"相机风波"也算过去了。只有亲身经历过，才能对世间的人生百态认识更加深刻。相机这件事让薛无境对人情世故看得更清楚了，想不到人竟如此"势利"，也总有人用自己狭隘的思想去揣摩别人。人呀！的确是个奇妙的物种，当你站在他人之上，他会抬着头毕恭毕敬地仰望你，祈求你的施舍；当你对他一无所用时，他会头也不抬地漠视你，总想把你踩在脚下。

今年职称评审比往年来得晚一些，但是大家却等来一个好消息。东郡市将落实省里要求：在乡村工作满 10 年，可以申报中级职称；乡村工作 20 年，中级聘任满 5 年可以申报副高级职称；乡村工作 30 年，副高级聘任满 5 年，可以申报正高级，并且职务不再受岗位比例限制，凡是符合条件的乡村老师都可以报。如此看来，童老师可以不受限制上报职称材料，薛无境终于松了一口气。

往年职称评审都有名额限制，并且是"僧多粥少"，老师们为了获得一个晋级名额，可谓想尽一切办法，论文、课题、荣誉称号、业务能力一样都不能少，甚至有的老师还造出很多专利，凡是有加分的项目，必定拿出"破釜沉舟"的勇气，提高自己的分数和位次，以抢占先机。有时候还会为了论文真假、得分多少吵得面红耳赤，不欢而散。

当职称放开的消息传来，这可乐坏了老师们，大家都忙着准备上报所需要的材料，薛无境也在其中。本以为退休前才能解决职称问题，想不到提前实现了，这让薛无境兴奋不已。

下午放学时，薛无境正忙着准备晋级的材料，手机铃声响了。"薛校长，陈湾小学于晴老师到市教体局反映上学期师德考核问题，当时你干校长，需要写一个情况说明。"电话是市教体局教师工作科文科长打来的，"根据明州市教育局规定，晋升副高级职称，上一学期师德考核必须为优秀，她不符合条件，就找到教体局来了。"

薛无境听完愣了一下，迅速在脑海里回忆着师德考核时的情景，模模糊糊还有一点印记。按照规定，一学期结束要在明州市师德考核系统中填报教师职业道德评价结果，于是，他把校委会成员召集到校务办公室，根据学校制定的考核方案，研究确定了每一名教师的师德考核等级。于晴因为丈夫生病，需要到外地治疗又无人照顾，无奈之下，她从五月中旬就请假陪丈夫治病去了，学期结束也一直没有回来。校委会根据师德考核办法，就把她定为"合格"等级。

没想到今年职称放开，又是于晴退休前的最后一次机会，她怎么能不急呀！

"文科长，你能想办法把她的师德考核结果调整为'优秀'吗？"薛无境也为于晴感到一点惋惜，因为和文科长在弥水学区曾经是同事，就在电话里直接恳求说，"如果受学校师德考核比例限制，就把我的'优秀'让给于老师吧，我退休还早，机会多着呢！"

"我刚打电话问了明州市教育局负责同志，系统已经关闭，结果谁也调整不了。"文科长毫不犹豫地说，"你尽快写个情况说明上来，我们也好及时反馈给于老师。看样子，她情绪有点激动。"

天色已经暗下来，薛无境也不敢怠慢，急匆匆就往陈湾小学赶去。尽管因为"相机风波"闹得不愉快，他还是硬着头皮走进了这个让他感到陌生的地方。在校门口，他遇到了正要回家的校长周大新，说："周校长，局领导让我来给于晴老师写个情况说明。"

"他们都在办公室等着呢，我家里有事，就先回去了。"说完，周大新面无表情地走出校门。薛无境尴尬地笑了笑，没有说什么，径直往楼上走去。

校委会成员都在，只有柳絮飞没见。冯紫玉见薛无境走进来，站起来脸上看不到一点笑模样，说："欢迎薛校长回来呀！这几天，于老师经常在办公室吵闹，吓得我们也不敢吱声。"

"我敢做就要敢当，大家不要担心，出了问题校长就应该担责，不会难为各位。我把当时的情况写写，如果大家没意见，盖上学校公章就行，明天让学区的人顺便交到市教体局文科长那儿。"薛无境望着站在一旁不知所措的老搭档。

等薛无境写完，大家都看了一遍感觉没问题。等冯紫玉要盖章的时候，学校的公章竟然找不到了。冯紫玉感到纳闷，平日里柳絮飞保管着公章，等打电话问他的时候，他竟然说没见。薛无境心里明白是怎么回事，但是他没有说出来，只是招呼大家一声说："天这么晚了，大家早点回家吧。明天早晨麻烦冯校长盖好公章，放到传达室，我让弥水学区的领导捎到市教体局。"

薛无境感到浑身不自在，却依然笑着和大家道别。等他开车驶出陈湾小学，不禁感慨：人变得太快了，刚离开两个多月，人与人之间就有了隔阂，变得形同路人。

事情并没有像薛无境想得那么简单，说明清楚情况就完事了。凌晨五点半，他刚起床就收到于晴发来的一条短信：

师德考核从不看工作量，难道天天在学校什么也不干，只要在学校就优秀吗？东郡教学质量，就靠天天打卡提高的？教学成绩好的排课从来都是最多的。前年我刚教完一个小六，× 月 × 号我本该教一年级，时任校长因为小六数学成绩差，班级纪律差，又安排我教数学当班主任，我欣然接受。第二学期开学，我丈夫打疫苗后开始发烧，我坚持上课当班主任到 5 月中旬，这时病情加重，我辞掉了班主任。但是时任校长不作为没有妥善处理，我去上班没人接班主任，我迫不得已，为了辞去班主任才请假。如果时任校长处理得当，我可以少请半个月假。这种情况下，责任由我承担有失公允。再说我们国家向来是特事特办，特殊事情特殊时期家人性命不保的情况下，不看工作量不通盘考虑，只看考勤，请假多师德考核只能合格，这个问题我们可不可以向教育部反映？

薛无境看完一遍，感觉这些文字不是直接写给他的，应该是向上反映的内容又转给了他。他非常理解于晴的焦虑心态，没想到今年职称会不受名额限制，对符合条件的乡村教师彻底放开。如果受名额限制打分竞聘，她刚刚符合条件，打分晋级也没希望。再说，其他教师都按时上课，唯独于晴请假一个多月，给学校工作造成很大被动。半途中，学校去哪里找任课老师呀？无奈之下，薛无境只好把刚退休的一名老教师返聘回来，临时接替于晴的教学任务。

薛无境刚看完，于晴又发来了一条短信：

薛校长，明年如果能给我解决晋级问题我忍了，当时你告诉我合格，我也认了！我只想晋级！

看完之后，薛无境没有回复，心里却在抱怨：上面这些人是怎么制定的师德考核评价办法呀？即使学校在满意度几乎接近 100% 前提下，也要按照比例给老师划分成"优秀""合格"等级，教师们认真上课，又没有违反相关规定，一个教师职业道德的好与坏怎么去评价？这不是纯粹难为校长吗？再者说，职称晋升师德只要"合格"就行，为什么非要设定为"优秀"吗？想来想去，薛无境嘴里就要骂出来，这不是故意制造学校领导和教师之间的矛盾吗？

一整天，薛无境都处在深深的自责之中。说起和于晴私人关系在陈湾小学是最好的，薛无境帮她搞课题研究、推优；于老师也很支持学校工作，总为薛无境分忧解难。在节骨眼上遇到这种特殊情况，他不知道怎么回复于晴，只想让事情自然冷却。到晚上，薛无境刚躺下，又收到于晴发来的短信：

薛校长，我今年不再找了，真是觉得你一个乡村孩子走到今天不容易。我只是在教育系统内部反映情况希望能晋级，结果内部不能解决，再找就牵扯到太多人，我忍了。结果昨天晚上学区两位领导九点多来我家，我妨碍谁了？有的人上个学期全部请假她优秀我没攀比！现在这么多人给我压力。逼疯我就好吗？

薛无境见于晴的心态始终不能平静下来，想了一会儿，便回复了几句，想缓解一下紧张关系。

你很善良，谁去找你缓和事态我不知道。在这件事上我说多了，你伤心；说少了，你也伤心，先冷静一下再说吧。在陈湾小学，我俩的关系算是最铁的，你很支持我的工作，我也算是很照顾你，所以当问题出现的时候，我第一时间沟通市局，希望他们能帮忙弥补，但是明州市教育局已经审核，不能改动。如果能预想到今天这个局面，我情愿把优秀让给你。如果能挽回，我愿意把今年晋级机会让给你。

过了不到二分钟，紧接着，于晴回了短信。

算了，希望你好，当时刺激过大我受不了。理解我的废话。希望你好！

薛无境一颗忐忑的心终于放下了，尽管心里觉得十分愧疚，但是，事已至此，又能怎么办好呢？

第二天，薛无境来到学校感觉昏昏沉沉，就像从噩梦中醒来一般，精神未定，但也感到一点轻松，毕竟这件事得到于晴的理解，总算有一个了结。然而，这种好心情还没持续多久，薛无境手机里收到一条短信：

薛校长：

你好，我是于晴的小弟。

我四姐于晴因家人特殊情况引发病危才请假一个多月，因此而评其师德合格值得研究。国家政策历来是原则规定性的，不会僵化到万事万物一刀切的。

因此而让一个兢兢业业工作而面临退休的人失去晋升职称的机会，对当事人太不公平。我四姐政治觉悟、教学工作量、教学质量，在学校里数得着吧，这种未及时告知本人的评价不应该吧。

都是从事教育行业的，教师对面子尤为看重，而职称是最大的面子。希望学校做出应做的工作，与个人共同把这件事画上一个圆满的句号。

在党中央英明领导之下，总有说理的地方，教育也是今后反腐工作重点，希望不要把事情弄得不可收拾。

大家努力，给当事人一个公平的结果。

薛无境知道于晴的弟弟在省城一所大学任教。当他读完之后，感觉到这简直就是赤裸裸的威胁，心想：他秉持一颗公心，按学校规定办事，反而惹出麻烦来了。身正不怕影子斜，他要以静制动，看看到底能搞出什么事情来。

时间是最好的过滤器，岁月是最真的分辨仪。或许，随着时间流逝，事情也就消停了。半月后，老师的晋级材料顺利通过了东郡市初审，按时上报到明州市教育局，于晴的材料也在其中。

十三

连续几天，薛无境被于晴师德考核的事闹得心神不宁，仿佛守着一座随时可能喷发的活火山，躲避不了，安心不下，一个人坐在办公室里闷闷不乐。

这天，少先队辅导员余静走进来，说："薛校长，前几天学校报上去的校外辅导员团市委已经批了，认为我们聘请钟盛宇担任校外辅导员挺好，他是东郡古城的金牌导游，很优秀。"

听到这里，薛无境几天来郁闷的心情渐渐变得明朗，仿佛在漆黑的夜里看到了一丝光亮，顿时兴奋起来。"太好了，我们可以举行一个受聘仪式，顺便带领学生到东郡古城搞一次研学活动，也让我们乡村孩子到古城去开阔一下视野，增长一些历史文化知识。"

"这个提议太好了，我们的学生以前可能跟着爸妈去游玩过，但是这种集体性的统一活动学校却从未组织，我想学生肯定会受益匪浅。同时，可以联系一下电视台记者，让他们去报道一下。"余静异常高兴地说。她第一次感觉到新校长真是敢想敢做，一种敬佩之情油然而生。如果放在以往，老校长们肯定会有很多安全顾虑。这让她想到了薛无境在校委会上经常说的那句话：凡是有利于学生发展的事，克服一切困难也要想方设法去实现。事情不仅要往最坏处想，更要往最好处做。

"我和小钟的单位领导先沟通一下，你去写一个活动方案，然后我们再确定一下。"薛无境送走余静，然后拨通了东郡古城管委会袁德玉主任的电话："袁主任您好，我是薛无境呀！"

那边没有丝毫犹豫，爽朗地说："薛校长，祝贺你呀！我听冯主任说你已经调到桃源学校任职，这可是提拔重用呀！方便的时候，我和冯主任去看看你。"说起东郡古城，薛无境还有一段解不开的缘分。有一次，袁德玉到南部山区考察乡村旅游，当走到柿子沟景区时，对这偏僻山沟里的文化建设感到惊讶，想不到一年时间，乡村景区注重文化建设搞得有模有样，并且印制了景区宣传册《山里老家——柿子沟》。当问起是谁的功劳时，村支书自豪地说，多亏了薛无境帮助。

一年秋天，薛无境无意中走进这座小山村，就被当地优越的自然生态环境所吸引。阳光、柿林、山泉、溪流随处可见。雄伟的轿顶山植被丰茂，山顶的石道人奇形怪状，身处依山而建、错落有致的石屋院落，一种回到老家的亲切感，让他瞬间产生了创作灵感，于是，就写了《山里老家——柿子沟》和《我在柿子沟等你》两篇散文，发表在多家报刊上。恰好那年村委换届，新上任的村支书想借助当地独特的自然优势资源开发乡村旅游，在镇领导推荐下便找到薛无境。他凭着爱好和热情，每逢节假日自己驾车一百多里路，挖掘整理柿子沟的传说故事，让名不见经传的小山村成为东郡市乡村旅游的排头兵。村里懂文化的人不多，他被景区聘为"文化顾问"，成了这里的荣誉村民。

当袁德玉听说薛无境的故事后，眼里放着光，像是在荒滩上发现了一枚闪光的奇石，吸纳进入东郡市古城保护和修复文化调研组，聘请他为"古城文化调研员"，参与到古城文化挖掘整理中来。后来，东郡市委组织部根据明州市领导建议，在古城景区建设"生态旅游"党性教育基地展馆，因为工期紧张，缺少人手，薛无境被临时借调到东郡古城管委会。恰逢暑期，学校里事情少，薛无境从早到晚天天靠在展馆建设指挥部，搜集资料，撰写文案。中午，饿了就去大街上吃个蒸包、喝碗稀饭；困了就把办公室的凳子拼凑一下，躺在上面迷糊一会儿。两个月的时间，文案几经修改，总算在秋季开学前定稿，确保了展馆建设顺利开工。临别之际，薛无境对建设指挥部的同志说：如果展馆建设需要，他会随时赶过来协助工作。这让袁德玉很是感动，感动于他不计报酬，无私奉献的人格品质；感动于他精益求精，善作善成的工作态度。

自那之后两个人结下了深厚的友谊，当袁德玉接到电话时，表现得非常热情和客气。薛无境就像见到老熟人，开门见山直接说："袁主任，我们聘任游客服务中心钟盛宇担任学校校外辅导员，要特别感谢你支持呀！如果方便我们打算搞一个校外辅导员受聘仪式暨走进古城研学活动，你看可以吗？"

"一家人不要说两家话嘛，当初你尽心尽力为古城做了那么多事情，我们理所应当全力支持你，配合学校做好工作。具体事宜你让小钟和办公室同志说一声，到时候，无特殊事情我一定参加。"那边传来了袁德玉爽朗的笑声。

星期六上午，阳光明媚，人头攒动，桃源学校少先队校外辅导员受聘仪式暨走进古城研学活动在景区游客服务中心广场举行。学生穿着整洁的学生装，佩戴着红领巾，安静整齐一队一队排列着，显得严肃紧张而又活泼喜庆，陪同前来的家长也站在一旁，见证一所乡村学校在国家 5A 级景区的高光时刻。电视台记者来了，路过的游客也停下脚步，注视着眼前发生的一切。袁德玉和薛无境站在中间，仪式简单热烈，薛无境向钟盛宇颁发了聘书，两个人先后讲话，分别表达了感谢之情和尽责之心。随后，在钟盛宇带领下，参加活动的学生和家长共同参观了记忆古城展馆和东郡民俗馆，领略了东郡古城悠久的历史文化和遗留下来的风俗民情，让参观的学生大开眼界，收获满满。

看着学生一双双好奇的眼睛，听着家长不断的赞誉声，薛无境得到了一些安慰，仿佛一缕阳光穿破层层阴霾投射在他的天地里，又满怀激情投入到繁忙的学校事务中。当晚，东郡电视台就以"古城研学：走出校园，感受家乡文化魅力"为题做了报道，在学校家长群中掀起了一阵波澜。

最近几周，薛无境隐隐约约感受到校委会成员的工作态度有所改变，他们不再像以往那样坐等着校长安排工作，而是根据职责分工主动承担起自己的分内事务，这让薛无境得到一点宽慰，毕竟学校是大家的，不属于校长一个人。

周一升国旗，副书记魏镇点名发现，教师不全，总有个别教师不按时参加。于是，他主动找到薛无境，建议学校以红头文件方式出台升旗仪式规定，让老师们明确升旗仪式是必须参加的一项集体活动，也是教师爱国的重要表现。自从文件公布后，教师参与升旗仪式的自觉性显著增强。除非教师有特殊情况请假外，其他教师都准时参加。连续两周，魏镇以学校党支部拟文，发布了两次升旗情况的通报，表扬了全校教师认真自觉的精神风貌，彻底扭转了升旗活动人员不全，仪式不规范的不良现象。

安全是学校工作底线，按照"一岗双责，人人有责"要求，学期初，分管安全的夏梅婷就让每一名教师签订安全责任书，重新明确了"四定"安全管理机制，即"定时、定点、定人、定则"。每一名教师手里都有一张安全责任清单，在特定时间和特定位置都有特定人员履行安全职责，维持学校正常教学秩序。从课堂到课间，从楼内到楼外，不管任何时间、任何地点只要发生了学生安全事故，总会有人管，一旦出了问题有人担责，增强了教师安全责任感。

初中部校长钟理才针对班级管理力量不足问题，组织科室负责人员重新修订了班级管理团队激励机制。班级实行承包制，除班主任外，将任课教师也具体到某一个班级，履行副班主任职责，配合班主任做好班级工作。他们将原来班主任一个人管理班级转变为班级团队管理，形成了人人参与、人人有责的班级管理合力，班级秩序明显好转。

小学部临近退休的老教师多，长期以来形成了一些不良习惯，管理起来确实难度很大。但是最基本的师德底线是不能突破的，为此，他根据教师职业道德有关规定，牵头制定桃源学校"九禁一不准"，明确教师们不能触碰的十条师德高压线，进一步规范了教师的在校行为。

这一天，办公室主任赵丽娟见薛无境不是很忙，推门从隔壁走进来。"薛校长，自从你来之后，老师们的自觉性提高了很多，但是住在附近教师公寓里的个别教师总是往外跑，你有什么好办法吗？"

对于这个问题，薛无境已经发现了很久，总有几名教师表现得自由散漫，课间十分钟的工夫也要回家一趟，大多是从学校的开水房里灌满纯净水拎着水桶回家。管理严了，怕老师们短时间适应不了；说多了，又怕老师们私底下说他小气，恰好赵丽娟提出来了，他也想借此机会整顿一下办公秩序。

"赵主任，你通知一下班子成员，我们临时召开一个校长办公会，有些事情我们明确一下。"薛无境说完，赵丽娟赶忙下通知去了。

不一会儿，校长们都到齐了。按照东郡市教体局学校干部设岗要求，桃源学校需要配备五名校级领导，分别是一名校长兼书记，三名副校长和一名党务副书记。作为学校自己认可的班子成员，工会主席易华强、分管安全的校长助理夏梅婷和办公室主任赵丽娟也参加会议。

"今天把大家召集来，就是想明确一件事情，如何让桃源学校变得规范有序？桃源学校作为桃源镇驻地学校，由多个学校合并而来，校长调整比较频繁，长期以来积攒下很多问题。如何打破这些瓶颈般问题，推动学校规范有序发展，是摆在我们面前的重要任务。否则，我们乡村学校犹如逆水行舟不进则退，在城市化进程的浪潮中逐渐消失。"薛无境注视着眼前几名关键人物，目光从左边转到右边，又从右边转到左边，试图从他们的表情中寻找到共鸣之处。

坐在薛无境对面，他们都默不作声，低着头一副认真倾听的样子，手里的笔在本子上来回滑动着。"不管过去校长怎么要求，从现在开始，老师就要有为人师表的样子。怎么去管理？要从制度上去管人，不能依靠我们几个人跟在他们屁股后面不停地大声吆喝。我建议从教师职业道德角度，规范教师言行。同时也希望各位认真履行好学校管理职责，争取用最短的时间扭转教师中存在的不良行为。"薛无境继续慷慨陈词地说。

这时候，大家都抬起头，用疑惑的目光注视着眼前这位血气方刚的校长。多年来，老师们已经习惯了过去宽松的管理方式，整天散漫自由、无拘无束都成为习惯，突然一下子能扭转过来吗？在座的都为薛无境捏了一把汗。

"赵主任，你牵头重新修订一下教师考勤条例。针对教师中存在的突出问题，结合上级关于规范教师职业道德的要求，出台学校教师职业行为准则，坚决杜绝不良行为发生。请夏主任要求好保安人员，从今往后，教师外出要凭出门条才能放行。中层以上干部外出，由我审批；教师外出，由学部校长审批，否则，一律不能出校门。"薛无境环视了一下大家，见大家没有反对意见，斩钉截铁地说，"学校有了制度，落实是关键。希望各位领导能以身作则，加大巡查力度，值日校长要及时通报巡查情况，真正让老师们能感受到来自学校的压力。"

大家对薛无境的提议都很赞成，毕竟多年来在老师身上积攒下太多陋习，已经影响到学校的管理秩序和教学成绩，必须彻底得到扭转。只是以前几任校长包容性特别强，碍于面子对老师们要求不高，管理不严，久而久之大家就对自己的行为习以为常，无所顾忌。

散会后，薛无境将工会主席易华强留下来。他自从参加工作一直在桃源学校，在总务主任位置上服务了三任校长，直到学校合并为九年一贯制，才申请从总务主任退下来，成为工会主席，负责教职工婚丧嫁娶一些琐碎的事情。他再过两年退休，平时工作不多，也算比较清闲。

"易主席，你是我们学校的元老，对于学校的情况你比我更了解，我想听听你的建议。"薛无境从座椅上站起来，沏了一杯茶，递到易华强手里，紧挨着坐在一旁沙发上。

"薛校长，我们的办公秩序到了非整治不可的地步。学校几经合并，各种各样的人都集中到我们这儿来，有些是从学区领导岗位上退到我们学校的老领导，有些是因为学区成人教育中心撤销，分流到我们学校来的老民办，有点'鱼目混珠'的感觉。"办公室里只有他们两个，易华强就像打开了话匣子，"因为是镇驻地学校，教师流动很频繁，队伍不是很稳定，一百二十多名教师每个人都有自己的小算盘，管理起来难度确实很大。"

易华强端起茶杯，喝了一口，看着薛无境认真倾听的样子，接着说："不瞒你说，之前老校长王元安临近离岗，不想得罪人，管理相对宽松，总是一种老好人的心态。他要求不严，副校长们就更不得罪人了，大家松松垮垮，疲疲沓沓，也都觉得很正常。我实在看不下去，但作为快退休的老教师又能怎样？"易华强说完，叹了一口气，表现出一副无可奈何的样子。

从话语中，薛无境感受到易华强作为一名老教师藏在内心深处强烈的责任感："易主席，我刚来，学校很多情况不熟悉，需要得到你的支持和帮助。既然坐在校长这个位置上，就要对得起自己的良心，任劳任怨，以上率下。至于干好干坏，是能力大小的问题，但是干和不干，可是态度问题，我要竭尽所能干出点样子让老百姓看看，总不能让他们指着脊梁骨骂我们。"

"请薛校长放心，有事你尽管安排，我一定全力支持你的工作。虽然还有两年退休了，但是也要充分发挥我的余热，共同努力将我们学校建设好，让周围村庄的孩子受益，让老百姓满意，让我们老师在社会上更有尊严。"易华强认真而坚定地说。

薛无境侧过身，紧紧握着易华强的手，说："只要有你支持，帮我把握好学校发展的方向，敲好边鼓，我就更有信心，更有干劲了。"

"我在学校待的时间长，老师们的性格脾气我摸得差不多，如果遇到难缠的教师，你就尽管和我说，我相信，他们还是给我点老面子的。"易华强信心十足地说。

两个人又聊了一会儿，薛无境见易华强要走，赶紧走到书橱旁，从下面的橱柜里拿出一箱包装精美的茶叶。"这是我同学刚从福建安溪带回来的铁观音，咱俩一人一盒品尝一下。"说完，薛无境把茶叶塞到易华强手中。易华强推让一番，最后在薛无境执意下，拿着茶叶回自己办公室去了。薛无境回到座位上，心情舒畅，仿佛身体也轻松了很多，只要得到学校"元老"的支持，各项工作才能大胆布置下去并顺利向前推进，否则，想得再好，施行起来也会遇到很大阻力。

俗话说："一个篱笆三个桩，一个好汉三个帮。"即使校长一个人能力再强大，长着三头六臂，如果得不到学校班子成员支持，学校怎能在一段时间内实现根本性改变？只有集中学校管理团队的力量，充分发挥他们的智慧，才能驾驶着桃源学校这艘巨轮破浪前行。

安排好一切工作，薛无境仿佛浑身充满了一种"会当击水三千里"的自信和"直挂云帆济沧海"无穷力量，坐在办公桌旁，畅想着学校的光明前景，心里美滋滋的。

此时，一辆"奔驰"轿车停在了校门外，殊不知，一场疾风暴雨正向他袭来。

十四

安全科长许春生办公室正对着学校门口，见一辆高级轿车停在校门外，意识到来人非同一般，赶紧站起来朝校门口走去。此时，传达室保安按照疫情防控的要求已经让来客做好登记。

市教体局安全科长韦德夫从车上走下来，许春生一看是自己的直接领导，立刻笑着迎上去。"欢迎韦科长来检查指导工作呀！不知道你通知薛校长了吗？"许春生说完，马上拨通了薛无境的电话。

薛无境一听，心头不禁一颤，连忙从座椅上站起来，朝校门望去。此时，韦德夫正站在一辆高级轿车旁，向校园里四处张望着。怎么没事先通知一声，突然来检查安全工作？他不敢有丝毫怠慢，边想边急匆匆往楼下跑去。

"奔驰"驶进了校门，停在校园里。车上走下一个人，穿着一身西装，手里拿着一个皮夹，额前的头发向后梳着，露出宽大的额头，像是经理老板的模样，跟在韦德夫后面朝楼前走来。"最近，省里接二连三召开学校安全工作会议，欢迎韦科长亲自下基层检查指导工作呀！"薛无境说着，礼节性握起韦德夫的手，然后朝着陌生人问："这是哪位领导，我怎么没见过呀。"

那人支支吾吾地说："我是韦科长的朋友，陪他一块来的。"韦德夫没有表现出要检查工作的意思，而是和薛无境说笑着往办公室走去："今天市局有重要会议，领导们都忙着开会，我也是忙里偷闲，顺路到学校来转转。"同来的那个人跟在后面一块往楼上走去。

韦德夫和那人刚一落座，跟进来的许春生赶紧沏上茶端到座椅边的茶几上，然后毕恭毕敬地站在一旁。

"薛校长，桃源学校是全市规模最大的九年一贯制乡村学校，初来乍到还算适应吧？"韦德夫环顾了一周，最后把目光落在薛无境身上。

薛无境紧挨着韦德夫坐在一旁沙发上，多少显得亲近一些。"多谢领导关心呀，学校发展环境很好，老师们识大体、顾大局，都很支持我，学校各项工作正朝着规范有序的方向发展。尤其是安全工作，更需要韦科长多多指导呀！"

两个人随意聊着，谈了很多工作之外的话题，很少涉及学校安全。站在一旁的许春生看着领导不像检查工作的样子，一颗悬着的心总算放下来，毕竟，以前他领教过韦德夫的厉害。

"薛校长，新学期学生的意外伤害保险入了吗？"韦德夫话题一转，脸上的表情显得格外认真。

这项工作不属于安全科负责，他怎么会问这件事，薛无境马上猜到了韦科长此行的目的。他毫不隐瞒地说："按照上级规定，学年初每一名学生都要入校方责任险。至于你说的学生意外伤害保险，是学生自愿购买的，学校会根据学区的要求做好工作。我来这段时间，还没有接到学区的通知。"

韦德夫目光不时转向同来的那个人，似乎在传递着什么。听完之后又紧接着问："学校现在有多少学生？根据往年情况，入意外伤害保险的学生多吗？"

薛无境若无其事地看着两个人的表情，那人显露出一副认真又焦急的神态，他更坚定了自己的猜想，韦德夫这次不是来检查学校安全，而是和那人一起有别的意图。他不清楚去年学生入保情况，于是看了一眼站在一旁的许春生。

许春生心领神会接过话题，说："韦科长，我们学校在校生近1600人，从去年来看，学生家长的保险意识挺强，自愿入保的学生还挺多，接近60%。"说完，端起水壶又往韦德夫和那人的茶杯里加了些水。

韦德夫和那人相互看了一眼，没有说什么，脸上露出像是清楚了什么却又不满意的神情。"我们先走了，以后方便的时候单独约薛校长一块坐坐。"说完两个人站起来要走。

"韦科长，已经接近午饭时间，吃完饭再走吧，学校里还有很多工作需要你指导一下。"薛无境看了一眼墙上的钟表，诚心挽留着。

"我们有机会再来。新校长刚上任开局挺好，好好干。"韦德夫一边往楼下走，一边拍着薛无境的肩膀说。

薛无境陪着说说笑笑，一直将他们送到楼前车旁。"学校安全工作还需要韦科长多关心支持，有什么事情尽管吩咐，我一定全力做好配合。"他以为韦德夫上车要走，便恭敬地说。

车驶出校门口，韦德夫却没有走向车门，犹豫一下便走进安保室。许春生见状，赶紧跟上去。薛无境也感觉一头雾水，刚才还是一副要走的模样，怎么又去安保室检查？随后，他也跟着走过去。

"你们传达室里的物品摆放太乱了，不允许有大功率用电器，你们把电热壶明目张胆地放在桌子上。薛校长你看看，传达室的门窗要求透明，以便能看清楚室外的情况，后窗上怎么能贴上报纸，一旦发生突发事件怎么能及时处理？"韦德夫嘴里说着，手不停挥舞着指指画画，仿佛有一种骨头里挑刺的架势，找出了一大堆问题。

薛无境脸上憋得通红，有种站在台上不知所措的尴尬。刚才在办公室还好好的，韦德夫怎么突然完全换了一种神态，脸紧绷绷的，有种居高临下盛气凌人的姿态，在保安面前耍起了威风，这让他有点丈二和尚摸不着头脑。许春生在一旁赔笑着，主动把责任揽到自己身上，说自己对保安标准不高，要求不严，马上整改，表示坚决杜绝此类问题再发生。

韦德夫不听许春生解释，四处查看，就像故意找碴，不放过任何一点问题。走出传达室，韦德夫看见校门口桌子上放着校车交接记录表，顺手拿过来翻了一下，看到有一页填写不完整，就拿出手机拍下来。许春生见状，就立刻凑上前解释，韦德夫也不听解释，又折回来往校园里走去。

此时，学校分管安全的夏梅婷闻声赶来，她跟在韦德夫身后开着玩笑，"韦科长，怎么不提前招呼一声就自己下来检查工作，让我们有点措手不及呀！"

"现在检查工作提倡'四不两直'，我自己一个人来，就想看看学校安全工作平常抓得好不好。最近省教育工委书记接连开会，反复强调学校安全工作要抓紧、抓实、抓出成效，我想知道省会议要求在学校落实得怎样？"韦德夫从教学楼走到餐厅，又从餐厅走到厕所。他一边走，一边用手机拍照，许春生跟在身后，始终赔着笑，不停解释着。

以前，听市教体局人说起韦德夫，都认为他有点"特"，所以，当他走进校门那一刻，薛无境就小心翼翼地陪着说好话，生怕得罪了这位极富个性的领导。即使这样，还是未能幸免地得罪了韦德夫，惹得他现出了原形。薛无境瞧不起媚上欺下这种难缠的"小鬼"，从骨子生出一种厌恶，一气之下只顾往餐厅走去，只留下他们陪着韦德夫在校园里转悠。

薛无境不知道韦德夫什么时候走的，当许春生找到他，说：韦科长发现很多细微的问题，都用手机拍下来，说要通报我们学校。薛无境听完之后，忍不住想笑，笑韦德夫不该堂而皇之坐着奔驰借着学生保险的事来检查安全工作，更何况，他还是桃源学校毕业的学生，拍下来的所谓安全隐患都是些立说立改、微不足道的小问题，怎么会在全市面上通报呢？想到这里，薛无境没有把许春生的话放在心上，认为韦德夫顾全大局不会做出太过分的事情。

晚上9点，学区甄主任急促地打电话让薛无境查看一下企业微信全市校长群。他不敢怠慢，打开一看傻眼了，东郡市教育和体育局办公室《关于对校园安全隐患排查发现问题的通报》赫然在目，并且是以红头文件发布的。

各学区，市直各学校：

11月19日，市教体局校园安全工作检查组到部分学校抽查校园安全工作，发现问题如下：

一 桃源学校：

1. 校车交接值日校长、教师签名不完善。2. 学校拒马不关闭，形同虚设。3. 开水房有垃圾，卫生清理不彻底。4. 晚餐有学生就餐，个别指示标牌不亮。5. 洗碗池和垃圾排水口一起，电源线在墙角裸露着。6. 餐厅灭蚊蝇灯不足。7. 操作间灭蝇灯不亮。

……

通报中还提到另一个单位，只是轻轻点了一下，大部分内容主要针对桃源学校，这让薛无境有些恼火，他想不到哪儿会得罪韦科长，让他挑出这么多毛病，并且一点情面也不留，在全市范围内通报。

过了不久，甄主任发来了一张全市学区主任群里的截图，上面有局长的批示：

昨天晚上开会刚刚重申强调了，今天省委教育工作领导小组暗访组就在明州，仍然出现这种问题？局党组将严肃追责、问责！！

事情引起局长关注，并且要追责问责，这让薛无境有点恐慌。他自从走上校长岗位，对自己总是很严格，要求别人做到的，他首先要做到，尽职尽责，无怨无悔，从来不敢偷懒。凭着他骨子里不服输的干劲和韧性，一个农民的孩子从普通教师一步一步走上校长岗位，每次取得一点进步，他都要感谢自己，感谢自己超出常人的付出和勇往直前的执着。在别人看来，一切所作所为可能是对教育的一种情怀，但对他来说是对生命的一种尊重和珍惜。

记得今年清明节，姐姐和他去给父亲上坟，姐弟俩跪在坟前，和父亲唠叨了半天。父亲是薛无境最感激的人，他从部队退伍后，在村里当了十几年村干部，谁家有事总是第一个跑在最前面，深受村里人尊敬。他尤其重视孩子学习，在薛无境顽劣不羁、学业近乎荒废的青春叛逆期，硬把一个迷途的孩子拖回到正常的人生发展轨道，让他顺利读完大学。毕业后，一心想要逃离黄土地的他又回到那片生养他的故土，薛无境便时常抱怨命运不济，整天闷闷不乐。那时，父亲经常鼓励他：乡村土地更广阔，只要勤奋努力一样能实现自己的人生价值，就像再普通不过的泥土也会放出光芒，为人类生存提供源源不断的给养。正是父亲的鼓励，使他坚定了扎根乡村教育的信心和勇气，在泥土的道路上深一脚、浅一脚地寻找着属于自己的诗和远方。每当遇到困难和挫折，耳边总会响起父亲的嘱托，时时给他一种站立起来的刚毅和一直走下去的果敢，毕竟在他身上传承了太多祖祖辈辈留下来的家风家训。

北方初冬的夜，尽管已经开始供暖，但是薛无境感到了从未有过的寒冷。窗外，热电厂的两根大烟囱不断往外吐着白烟，在清冷寂静的寒气中，就像内心有排泄不完的苦水，直直地涌向空荡荡的夜空。一路走来，薛无境始终追逐着属于自己的那份完美梦想，而今，他仿佛受到了很大委屈。

薛无境站在窗前，寻找着夜空中最亮的那颗星。他知道，那颗星很遥远，却一直默默关注着他，护佑着他，不管在白天，还是在黑夜。

十五

东方的天际还没有泛白，薛无境已经早早来到学校。像往常一样，在南门迎接完初中生，又去东门迎接小学生，直到全体师生入校完毕，他才安心回到办公室。

此时，办公室主任赵丽娟站在门口拿着最新通知等他批示。"薛校长，我们没有得罪韦科长吧，他做得有些太过分！"她推开门，露出一脸的抱怨。

"韦科长是履行职责，我们感谢他才对呀！帮助我们发现了一些平时很容易忽视的问题，说明学校安全工作还存在一些漏洞，俗话说：千里之堤，毁于蚁穴。我们不能麻痹大意，以免酿成大错。请通知负责安全的同志和盛才俊校长到我办公室，共同研究一下安全工作。"薛无境表现得异常冷静。其实他一夜都没有睡好，满脸的倦色，但在下属面前他要振奋起精神，仿佛打了鸡血似的，努力控制好事态的发展。

很快，有关负责同志都到齐了。安全科长许春生坐在角落的沙发上低着头，像是做错事的孩子，一言不发。

"同志们，市教体局的通报大家都知道了，存在的问题写得很清楚，说明我们学校安全工作上存在着一些很容易被我们忽视的问题，希望大家引以为戒。首先，在思想上要提高认识，牢牢守住安全底线，标准再提高一些，要求再严格一些，只有这样，我们才能把一些不安全的因素消灭在萌芽中，杜绝不安全事故的发生。其次，在行动上要坚决落实到位，尤其要按照上级部门下发的整改要求做实做细，坚决杜绝不在乎、无所谓的消极态度。各级党委政府对安全工作的重视程度之高，防范措施之严，督查力度之大是从未有过的。当前形势变了，大家的思维和行动也要跟着变，不要停留在传统思维上，否则，是要出大问题的。"薛无境带着批评的语气，声调越说越高。

大家从来没有见过薛无境如此严肃的表情，都低头不语。"夏助理，针对通报的问题，你安排有关人员迅速整改到位，上午放学前将整改报告发到市教体局安全科。同时，带领两位安全科长按照上级要求认真排查一遍，需要换得马上换；需要修得立刻修，不等不靠彻底把问题整改好。盛校长和总务处的同志积极配合好，务必在两天之内将所有安全隐患整改到位，确保检查不再出现任何问题。"薛无境又把任务明确了一下。

薛无境说完后，会议室陷入一片沉寂。此时，夏梅婷带着自责的心情说："都怨我平时管理不够严格，给学校造成不好影响，我愿意承担责任。"

"昨天，我跟着韦科长检查，不停地陪着说好话，他简直听不进去，专挑毛病。校车交接记录平时都填写得很完整，恰好那一天司机急匆匆要去修车，没来得及填写，就让韦科长翻到了。学校里有七十多个指示灯，恰好那个坏了，也让他看见了。再说安全问题本身就是一个动态问题，隐患随时都可能出现。韦科长发现的这些问题，从爱护基层学校来说我们很欢迎，如果是'鸡蛋里挑骨头'那就不地道了。"许春生愤愤的语气里，带着一些委屈和不平。

薛无境清楚大家的心情，不想把问题搞得太严重，让下属认为他不担当，出了事就往下属身上推，毕竟通报的这些问题在其他学校或多或少也存在着。再说，这些问题没有造成任何的安全事故，只是给学校提醒一下。"目前，学校的安全压力很大，拜托各位同志务必将学校安全工作牢牢抓在手里，一刻也不能放松。许春生留一下，其他同志回去抓紧行动吧。"

薛无境对事情本身没太在意，这些立说立改的安全问题及时整改好，也就过去了，但是他对韦德夫不管不顾地批评指责，却搞不明白，总感觉背后隐藏着什么。他在许春生耳边嘀咕了几句，许春生笑着点点头，答应着出去了。

早晨，薛无境没有去学校，而是去了市教体局。当敲开局党委副书记乔峰山的办公室，他正在批阅文件。见薛无境一大早来局里，惊讶地问："薛校长，你肯定有事到局里来了！"

"乔书记，我调整到新学校三个多月，您也不去指导一下，我都找不到前进方向了，不知道怎么干才好。"薛无境坐在对面沙发上，没有上下级的尊卑，却像很熟识的朋友，微笑的脸上带着一点怪怨。

乔峰山分管全市教体系统党务和组织人事工作，一次偶然的机会，才和薛无境渐渐熟悉起来。

年初，市教体局决定在"七一"前组织一场大型文艺演出，主题是：永远跟党走。策划从思政课堂的角度，展现中国共产党从南湖起航到新中国成立，带领全中国人民开展了一系列艰苦卓绝的革命斗争，名为"同城一堂思政课"。为确保演出质量，乔峰山从全市教体系统精挑细选了一部分文艺精英，薛无境也在其中，主要负责创作一首朗诵诗，作为《黄河大合唱》的前奏。

领到任务后，薛无境脑海里不时涌现出旧中国任人宰割、凌辱而亡的悲惨场景，仿佛一股莫名的怒火在他胸腔里燃烧。南京大屠杀后，家园焚毁，亲人离散，全国人民陷入了绝望的境地，悲痛、无助、国破人亡的凄惨与悲凉让每一名中国人痛不欲生。于是，《唤醒与重生》在他的笔下生发出来。而《黄河大合唱》也恰恰唱出了那个时期四万万中国同胞的心声，两者一说一唱有着异曲同工之妙。当乔峰山读到朗诵诗，掩饰不住兴奋，脸上露出满意的神情，写出了他心里最想听到的声音。

文艺演出筹备过程中，乔峰山又遇到一个难题，串台词几易其稿，总是写不到他心里去，找不到他想要的感觉。历史教研员写第一稿，直白的语言讲述思政知识，死板生硬，在剧场舞台上远远不够。第二稿找到一名擅长文学创作的作家，写出来之后，乔峰山读完感觉语言太柔太软，缺少大气磅礴的时代壮歌。正式演出时间越来越近，而撰写串台词却始终找不到合适的人选，这可愁坏了乔峰山。就在他感觉山穷水尽的时候，薛无境再一次闯进他的脑海，瞬间，一块压在他心上的石头仿佛落了地。

串台词是一场演出的灵魂，它将整个舞台剧目贯穿起来，格调要一致，思想要连贯，这可不像写一首朗诵诗那么简单。接到新任务后，薛无境几夜没有睡好，他在思索着，力求用最完美、最简洁、最准确的语言表达出来。节目单中的每一幕演出场景时时浮现在眼前，他既要用文字将历史知识准确讲述出来，又要用文学语言的感染力把观众的情绪调动起来，留给现场观众更加丰富的想象空间，与舞台演员形成互动共鸣的剧场效果。

经过几天酝酿，薛无境的创作思想逐渐成熟，于是，他将自己关在房间里，仿佛超脱于世外，置身于舞台演出的故事场景中。南湖起航、万水千山、九州烽火、鱼水情深、英雄无悔，舞台演出的一幕幕剧情在他的脑海里翻转。直到晚上十点，高速运转了一天的大脑才稍稍停息下来，交出了一份自认为满意的答卷，这让乔峰山既欣喜又感动。

交稿后没过几天，陈湾小学迎来了庆六一文体艺术节，薛无境邀请乔峰山出席开幕式。平时忙于处理局里事务，很少到乡村学校，乔峰山想借此机会到基层学校看看，了解一下乡村教育发展现状，当即就答应了。

六月一日，乔峰山在弥水学区孙主任陪同下从车上走下来。薛无境满心欢喜，引领乔峰山在校园宣传栏前介绍着学校的办学理念和发展情况。尽管学校不大，却被薛无境打理得井井有条，给人一种小家碧玉的感觉，精致完美。校园里路边的灌木修剪得整整齐齐，花池里的月季花争奇斗艳，灿烂绽放。学生穿着整洁的校服穿行在校园里，精神饱满，意气风发。乔峰山看着宣传栏里一幅幅真实生动的图片，对他产生了浓厚的兴趣，心想：作为校长不但文章写得好，而且学校治理得规范有序，放在乡村小学有点大材小用了。

暑期干部调整，薛无境脱颖而出，这让乔峰山感到非常高兴，学校平台大了，发展的空间也更广了。没想到一大早，薛无境找到办公室，乔峰山从他脸色上看出，心里好像藏着不顺心的事。"刚到一个新学校，大家可能有点欺生，是不是遇到什么麻烦了？"说着，他沏上一杯茶水，递了过去。

薛无境没有说话，而是将许春生从学校监控里拷取下来的视频让乔峰山看了一遍。"他怎么让别人开着奔驰去学校里检查安全？是不是还有什么隐情？"乔峰山带着一脸的疑问。

薛无境就把那天两个人在办公室的谈话内容向乔峰山陈述了一遍。乔峰山一拍桌子，站起来："什么德行呀！哪有这样下去检查工作的？昨天我在群里看到通报时，也感到十分纳闷，怎么会针对桃源学校提出那么多问题。现在终于知道了原因，这不是明摆着以公谋私、公权私用吗？如果局里处理你，我就在局办公会上把视频播放一遍，让局领导都知道事情的真相。"

薛无境像是受了很大委屈的孩子，在乔峰山面前总算找到了诉苦的地方。"现在，上级领导非常重视学校安全，你也不能马虎大意。我听说，桃源学校遗留问题挺多，当时，调你上任时，我既高兴又为你捏一把汗，但是我相信你的能力，一定能把一所乡村薄弱学校打造成优质学校。事情很快就会过去，你也不用太在意，要坚定信心朝前看，不要被一点挫折影响你的工作，越挫越勇方见人生彩虹。一个人诋毁不了你，不管这事结局怎样，你一定要冷静对待，用行动开创新的局面，赢得大家认可。我始终坚定不移支持你，相信你会做得更好！"乔峰山眼睛里透露出一种坚定而执着的神情，和蔼的语气温暖了薛无境的身心。

当薛无境走出局办公大楼的时候，本来阴沉着的天放晴了。

十六

当薛无境从市教体局回到学校时，学区甄伟主任已经在办公室坐着等他了。

"市局对桃源学校安全工作全市通报批评，我也有责任。刚才，我在电话里和局长做了解释，从语气上，我能听出局长的火气消了很多，只是安排局纪检书记约谈我们，也不再追究我们的责任了。"甄主任心平气和地说，"这些立说立改的问题，薛校长不要往心里去，在今后管理中注意一下就好。"

"本身这些事也不是什么大事，指出来我们立即改正就行了，何必全市通报，这不是拿我开刀吗？哪有这样欺负人的！"薛无境心里还窝着一肚子火，说着，就把那段视频给甄主任看了一遍。

甄主任摘下近视镜，将手机贴近他的眼睛仔细看了一遍，然后笑笑说："他做事就是这种风格，不管不顾地喜欢耍大牌，东郡市教体系统谁不清楚呀？"

薛无境坐在椅子上默不作声，只是望着窗外发呆。他每天起早贪黑为学校尽心尽力，就像卖给了学校一样，全身心投入到工作中，从来不敢偷懒。然而，劳心劳力的工作不但没有得到领导肯定，还被挑出一大堆毛病，并且公之于众，这让他本就疲惫的身心近乎到了崩溃的边缘。

看着薛无境一脸生气样子，甄主任在一旁劝解着："薛校长，这些问题哪个学校都存在着，不只我们学校有，因为这些小事通报批评也不是什么丢人的事情。工作上的事，我们去写个问题说明，表明一下我们今后的态度就行，担心什么呀？咱俩一块去。"

听完这些，薛无境肚子里的气消了一大半，他抬头叹一口气，心想：不管晴天还是雨天，即使看不见太阳，它总会按照自己的轨迹在东方升起，在西方落下。人呀，就应该像太阳那样，不管云卷云舒，每天要乐呵呵笑对生活。在前行过程中，薛无境意识到只有将无所谓的烦恼远远抛在一边，才能享受生命的快乐，否则，堆积到身上，越积越多，最终会把自己压垮。

甄主任和薛无境来到市教体局，被局纪检书记约谈完，填写一份表格就回来了。俗话说，没有过不去的火焰山，事情再难再不顺心，也会过去的。韦德夫唱的这出戏，反而让薛无境收获很多，也让他更加清醒，更加坚定。

霜降过后，北方冷气活动越来越频繁，室外的温度一天比一天冷。校园里法桐树叶纷纷飘落，落在校园的甬路上，落在花坛的宿根花卉上，就连那些低矮的灌木丛也覆盖上一层厚厚的"叶装"。一阵东北风吹过，法桐树叶追逐着、翻滚着，落满了整个校园。十几天过去，尽管经历了几场秋雨，树上仍然有一些树叶留恋着空中的美好时光，不舍得落下来。

值日学生一早到校，拿着卫生工具来到各班的卫生区开始清扫，一堆堆的落叶被学生聚拢在一起，像匍匐在道路上的一座座小丘，扫不尽，也运不完。扫过去，树叶又落下来，学生们抬起头望着依旧挂在树上的叶子，表现出无奈的神情。几个调皮的学生，试着晃动路边的法桐树，但都无济于事。从开始落叶一直到基本结束，持续一个多月，真是辛苦了这群学生，薛无境就时常走到学生身边，拿起扫帚和他们一起清扫落叶。

取暖季节到了，学生的冷暖牵挂着每一名家长的心，学区甄主任也多次提醒，因为冬季取暖问题，每年都会引起家长投诉。再过几周，省社情民意电话测评就会开始，提高学校的社会满意度是当务之急。只有办家长之所盼，解家长之所忧，真正解决学生的实际需求，才能赢得家长的认可。想到这里，薛无境找来后勤校长盛才俊，商量着问："盛校长，天越来越冷了，学校的取暖问题怎么解决呀？"

"薛校长，根据上级环保要求，前几年学校取暖锅炉拆除了，现在我们全部使用空调取暖。初中部没问题，前两年教室里刚刚安装了大功率壁挂式空调，今年暑假，教学楼完成了楼道铝合金封闭，冬天保温效果会更好。问题在小学部教学楼，十几年前安装了一批非知名壁挂式空调，这些小功率空调的制热效果越来越差，好歹还能喘着一口热乎气，对偌大教室空间来说，已经远远不够，特别到了大冷的时候，孩子们坐在教室里都冻得伸不出手，甚至有些学生的手出现冻疮，因此，每到取暖季，学校经常会接到家长投诉。"盛才俊说完，一脸的无奈。

薛无境低着头在屋里走来走去，问："如果安装立式空调，需要多少台？学校的办公经费还有多少？"

"小学部24个教学班都要更换。第三季度的办公经费还没有拨下来，再说，多年遗留下来的欠款太多，我几乎天天接到这些人的催款电话，问什么时候支付他们钱款。"盛才俊一直负责学校财务，最清楚现在的状况。

"不管困难有多大，这个问题要马上解决，不能再拖了。这次要安装大三匹的立式空调，并且是大品牌的，能保证取暖效果。"薛无境沉思一会儿，抬起头对盛才俊说："你现在就去写个申请报告，我马上去学区找甄主任汇报。"

学区办公地点在小镇东边，与学校隔着两个楼区的距离。甄主任见薛无境走进来，起身倒了一杯茶水，放在他面前，微笑着问："薛校长，急匆匆来肯定有什么事吧？"

"学区领导事务多，我是无事不登三宝殿呀！"薛无境笑着说。据他所知，甄伟任桃源学区主任之前，曾经在校长岗位上历练多年，做事不急不躁，考虑问题周全，处理事情得心应手。尤其在学区主任职位上，到了临近离岗的年龄，性格变得越来越随和，因此，整个桃源学区很稳定，没有那些杂七杂八的乱事，各项工作在东郡市十几个学区中排在中游，不好也不坏，有点中庸之道的味道。每次遇到薛无境想要发火的时候，他就压一压，劝诫一番，这与他做事认真固执恰好形成了互补。

"桃源学校是我们学区的龙头老大，也是我们桃源教育的一面旗帜，你们学校办得好与坏，直接影响着我们学区的总体评价。有事，你尽管说，学区一定会全力支持。"甄主任坚定地说。

听完之后，薛无境悬着的心落到了半空，于是，试探着说："天越来越冷，我怕冻着小孩子，想请你支持一下，解决小学部24间教室的取暖问题。"

"以前我也提醒过老校长，总说经费紧张拖着不办。今天你提出来，我一定全力支持，你们尽快按照财务规定去采购，在寒冬来临前确保空调安装到位。我们一次付不清全款，可以分批支付呀。我先给调拨五万元启动资金，作为完工后第一批付款，余款从你们学校办公经费分批支出，争取用一年时间与施工单位结清。"甄主任毫不含糊地说。

"太感谢甄主任，我马上回去让盛校长和总务主任去按照采购程序办理，尽快安装施工。"薛无境站起来，不停说着感谢的话。

"一家人不用说两家话，有困难大家共同想办法解决。"甄主任站起来，目送着薛无境走出学区大门。

从联系进货商，到政府采购网签订合同，最后到施工安装，不到两周时间，24台大三匹立式美的空调全部安装到位。孩子们坐在温暖的教室里，脸上露出欣喜的笑容，薛无境的一块心病总算放下了。

十七

空调呼呼地吹着，教室里暖意融融。雪伴着凛冽的寒风从天际纷纷扬扬飘下来，落在乡村广阔的大地上。早到的老师拿着除雪工具在校园里清扫积雪，而路上走着的学生在雪天里嬉闹着，张着嘴，试图将这些舞动的精灵吞进嘴里。徒劳之后，学生则伸出双手，聚拢成盆状，将天国的来客虔诚地捧在手掌，融化在心里。

薛无境领着值班教师在校门口清扫着积雪，一些送孩子的家长也加入扫雪队伍中。"薛校长，看着你每天都来得这么早，站在校门口迎接孩子，我们家长从心里感到温暖。"一位家长把扫成堆的积雪推到路边，然后凑到薛无境身边笑着说，"以前那些领导，很少见他们站在校门口，总感觉校长应该坐在办公室里发号施令，哪像你这么亲民。"

薛无境回过头，看着这名家长笑了笑，想起就是他每次送孩子总拿着手机给自己拍照。"我们端这碗饭的，不好好珍惜怎么行，感谢你们把孩子交给学校，让我们好有碗饭吃，要不然我们早就下岗了。"薛无境笑着放下手中的扫帚，感激地望着家长。

"薛校长真会开玩笑，学生多少不会影响你们的工资。你们默默付出，让我们老百姓的孩子在家门口就能学得好，成绩高，何必拿钱求人跑到城区学校去，那可是解决了我们老百姓的大问题！"家长认真起来，站在薛无境身边聊起来。

难得有家长在他身边唠叨，薛无境表现出一副认真倾听的样子。两个人一边扫雪，一边谈论着孩子的学习情况。"只要家门口有一所你们认可的学校，就不要把孩子送出去。目前我们的教育模式是'班级化'教学，产生的效应我称之为'牧羊效应'，就好像草原上一个牧羊人赶着一群羊放牧，聪明的羊跑在前面能吃到青草，也能吃饱，有些则混在羊群里跟在后面吃那些剩下的草，甚至吃不饱。偌大一群羊，牧羊人是关注不到每一只羊状况，除非这只羊特别调皮，得到牧羊人的特殊关照会好一些。到了归圈时，不管羊是否吃饱，都被牧羊人一块赶进了羊圈。如果我们的孩子吃不饱，家长再关心一下，那就能弥补班级教学的不足，不会耽误孩子的成长。"薛无境喜欢用通俗的比喻和家长交流，也容易引起他们的共鸣和认可。他尽量避免使用专业术语，以免用高深的教育理论说得家长晕头转向，一脸雾水，听了也不理解，更谈不上怎么去做。

"薛校长说得很有道理，我们家长也要学习，配合好老师做好家庭教育，让我们的孩子将来更有出息。"家长说完，看着积雪都被清扫到路边，便放下手中工具，骑上车朝家里走去。

"谢谢呀——"薛无境朝着远去的背影说了一声，心想，有这样知情达理的家长，也是学校的幸运。

天阴沉着，北风呼啸，空气就像凝固了一般，吹在脸上透骨般冰冷。雪时断时续地下了一天，到了傍晚也没有停下来的迹象。路上铺了薄薄一层雪，一阵干冷的疾风吹过，雪花在空中飘浮着，最终落在了背风的角落里。

下午放学后，薛无境看着一辆辆校车载着小学部的学生朝镇区外村庄驶去，他才去餐厅陪着初中部的学生吃晚饭。国庆节后，初中部开设了晚自习，学校里没有宿舍，放晚学后校车再把学生们送回家。老师们利用课后延时服务这段时间，尽力提高一下学生的学科素养，毕竟初中生将迎来人生第一次选择——中考。

晚饭时间很短，十几分钟时间，餐厅里安静下来。或许是天冷的缘故，学生们都急匆匆回教室去，只等着老师来上课。薛无境在楼道里巡视一遍后，没发现什么异常，就回到办公室，随手拿起桌子上苏霍姆林斯基《给教师的建议》读起来。尽管上晚自习，但是楼道内少了来回穿梭的学生，显然比白天安静很多。薛无境最享受这段时间，坐下来读读书，做点笔记，如果有触动灵感的地方，也会把自己的随想记录下来。

每天学校安排校领导带班，好心的老师提醒薛无境不用天天晚上在学校里靠着，为这事媳妇也不高兴，责怪他从早晨六点离家，到九点回家，两头不见太阳像卖给了学校似的。只要学校里有学生，他陪在身边就觉得十分踏实，不会有丝毫担心。送走最后一名学生，他每天紧绷着的神经才松弛下来，感到无比轻松。

放晚学时，薛无境来到校门口，与值勤教师站在校门外维持秩序。住在附近的家长早等在外面，他们把车有序停放在路两边，在落雪的寒风中等待着他们的孩子。放学铃声一响，楼道内便热闹起来，学生们背着书包排着队向校门口走去。那些坐校车的学生，则向西门涌去。

短短十分钟，薛无境望着学生陆续被家长接走，校门口变得安静下来。他依旧站在原地，看着一辆辆校车从学校西边路上驶出，沿着镇前路分别驶向东西，消失在夜色中，才算完成了护送任务。当他招呼着值班教师准备往回走，突然，一名女生从校内急匆匆跑出来，沿着公路向西边跑去。紧接着，带班的副书记魏镇拿着手电筒从后面追出来。薛无境见状不妙，就赶紧问了一句："怎么了？"

　　"是不是有个学生跑出去了？"魏镇气喘吁吁地问。

　　"是呀，朝西去了。"薛无境朝校门西边望了一眼，转眼间，那个学生不见了踪影。

　　魏镇二话没说，往西边追去。过了一会儿，他从西边失望地走回来，说："刚才那个女学生忘记拿作业，又回到教室去拿，结果再乘车的时候，校车走了，一个人就急匆匆跑出来了。"魏镇有点焦急又疑惑地说，"我沿着公路朝西边追了一会儿，怎么没见到人呢？她不会跑得这么快吧！"

　　薛无境一听也有点着急，茫茫雪夜，找不到学生可就麻烦了。"魏书记，你抓紧时间联系校车司机，确定一下这个学生是怎么回事。同时，告诉班主任通知家长，如果孩子到家了，和学校说一声。"

　　不一会儿，校车返回到校门口，司机傻乎乎从车上走下来说：车上少一个学生。薛无境狠狠地瞪了司机一眼说："随车照管员怎么点的人数，人没到齐车就跑了！"

　　大家都默不作声站在那儿，等待着好消息的出现。薛无境看了一眼车里的学生说："司机，这么冷的天，夜都这么晚了，家长都在村里等着他们回家呢，你先开车走吧，我们负责去找学生。"

　　司机愧疚地转过身，启动校车往镇外开去。薛无境问清学生的村庄位置，驾车朝西边追去。他降低速度缓慢前行，眼睛时不时转向路边的人行道，试图发现学生的踪影。往西一直到了两里外的红绿灯路口也没看到学生的身影。他想，这名学生怎么跑得这么快，一会儿工夫就不见人影？他给魏镇打电话又确定一下村庄的位置，迅速驶入右转车道，沿着省道朝北追去。

夜里，雪依旧飘飘忽忽地洒落着，仿佛闲庭信步的天外来客，在漆黑的夜里漫无目的游荡。偶尔有车驶过，借着北风的力量卷起路面的积雪，白茫茫挡住了人的视线。为看清楚路边的情况，薛无境摇下车窗的玻璃，雪花也随着风吹进来，瞬间，车内的温度被寒风吹散，平衡了车内外的温差。他不禁打一个寒战，心想：如果找不到这名学生，这个夜恐怕成了不眠之夜。他打开远光灯，以便能看清楚车外更远的地方。

车向前行驶三里路，接近一个村庄的时候，薛无境远远看见路边走着一个人，心中不禁一喜。他加大油门追上去，走近一看，果然不出所料。车停在学生身边，薛无境兴奋地说："小朋友，你也跑得太快了呀，让我追出这么远。"

学生停下脚步，转过身略显惊讶地说："校长，你太敬业了吧！我快跑到家了，还是被你追上了。"

"外面天冷，快点到车里来，我送你回家。"薛无境怕冻着学生，赶紧敞开车门让她坐进来，"你家离得远吗？"

"前面不远，这个村子后面很快到了，我自己走回去就行，不麻烦校长了。"学生腼腆地说，"今晚我爸爸上班，家里只有我妈妈和妹妹。"

"如果你丢了，我这校长麻烦就大了，还是送你回去吧。"看薛无境坚决的语气，学生不再犹豫，便坐进车里。聊天过程中，他得知这名学生学习成绩不够理想，对未来很迷茫。于是，薛无境把自己读初中的经历讲给她听，鼓励她坚定信心，用勤奋和毅力去改变自己的命运。

远处，车灯里出现一辆摩托车，小女孩兴奋地说："是妈妈，她来接我了。"

等摩托车驶近，薛无境停下车，小女孩赶忙走下来。"妈妈。这是我们校长，因为没赶上校车，把我送到这里了。"

女人停下摩托车，抚摸着孩子头，感激地说："非常感谢校长，下雪天的，这么晚将孩子送回来，真心感谢你呀！马上到家了，来家里坐坐吧！"

"这是应该做的，今后有什么困难，让孩子到办公室直接找我。天太晚了，你们早点回家休息吧，我还要回城里。"薛无境望着眼前的这对母女，心生出一点怜悯。

"下雪天路滑不好走，你还要回城呀！40多里远，就快点往回走吧。"女孩妈妈的脸上显得不好意思。和这对母女摆摆手，薛无境调转车头往城里的家驶去。路上，他告诉魏镇：女孩找到了，让她们安心休息。同时，他在工作群里给分管安全的夏梅婷留言，让她通知所有校车司机和照管员明天在会议室开会。

第二天，薛无境在校车安全管理工作会议上，通报了昨晚情况，并对校车司机和照管员进行一次安全警示教育。尽管校车实行了公司化运营，本该由公司去管理他们，但是涉及学生人身安全，他深知其中的利害，从来不敢有丝毫大意。

这件事让薛无境虚惊一场，却给了他一个警醒。他要求参加会议的人都在《校车安全运营保证书》上签字，并把这件事通报给了校车公司。同时，他在工作群里要求值日教师做好学生上下车交接，确保不漏掉每一名学生。

十八

全镇期中质量检测分析会在桃源学校礼堂召开。通过成绩比较，薛无境感觉脸热辣辣的，仿佛有一种羞辱，也是一种压力不停向他袭来，恨不得找个老鼠洞钻进去。

学区教研室主任用数据全面分析了各学校各学科的教学成绩，与其他学校相比，桃源学校初中部的成绩要好一点，但是达到特优生层面的几乎没有；小学部六个年级，三个年级排在学区四所学校倒数第一，也难怪，有的家长把孩子送到外县和城区学校去，学生流失严重。暑假里，薛无境调到桃源学校之前，舅家表妹家境并不富裕，纠结之后，还是把上四年级的孩子转到临县民办学校去了。姨家表妹有个上刚要上小学一年级的小男孩，听说薛无境调来做校长，犹豫几天，最终还是把孩子送到了城区学校，本应该在桃源学校就读的两个孩子，因为学校教学质量差流失了，这让薛无境感到一种从未过的羞辱。

在薛无境心里，教学质量始终是学校生命线，如果不把这条生命线牢牢抓在手里，学校岂不成了无水之鱼、无本之木，将很难生存下去。更何况，他工作后始终在教学一线，从一名语文教师兼班主任一步步走上学校管理岗位。即使不直接面对学生，也时刻关注着学科教学和班级管理，作为一名专业人怎能自甘堕落下去。

散会后，薛无境将钟理才和韩永祺叫到办公室，建议他们分别召开学部教学工作会议，他要亲自参加。同时，要求两位校长和教务处人员共同找出问题存在的原因，研究解决问题的办法，制定教师教学成绩评价方案，在教师中形成重视教学、提高教育质量的浓厚氛围。三人经过思想的碰撞，一致认为坚决摒弃荣誉面前"谁用着给谁，谁要给谁"的不良做法，在全体教师中倡树"优教优酬、多劳多得"的理念，并将教学成绩作为今后"评先树优"前置条件，真正让教学成绩突出，贡献大的教师有荣誉、得实惠。

驾驭着如此庞大的学校向前发展，力量来自哪里？只有凝聚起全体教师的力量，学校才能行稳致远，即使薛无境能量再强大，也只是他一个人的力量。静下心来，薛无境总在反问自己，反思自己，思想变得更加坚定：要使教师认同学校的办学理念，让教学行动成为一种高度自觉。送走两位校长后，薛无境想起一件更为重要的事，他要将其作为校长工程，亲自抓好落实。

东郡市每年要选拔 300 名特优学生，提前进入高中阶段学习，入学成绩直接决定着学校的声誉。桃源学校已经连续四年剃"光头"，没有一个学生进入优秀生行列。薛无境百思不得其解，作为一所大规模的镇驻地学校怎么会出现"零"现象呢？后来，和初中部领导谈起这项工作时，大家都认为，好学生可遇不可求，他们不是培养出来的，是娘胎里带来的。基于这种认识，特优生培养也没有出台具体措施，学生完全是一种自然成长状态，也难免连续四年特优生为零的尴尬境地。薛无境偏不信这个邪，非要将特优生培养搞出个样子，于是，他启动了校长培优工程，安排初中部教务主任郭卫华协助工作。

在他看来，人的成长是一个多种因素交互影响的系统工程，但是学习文化基础知识，学校教师起关键核心作用。想到这里，他让郭卫华沟通初三班主任，确定了 12 名重点培养对象。当薛无境看见郭卫华将名单送到面前，迫不及待地说："郭主任，大课间，你把各班确定的特优生培养对象及班主任叫到校长室，我要单独给他们开会。同时，你把这几名学生历次考试成绩打印出来，我对比一下。"薛无境抬头看了一眼挂在对面墙上的万年历，推算一下，距离特优生选拔考试大约还有五个月。

不一会儿，教务主任郭卫华拿着成绩单走进校长室："薛校长，我都通知了。下课后，班主任和学生们一块过来。"

"郭主任，从市教研院提供的学生成绩来看，我们这批初三学生没有特别优秀的，排名都在全市 300 名之外，好在有三名学生进入前 500 名。我们只能背水一战了，否则，我们会输得很惨，也不好向社会交代。"望着眼前这位年轻又精干的同事，薛无境更加充满了自信，因为在他的人生信条里就没有"失败"两个字。

郭卫华坐在对面沙发上望着薛无境，欣喜又激动地说："这么多年，从来没有一个校长把学生请到校长室开会，这将会给孩子们一种自豪感；也没有一位校长像您一样抓教学一抓到底，让学生感受到校长的关心。这件事由校长亲自抓，我相信明年一定会有突破。"

两个人正说着，初三班主任领着学生走进来。或许是第一次走进校长室，学生们大都低着头，显出一副紧张兮兮的表情，拘谨不自然。

为缓和一下紧张气氛，薛无境让每一名学生简单介绍一下自己的情况，渐渐地气氛变得融洽起来。他首先认真分析每一名学生各学科成绩的优势与不足，接着对他们提出三点希望和要求：一要有高远的人生目标；二要拥有自信的人生；三要有勤奋持久的行动。

最后，薛无境用五本励志书的书名作为了结束语：你不努力，谁也给不了你想要的生活；将来的你一定感谢现在拼命的自己；别在吃苦的年纪选择安逸；你若不勇敢，谁替你坚强；你的努力终将成就更好的自己。他希望这几句话成为他们的座右铭，坚定信念，勤学苦练，绽放自己最美的青春。

时间很短，听完校长的话，学生们紧张麻木的表情慢慢舒展开来，犹如在茫茫大海上一直航行的水手发现了陆地一般，显得兴奋而又激动，仿佛注入无尽的力量，全身心活跃起来。从他们抬着头，满怀信心走出校长室那一刻，薛无境仿佛找回了本该属于他们的希望。

教学质量分析会分别由学部校长钟理才和韩永祺召集，地点在各自办公楼的会议室。当薛无境参加完初中部会议赶到小学部的时候，会议已经开始。室外的寒气通过门缝吹进屋里，弥漫着一股清冷的气息。开会的老师都裹紧衣服坐在凳子上听小学部教务主任分析期中考试各年级的成绩。老师们习惯了往常会议的"风格"，领导在台上大声讲，老师们在台下小声嘀咕，听得心不在焉。有的教师干脆将手机放在会议记录本下面，偷偷地摆弄着。尽管记录本摆在他们面前，却都无动于"笔"，反倒是从外面楼道里传来的学生跑闹声，为沉闷的会场添了一点"声气"。

当薛无境推门进来时，大家都抬起头，面露惊讶注视着他的一举一动，没想到大校长会来参加小学部教学质量分析会。同时，场下响起了"窸窸窣窣"杂乱的声音，在非常短暂的一瞬间，会场秩序有了明显改善。他们收敛起极为不端的会场行为，挺直身子端端正正坐在桌子前面，表现出一副认真听讲的样子。

薛无境看在眼里，内心一喜，心想：老师们对校长还是存有敬畏之心，不觉流露在脸上。一刹那，老师们看到了一张微笑着的脸，但从薛无境犀利而又专注的眼神里，却感受到一种"不怒自威"的气场。薛无境原以为这种威严是每一名领导与生俱有自带的，但有时候听到老师们谈起其他校长，言语中却流露出不屑一顾的口气，这让薛无境感到莫名其妙。不管是在陈湾小学，还是来到桃源学校后，老师们对他大有一种畏惧心态。他和老师们总是坦诚相待，也没有给他们不好的脸色，老师们为什么会怕他呢？或许是工作认真一些，说话坦诚一些，要求规范一些，让那些不自觉的老师感受到一些约束和压力。有时候，大家也和薛无境开玩笑说：你每天站在校门口，比老师们来得早，那些来晚的老师都不好意思迟到了。是呀！要求老师们做到的，薛无境先做到，他们也就无话可说了，这种严肃认真的态度和担当作为的行动赢得了老师们的尊重，也带来一种无形的威严。

等教务主任分析完教学成绩，副校长韩永祺安排部署了近期工作，轮到薛无境最后发言。"刚才两位领导全面分析了期中考试成绩，安排了当前重点工作，希望大家认真查摆问题，做好当前工作，力争在年终考试中有所提升。我需要再强调六点：一是讲纪律，这是基于人与人之间的相互尊重。我们都是成年人了，都非常清楚在什么时候，应该做什么，不应该做什么，希望个别教师好自为之，避免让自己陷于尴尬境地。二是讲业绩，这是建立在态度基础上的良知问题。认真就是态度，尽责就是能力。能力要靠教学质量来验证，如果没有较高的教学质量，你就是一名不合格的教师，甚至说，你就是教师队伍中'滥竽充数'的吹竽者。三是讲奉献。英国诗人约翰多恩说：'没有人是自成一体、与世隔绝的孤岛，每一个人都是广袤大陆的一部分'。有舍才有得，与单位、与他人先奉献，才有所得。如果你还没有得到，说明你奉献得还不够多，请老师们记住：生活不会亏欠每一个人。四是讲团结。团结是最大的政治，每位老师要守住做人的底线：不利于团结的话不要说，不利于团结的事不要做。美人之美，美美与共。五是讲大局。要善待你的单位，没有单位也就没有你现在的一切，所以说个人意志要遵从于学校意志，个人利益要兼顾学校利益。六是讲创新。没有特色的教育就像千篇一律的文章，就像千人一面的群体，所以说创新发展、打造特色是一所学校的卓越所在，因此，我们要在工作中求新，求变。"

薛无境越说越激动，不自觉站起来，俯视着眼前被加里宁尊称为"人类灵魂工程师"的同事们，继续慷慨陈词地说："我们的底线是：别让老百姓指着脊梁骨骂我们。从现在开始，小学部每次教学质量分析会我都会参加，是向大家释放一个信号：校长最重视教学质量。尽管老师们在教学常规上做了大量工作，但在教学成绩上与兄弟学校还有很大差距，费了力成绩却不理想，原因是什么，需要在座的每一名教师好好反思一下。面对如此差的成绩，作为桃源学区龙头老大的身份极不匹配，距离家长的期望值也很遥远，这说明办好人民满意的教育我们还有很长一段路要走，希望每一名教师摒弃过去的传统思维，砥砺奋进，忘我工作，进一步增强责任感和使命感，为学校荣誉而战，也为我们肩上沉甸甸的担子而奋斗，毕竟我们手上攥着一个孩子的未来，一个家庭的希望……"

散会后，薛无境思前想后觉得有些话说得太重了。转念一想，眼前这所学校，外强内虚，就像一个丧失斗志、不断沉沦的堕落者，不来点猛药怎么能治愈从他们体内生长出来的疖子，必须有"刮骨疗毒"的狠心，才能彻底治愈走向下坡路的学校，想到这里，薛无境感到了从未有过的释然。

窗外，法桐树上一片枯死的树叶依旧连着枝条，在树尖上瑟瑟发抖。北风呼呼地吹着，它却浑然不觉寒风的凛冽，在空中不停地变换着身姿，舞动着生命的力量。学校总体教学质量一般，这让薛无境感受到一种泰山压顶般巨大压力。站在窗前，望着校园里直立挺拔的法桐树发呆。他想起了梅贻琦就职清华大学校长演讲时所言："所谓大学者，非谓有大楼之谓也，有大师之谓也。"他所面对的桃源学校有大楼，也有现代化的教学设备，但是没有一流的教师队伍，怎么能称得上优质学校？培养不出优秀的学生，怎么能称得上名校？他的思维渐渐从混乱无序走向清晰条理。

越想办学理念越清晰，越想办学愿景越敞亮，长期困扰在薛无境头上的"心结"终于解开了。他要以"发展学生，幸福教师、荣耀学校"为办学理念，努力将桃源学校创建为"区域名校，乡村典范"。

十九

大雪节气过后，北方的大地像凝固一般，覆盖了一层厚厚的雪被。寒风中，冰雪下，不曾歇息的土地想不到竟会以一种僵化的姿势为自己赢得短暂的休整，积蓄着绿色生命待发的给养，等着春风来唤醒。白茫茫的旷野里，远远近近横卧着几处规整的村庄，或长或方，在天底下散布开来。村庄里白的墙，红的瓦，袅袅炊烟飘散在村子上空，在林木间缭绕。

雪压在路面上，白闪闪，滑溜溜。或许是受自然界"冬眠"影响，大家蜷缩在屋里不愿出门，少有人走。薛无境小心翼翼开车来到学校，此时天还没有放亮，校园里静寂一片。教学楼上黑漆漆，只有楼外的几盏长明灯亮着，在树影里一闪一闪。最近一段时间，上级各项检查少很多，学校也轻松了很多。省校园安全工作会议召开之后，从省城派出的检查组采取"四不两直"方式到各地抽查了几所学校，并且连续召开了几次校园安全视频会，让校长们都把心提到了嗓子眼，害怕有朝一日从省、市下来的检查组扛着摄像机闯进学校。临近年尾，上级安全检查的频率渐渐减少，校长们悬着的心才总算放下。

工作需要，镇派出所宋所长经常跑到学校，缠着薛无境帮忙完成国家反诈APP下载安装任务。每次来，他总是先抱怨一番："本来是好事，老百姓就是不领情，好说歹说怎么也不安装，上当受骗之后就找到派出所来，唉！真拿他们没办法。市公安局天天通报安装数量，任务完不成，逼得他放下架子来找薛无境。"

派出所与学校是近邻，市教体局多次下发通知推进这项工作，薛无境就将任务分解到班主任，让他们发动学生家长配合工作，完成情况学校留一份，也给派出所一份。你来我往，薛无境和宋所长逐渐友好起来，学校里遇到什么麻烦事，一个电话过去，宋所长就会派民警及时赶到，化解了很多矛盾。

省社情民意测评在元旦到来之际，终于结束了，从市里反馈信息看，全省名列前茅，市领导很满意。回想过去，为做好这项工作学校费尽心思，做足了工作。教师们不断家访征求他们的意见和建议，列出问题清单逐一解决，希望能得到家长理解和支持。这项工作给薛无境很大启示：办好人民满意的教育贯穿学校工作的始终，一切从家长角度出发考虑问题、解决问题，否则就违背了事情的初衷，也让教师在家长面前失去尊严。

有时静下来，薛无境一个人坐在办公室里会发呆，想想学校那些纷繁复杂的事务，感到无奈又无助。平台上通知一个接着一个，甚至一天会接到二十多个，有些与教学无关的社会性事务也掺杂在其中，投票、转发以及各种各样的检查评比让老师们苦不堪言。每次，办公室主任赵丽娟让他签发通知，薛无境都要过滤一遍，那些无关紧要的事务就让赵丽娟搁置一边，也好让老师们有更多时间和精力放在教书育人主业上。

时光如白驹过隙，总是太匆匆，一眨眼又到了岁末年终。站在时间节点上，往前看似乎很漫长，盼星星盼月亮一天天熬；回首看感觉太匆匆，不知不觉时间就流逝了。辞旧迎新之际怎么也要给师生们留下一点印记，于是，薛无境在校长办公会上提出两点建议：一是举行"一家人团圆饭"活动，师生一起包水饺、吃水饺，用北方特有的方式迎接新年到来。二是为本学期已经退休的六名教师举行一次"荣退"仪式，让他们感受到学校的关怀与温暖。

大家觉得薛无境的提议很新鲜，从来没有举行包水饺实践活动，担心学生会不会包？这么多人集中吃水饺餐厅能不能忙过来？这学期先后有六名教师到龄离岗，要举办什么样退休仪式？再说，最近几年教师退休多，为老教师举行"荣退"仪式真是别出心裁。大家议论纷纷，有些担心又有所期待。

散会后，薛无境让赵丽娟将总务主任国安宁叫到办公室，做了具体安排。两个人领着任务走后，薛无境对自己的创意感到很得意。在他看来，墨守成规只会停滞不前，学校发展要不断创新工作方式和方法，尽可能满足不同群体人的情感需求，以情动人才能推动学校更好发展。

下午，老教师荣退仪式在会议室举行，气氛隆重而热烈。教师代表、学生代表、最近两年即将退休的教师以及全体校委会成员都来了。会议由副校长钟理才主持，首先，薛无境为六位退休教师颁发了"光荣的人民教师"纪念品，并赠送了鲜花。随后，学生代表和教师代表依次发言，表达了对老师的敬意和留恋。老教师们也先后发言，感谢学校为他们举行荣退仪式，祝福学校、老师和同学们未来发展越来越美好。

听完老师们讲话，薛无境深受感染，情不自禁站起来，感慨地说："今天，我们将六名退休教师邀请回来，欢聚一堂，为他们举行荣退仪式，就是为我们离开工作岗位的教师表达崇高的敬意和送上真挚的祝福。教师荣退，无论是对教师本人，还是对学校，都是一件大事。对教师来说，荣退是对过去从教生涯的回顾和总结。对学校来讲，荣退教师将青春和智慧留在了校园，为农民家庭培养出了一只只金凤凰，也见证了学校的发展历程。因此，老教师，是学校一笔无形的宝贵财富，也体现着一所学校尊崇师道的文化理念。我希望，通过这次活动，能够让荣退教师有一种归属感，的更有一种离别工作岗位的仪式感，也让尊师重教的文化在桃源学校得以传承和发扬。"

薛无境环视一周，意犹未尽继续说："一所好学校，一定是培养优秀人才的摇篮，也必定离不开长期耕耘于教学一线的教师群体。你们在平凡而神圣的三尺讲台上，数十年如一日，爱岗敬业，立德树人，用责任和担当践行着学校所提出的'做有良心的教师，育有良知的少年'工作要求，为振兴桃源学校默默奉献，无怨无悔，用你们辛勤的汗水和超人的智慧为党和国家输送了一批又一批栋梁之材。这种坚持，看似平凡，实则不易。我想，这正是师德高尚所在，教育神圣所在。"

临近退休的教师都抬着头，认真听着每一句话，毕竟很快他们也将迎来这一天，成为这个会场上的主角。最后，薛无境豪情满怀地说："我希望老师们退休后继续关心、支持桃源学校的发展，尤其要在提高学校社会满意度方面继续发挥余热，宣传好我们自己的学校，也希望你们常回'家'看看。今后工作中，我们将继承并发扬你们的优良传统，不忘从教初心，牢记育人使命，奋勇争先，再创佳绩，也祝愿各位教师退休后生活笑颜永驻，福寿安康！"

薛无境讲完，会场上响起热烈的掌声。每个人内心深处希望得到尊重，每个人都期盼能有属于自己的仪式，这种"尊重"和"仪式感"伴随人的一生，能给人留下最美好深刻的记忆。

带着退休后的轻松，怀着不舍的留恋，老教师们怀着一种复杂的心情走出校门。他们不停回望着曾经熟悉的校园，曾经的一幕幕在脑海中回放，却很难找到清晰的记忆，而今天却永久留在他们的老年岁月里，久久不能忘怀。薛无境目送老教师走出校门，从心底里蓦然生出一丝伤感，心想自己也有退休那一天，看到他们就想到了将来的自己。于是，他回头叮嘱一旁的办公室主任赵丽娟："今天，我开了个好头，让退休老师感受到学校大家庭的温暖，将来有一天我调离了桃源学校，你们也要提醒后续的校长，务必给每位退休教师举行一个欢送仪式，让他们体面地离开工作岗位，已经受了一辈子累，不能再寒了他们的心。"

赵丽娟默默点点头，望着老教师们远去的背影，也颇有几分伤感。看似平淡无奇的工作岗位，当你拥有的时候，或许是一副无所谓心态，习惯于日出而作，日落而息，而等失去的时候才觉得它的珍贵，这就是生活。

年末最后一顿午餐，该是一种什么味道，当学生听说要自己动手包水饺，心里充满了好奇和期待。大课间过后，学生分年级一批一批陆续往餐厅走去。餐厅工作人员早把面和好了，馅子也搅拌好了，正忙着往各班级分配。班主任挑选几名会包水饺的学生早早来到餐厅，擀皮子，包饺子，在自己的区域内忙碌起来。有些家长或许出于好奇，或许担心孩子吃不上，也赶来帮忙，作为外援加入其中。

总务主任国安宁见薛无境来到餐厅，赶忙从人群里挤出来。"薛校长，我们准备两种馅子，一种是胡萝卜豆腐，一种是白菜肉。元旦节日明天就到了，我特别嘱咐餐厅厨师多加一些肉，让学生吃得高兴。同时，考虑到下水饺太集中，厨具不够用，安排低年级先吃，高年级后吃。"听完之后，薛无境赞许地笑了笑，然后朝几个陌生的面孔走去。

"薛校长，学校组织这次活动很有意义，孩子回家一说，兴奋了好几天。原来不会包水饺，这几天在家里天天学着包水饺，吃着自己亲手包的水饺格外香。"一个家长见薛无境走过来，迎上去兴奋地说。

"用包水饺的形式辞旧迎新，既是对学生进行一次劳动实践教育，也是感受中华民族传统风俗习惯。尤其家长们积极参与，感觉我们成了一家人，更加融洽了教师、学生和家长三者之间的关系。"说完，薛无境也笑了。

看到有班级包饺子太慢，薛无境把棉衣一脱，挽起袖子，拿着擀面杖加入到包水饺行列中。夏梅婷见状，笑了一声说："想不到，薛校长也会干这活。"

"乡村孩子，什么活没干过呀！我擀皮子还算挺快的，包饺子捏来捏去怎么也不好看，扁平着身子，平躺在面垫上露出大肚子一副'弥勒佛'的样子。"薛无境自嘲地笑了笑。

　　夏梅婷"噗哧"一声笑出来，手捏着面皮还没把水饺完全包起来，半开玩笑地说："薛校长，弥勒佛可是'大肚能容容天下难容之事，笑口常开笑天下可笑之人'，你这水饺可真有嚼头，能吃出人生哲理来了。"周围的人都笑起来。平时，看上去忙碌且威严的校长让人不容易接近，今天却融入师生们中间，在说笑中与大家一起吃水饺迎新年，展现出和蔼可亲的一面，无形中拉近了薛无境和师生们的关系。

　　很快，一张张盛满水饺的垫子摆放在餐桌上。望着餐厅里与以往不同的情景，学生们感受到了劳动收获的喜悦，老师们感受了学校对他们的关怀，家长则体验到学校对学生们用心用情。

　　11点钟，国安宁开始安排完成的班级将包好的水饺端到厨房里，准备下锅煮了。厨房里热气腾腾，一派忙碌的景象。有的人往前递送着盛满水饺的垫子；有的人端着往锅里倒去，随即拿起大勺在水中撑一下，让水饺均匀散去；有的捞起煮熟的水饺，往托盘里盛去，学生们则围在外面等着将煮熟的水饺端到餐厅里去。水饺在两口大锅里翻滚着，面水和着馅香在空气中飘散。餐厅师傅不停吆喝着，学生和老师来回穿梭着，安静有序的就餐秩序在元旦到来前被丢在一旁，却充满了暖暖的爱意。

　　室外寒风凛冽，飘着漫天的飞雪，但餐厅里热火朝天，处处洋溢着和谐融洽的气氛。学校领导们也被分派到级部里，和老师们一起包水饺、下水饺、吃水饺。老师们指挥着学生有序参与活动，忙得不亦乐乎。学生们吃得满头大汗，笑声、闹声，没有了禁忌，一切都显得那么从容不迫。老师与学生之间的畏惧，学校领导与老师们的隔阂仿佛在这一刻得到释怀，一切不如意也随着新年到来成为过去，画上了句号。

忙忙碌碌的一年就要结束了，薛无境坐在办公室里就像进入一种幻境，不知身在何处，也不知为何来到这里，真实与虚幻在他的脑海里交织。于是，他裹紧羽绒服走出校门，一个人沿着校外的田间小路在空旷的麦野里穿行，想让彻骨的冷风清醒一下自己的头脑。

冰冷的西北风在旷野之上呼呼地狂奔着，没有遮挡与阻拦，任性地扬起麦田里还未融化的一点积雪，扬撒在空中。寒风猎猎，疯狂地在地面上旋转着，试图将尚未融化的积雪吹得体无完肤，直至消失殆尽。小路静寂，不见了飞鸟的踪迹，只有风在林间树梢上吹响起刺耳的音符，吱吱作响，跌宕起伏。风紧紧包裹着，仿佛想要吞噬他一般，凌乱了薛无境的头发，一点点剥夺着他体内的热量。

"夫天地者，万物之逆旅也；光阴者，百代之过客也，浮生若梦，悲欢几何。"薛无境抬起头，望了望远处，莫名生发出一种前途未卜的悲壮，但他坚信，脚下的泥土即使在寒冬也依然散发着光芒，积蓄着生命的力量，等待着属于自己的春天。

阡陌之上，迎着呼啸的北风，独自一个人在田间小路上朝前走去，犹如一道移动的风景。

二十

元旦过后两周，迎来了期末考试，春节假期的钟声也将即将敲响。

考试前一天，学区甄伟主任来到学校。薛无境见甄主任走进办公室，连忙站起来，打开热水器，准备倒水沏茶。

"薛校长，换届之年领导干部调整了很多，市教体局局长刚刚换人，是从街道党委书记调来的。我们镇党委书记也调到北边县市升了副市长，镇长提拔为党委书记，变动确实很大。"甄主任坐在沙发上，闲谈一般。

每次领导调整都牵扯着有些人的神经，尤其是市教体局直接管理干部，甄主任对领导调整格外关注，或喜或忧，毕竟升迁掌握在别人手里。薛无境听说老同学李欣也调整了岗位，感觉不是很理想，也就没有再问。

"'人事有代谢，往来成古今。'该退的退下来，该升的升上去，起起伏伏也是人生的一种常态，都将会归于寂静。"薛无境感慨了一句，让他想到《百年孤独》中马尔克斯对生命也有同感："生命中曾经有过的所有灿烂，原来终究都需要用寂寞来偿还"。

"我还有一年多就离岗了，想一想，人这一生呀！真是短暂，仿佛就是一眨眼的工夫。调整的事也不再想了，在这里干到退休就很好。"甄主任联想到自己，不禁叹了一声。

短暂沉默之后，薛无境好像突然想起了什么，略带担忧地说："甄主任，年终将近，对学校来说也是难过的年关，最近要账的都找上门来了。我让盛才俊校长笼了一下以前的欠账，总共 130 多万。有的债主威胁说，要打 12345 市长热线投诉，再不给，就到市政府广场去闹，语气里有一种不给钱就让我们过不去年的感觉。"

甄主任一听，皱了皱眉头，然后平静地说："很少有学校不存在欠账，我们乡村学校就靠着上级拨付的办公经费维持开支，然而校舍维修等大项目上面拨款几乎没有，如楼顶漏水、现代教学设备更新换代，这些必须做的事情也做不到位，没办法呀！那些急着要账的，我们从公用经费支出一点，和他们多说些好话，先安抚一下再说；不要的，就再拖一拖，毕竟我们的公用经费有限，还要维持学校正常运转。"

"想不到小学校有小学校的好处，我在陈湾小学时，尽管经费少，都将钱用在刀刃上，也没有欠账。大学校有大学校的难处，事事多，用钱的地方也多，一学期下来经费勉强维持。"薛无境无奈地摇了摇头，"很多人都认为我调到了大学校，有花不完的钱，人多好办事，没想到会这么难！"

"家家有本难念的经呀！欠账我们不能不承认，需要慢慢还。马上就到年底了，全镇保安人员的工资还没有着落呢！"甄主任也有说不出的苦衷。

"不管怎样，保安人员都是一些年龄偏大的老人，指望这点工资维持生活，春节前尽量把费用发给他们，也好让他们回家安心过年。"薛无境长叹了一声。

"我去镇政府找找领导，尽快让他们想办法解决，镇里再紧张也要支持教育呀！"甄主任说完，站起来要走。

薛无境走到书橱旁，从里面拿出一副篆体《大寿在德，至言无文》对联，不舍地说："这是我向东郡市书协主席求的一幅字，快过年了，送给你装裱起来，挂在书房里添点新意。"

甄主任展开一看，兴奋地笑了笑，赶紧让薛无境叠起来装好，谦让了一下，拿着下楼去了。

期末考试前，薛无境让教务处备足了奖状，要求班主任尽可能多表扬学生的优点，给他们鼓励。他知道，谁都希望得到肯定和表扬，尤其是小孩子更希望得到一张奖状，在春节走亲访友的时候得到大人们的称赞。

放假前，各班级开展了表彰奖励活动。按照学校要求，老师们设置了各种各样的奖项"五好学生""优秀少先队员""优秀共青团员""优秀班干部""小作家""小书法家""学科小状元""劳动小能手"等。获奖的学生兴高采烈地领着奖状走出学校，那些没有领到奖状的学生表现出一副垂头丧气的样子，但是一想到春节就在眼前，又摆脱了老师的管教，瞬间，没得到奖状的失落感就无影无踪了。

学生离校后，没有了熙熙攘攘的学生、喧闹无常的教室，校园里终于安静下来。一学期结束了，薛无境安排办公室主任赵丽娟组织召开全体教师会，总结工作，表彰优秀。赵丽娟领了任务转身要走，薛无境又把她叫住，特意嘱咐把正在流行的那首世界神曲《Aloha Heja He》（加油 加油）作为背景音乐，会前播放一下。

办公室人员早早打开会议室的空调，让冷冷清清的会场变得暖意融融。鲜花盛开，生机盎然，为获奖教师准备的盆栽花已经摆放在主席台前，在寒冷的冬天为会场增添了生机与活力。

会议由副校长钟理才主持，他首先公布了期末考试成绩突出的优秀教师名单。副校长韩永祺为获奖教师颁发证书，并将摆放的盆栽花赠送给他们。最后薛无境发表总结讲话："首先，祝贺获奖老师，是你们用勤劳和智慧为自己赢得尊严，也为学校争得了荣誉，希望你们再接再厉，再创佳绩。同时，希望成绩不理想的教师查找原因，在下一学期迎头赶上。刚才学校为获奖教师赠送了两盆鲜花，美其名曰'一帆风顺'，就是祝愿各位老师生活一帆风顺，万事如意。"

站在这里，薛无境仿佛又回到学期前。"岁月不居，时光如流。距离上一次全校教师集会，已经过去一学期。上一次大家怀着陌生、新奇的心情集会在一起，聆听我的就职演说。这一次我带着满满的感动和收获，说说心里话，与大家分享这一学期的收获与喜悦。"

薛无境回顾了半年工作，从提高办学条件讲到学校内部管理，再到教学质量提升。"我从来没有感觉校长这么难干，我也经常扪心自问，是自己德才不够，驾驭不了桃源学校吗？还是学校存在的问题太多，一时难以改变？每次感觉累，就在路上不停重复着会场这首熟悉的旋律'加油，加油'，不断给自己鼓劲。有时候甚至想要哭的时候，就回老家陪母亲吃顿饭，听她说说过去的苦日子，又重新点燃继续前行的勇气。因为鲁迅先生说过：'父母存在的意义，不是给予孩子舒适和富裕的生活，而是当你想到父母时，你的内心就会充满力量，会感到温暖，从而拥有克服困难的勇气和能力，因此获得人生真正的乐趣和自由'。"

说到收获与感动，薛无境动情地说："站在学期结束的终点上，回首过去，心里充盈着满满的收获，我觉得付出再多也值得。我们收获了社会各界的信任和支持，市、镇以及市教体局领导多次到学校检查指导工作，为学校发展指明方向。各级媒体不断关注学校发展，先后在上级媒体宣传报道二十多次，扩大了学校的社会影响力。

学期初，学校提出了'区域名校，乡村典范'办学愿景，理想很丰满，现实却很骨感，但我总想，怎么也要对得起家长的信任和为人师表的这份责任，所以提出了'发展学生，幸福教师，荣耀学校'的办学理念，从学生、教师、学校三个维度全面提升学校的办学水平，教育教学质量明显提升。我还收获了同事们的友谊和理解，经过一学期的磨合和了解，大家感觉我与其他校长与众不同。通透？简单？严肃？认真？是优点或许也是缺点。本来社会给我们太多的压力，同事相处就坦诚一点、舒心一点、快乐一点。我从来不认为校长有什么了不起，也没觉得有任何优越感，只想带领着同事们做点事，为自己留下身后名，也为我们下一代树立良好的家风。"

一幕幕动人的场景虽然远去，但在薛无境脑海里却时时闪现，让他感受到了桃源学校教师肩上的责任与担当。"当一位家长拿着锦旗走进学校送到莫凌云老师手里的时候，我心里满满的感动。当我站在门口迎送学生，一个家长拿出手机记录下那一刻时，我欣喜自己赢得了他们的信任。当我在雪中找到那个步行回家的小女孩，她对我说'校长太敬业了'的时候，我感觉心里暖暖的。当魏镇书记伸手把学生从车上接下来的时候，家长眼里流露出赞许的神情。我相信，这样的场景还有很多很多，老师们在用自己的付出和努力为我们桃源学校赢得尊严。"

会场上静悄悄，只听见空调压缩机转动的声音从室外传进来。没有夸夸其谈的说教，每一句话都充满了真情实意，老师们的情绪仿佛受到了感染，听不见交头接耳的私语声，用心体谅着校长的不易。

薛无境环视着会场里每一名教师，情绪也越来越激动。"初来乍到，非常感谢各位同事对我的包容、信任、理解，正是有了大家的支持，我们桃源学校的明天才会更美好。你要努力，我要努力，大家共同努力，才能凝聚起学校发展的强大动力，创造桃源学校更加辉煌的历史，也让在座的每一名教师更体面、更自豪！"

他尽量让自己的情绪稳定下来，于是，稍微停顿了一会儿，最后说："值此新春佳节到来之际，请各位捎去学校对家人的祝福，祝愿我们的家人平安吉祥，顺心如意，正是有了他们的支持，我们才能安心投入工作。同时，我代表学校给老师们拜个早年，祝愿你们阖家幸福，新年快乐！"

会场上响起热烈而持久的掌声，声音里传递着老师们的认可与肯定，也是对薛无境最大的褒奖。从生疏走向熟悉，从观望走向支持，从不以为意走向心生敬佩，走过一学期，老师们已经欣然接受并服从了这位儒雅和善且有担当作为的新校长，薛无境已经完全融入桃源学校大家庭。

除夕夜，薛无境和值班老师在学校一起吃的年夜饭。待他回到老家时，村子里已经响起了此起彼伏的鞭炮声，清冷的空气中弥漫着浓浓的烟火味。门前的灯笼泛着红红的光，映在随风浮动的门笺上，让人感受到一年之中从未有过的喜庆，或许在这一天，一切烦恼忧愁都成了过去，一切美好才刚刚开始。

新的一年，薛无境不知道未来会发生什么？遇到不顺的事，要躲也躲不掉；幸运的事，想求也求不来，或喜或忧，一切都是最好的安排。车停在老家门口，薛无境坐在车上平静一下思绪。此时，

一位诗人的话闯进了他的脑海："我不去想是否能够成功，既然选择了远方，便只顾风雨兼程。"他坚定地走下车，一股冷气迎面扑来，不禁浑身打了一个寒战，仿佛在迷失的幻境中重新找到了自己。他想：人生之路是自己在走，别人在看。当别人还在沉睡的时候，你却醒着，行走在自己的路上，注定你是一个成功者，瞬间脸上露出坚定且执着的神情。

他推开门朝家里走去，此时，一家人都在等他吃团圆饭了。

二十一

春节是老百姓最看重的传统节日，忙碌着，快乐着。田地里没

有农活，在外打工的人们也都回家团聚。这时候，劳累了一年的人们备足了年货走亲访友，在迎来送往中充满欢声笑语，卸去一年的疲惫。

大年初一，薛无境出门拜年前，用手机编了一条短信发到学校群里。"值此新年到来之际，祝愿桃源学校的家人们幸福安康，工作顺心。站在桃源学校发展新起点，家人们心往一处想，劲往一处使，用信念和行动凝聚起桃源学校发展的强大动力。感恩岁月，感谢有你，让我们怀揣一份初心，担起一己责任，实现一方梦想，携手奋斗，踔厉前行，在美好的教育中遇见未来，共同谱写桃源学校新篇章。"短信发出去之后，老师们纷纷在后面跟帖，假期里静悄悄的工作群，瞬间充满了春节的喜庆气氛。

按照传统习俗，舅家、姨家、姑家亲戚薛无境都要走一圈。每次走到四姨家，薛无境都会留下吃饭，因为在困难时期，四姨没少接济过，他也望着四姨特别亲。"无境呀，怎么看着瘦了呀？是不是换了一个学校累的呀？"四姨一见薛无境，拉起手拽到眼前说，"四姨家离得桃源学校这么近，半年你怎么也不来家吃顿饭，是不是很忙呀？"

薛无境见四姨问个不停，就笑着说："还是四姨想着外甥呀！您都快七十的人了，自己能吃饱，我们就很放心了。"

四姨抬起头笑着说："我身体好着呢！有时候我在大街上听接送孩子的家长说，'学校刚换了新校长，真是负责任呀！天天站在学校门口迎送学生，雨雪天也雷打不动。'我听了之后，心里觉得很踏实，也很心疼你，心想：这个孩子多傻呀，怎会这么认真天天去站着呀！"

"四姨，放心吧，您外甥还不到五十，身体强壮着呢，累不坏的。"薛无境认真地看着四姨，开玩笑说，"你没听老百姓骂我吧？"

四姨止住脸上的笑，表现出认真的样子。"听你妹妹说，原来学校的教学成绩不好，就把孩子送到城区学校去了，天天接送麻烦着呢。你来了之后，村里上学的孩子家长都说换了新校长学校变化挺大，管理比以前严格，说你很敬业，也很有办法，我听了都感到高兴呢。"说完，脸上露出灿烂的笑容。

尽管亲戚多，现代交通工具省去了过去的奔波之苦，踩踩油门，两三天就走完了，剩下的时间同学朋友聚一聚，借着假期畅叙一下友谊。开学前几天，薛无境把自己关在房间里，开始反思过去半年的得失，从学校每一次集体决策到组织实施每一项活动。从活动过程中师生表现到评价结果的表彰奖励。从自己的所思所言到管理团队成员的所作所为，过去每一个场景都印在脑海里历历在目，给他深深的启迪和触动，为今后工作奠定坚实基础。

正月十五，吃元宵，观花灯，燃放最后一束烟花，春节算过完了。窗外，夜空中五彩缤纷的烟花在小区上空绽放，薛无境深知学校中作为"头狼"的作用，只有凭借智慧和力量冲在队伍最前面，带领"群狼"开辟一条新路径，才能顺利到达属于自己的理想境地。他的脸色在烟花的映衬下显得更加坚定决绝，一往无前。

第二天学校正式开学，学生像往常一样来到学校，重新开启了新的学习生活。薛无境站在校门口，脸上露着笑，不时挥手向老师、学生们打着招呼。春季开学不像秋季那么紧张，教师岗位没有调整，学生还是原来的班级，只是学习过程中按下了较长一段时间"暂停键"，又重新恢复原来的节奏。等老师到齐了，薛无境带领校级班子成员每一间办公室都走了一圈，给老师们拜晚年，办公室里洋溢着欢快的笑语，这种气氛在平时紧张安静的办公环境里真是难得一见，毕竟春节的喜庆还未远去。

转完一圈，薛无境立即来到会议室，召开学校中层干部以上会议，安排新学期工作。他说了几句拜年话之后，提出开学后工作要求，"一是新学期要有新面貌。要不断提升工作积极性和主动性，在自己的职责范围内，多想办法，多出实招，多提成绩，展现担当作为的进取精神。二是新学期要有新格局。清代学者涨潮把人生分成三种境界和格局。第一种：在窗子里面看月亮，第二种：在庭院中望月，第三种：站在高台上玩月。对我们学校管理者而言，要放大格局，不要只站在自己科室考虑问题，要站在全校，甚至要放眼桃源镇、东郡市层面上把握问题。同时，要把工作当作人生的乐趣，不能停留在简单应付上，要在干好工作中实现自己的价值，体会教育管理过程中的获得感和荣誉感。三是新学期要有新行动。鲁迅说，'光是说不行，要紧的是做'，同志们要增强行动的自觉性，立说立行，根据学校制定的新学年工作重点拿出具体的推进措施，抓细抓实抓出成效。教师中要倡树'多劳多得、优教优酬'工作理念，让那些流汗的人不能再流泪，务求成绩突出的教师得实惠。"

大家边听边在笔记本上不停记着，面部露出若有所思的神情。薛无境环顾一周，信心异常坚定地说："非洲有句谚语，'一个人可以走得很快，但不可能走得很远，只有一群人才能走得更远'。只要大家凝心聚力，心往一处想，劲往一处使，众志成城，一定能够行稳致远，开创桃源学校更加美好的未来。"

随后，副校长钟理才解读了新学年工作要点，并提出推进要求。副校长韩永祺对迎接市教研院来校视导工作提出明确要求，说："我们要珍惜这次机会，围绕教育教学质量提升和教师专业发展两个方面，把我们的创新做法总结提炼好，把我们取得的成绩汇报好，从而赢得领导们认可和支持。"工会主席易华强宣读了关于召开学校教职工代表大会的通知。

会议结束后，易华强迟迟没有离去，而是跟着薛无境走进校长室。"薛校长，自从我任工会主席以来，学校从未召开过教代会，我不知道怎么办好？"易华强一脸愁容说。

薛无境一听，面露惊讶地问："不举行教代会，以前学校制度是怎么制定出来的？老师们对学校制定的这些规定认可吗？"

"不瞒你说，以前这些学校制度，都是校委会制定出来发下去就完事了，老师们不关心，更不了解。学校执行起来也不严，全凭大家自觉，一切规章制度形同虚设。"易华强叹了一声，一脸的无奈。

"学校是大家的，校委会只是组织者，校长充其量只是一名组长，教师才是学校真正的主人。学校的事情就要老师们商量办，教代会都不开，'尊重教师'不是一句空话吗？没有全体教师一致认可的行为规则，现代学校治理从何而谈？"薛无境想象不出，前几年学校是怎么管理的，半年来，他已经深有感触。"易主席，这次教代会要体现尊重、民主、坦诚、共荣的思想，大家坐在一起明确一下今年工作重点，共同商讨一些与教师利益直接相关的规章制度，让教师知道学校的财务状况。借助这次教代会，学校要倾听一下教师心声，将民意收集起来，切实解决教师一些急、难、愁、盼的问题，构建起学校与教师畅通的渠道，推动学校民主化管理进程向前发展。"

听到这里，易华强不禁肃然起敬，难得遇见如此开放包容、合规合情的民主校长。从教三十多年，在他印象中，以前学校的事情都是校长说了算。中层干部也是言听计从，一般都是学校怎么安排，就怎么去做，在学校问题决策层面上很少有话语权。教师们就更不用说了，一味在课堂上教学，对学校的事情不闻不问，漠不关心。而今，过去的一切即将被打破，学校将要开启崭新的篇章。

星期六，桃源学校教职工代表人会如期举行，教师代表精神饱满，热情洋溢，眼神里流露出向往已久的期待。他们早早来到会场，共同见证桃源学校发展进程中具有"划时代"的时刻。会议由工会主席易华强主持，他站在主席台上激动地说："新年伊始，我们集会在一起，召开桃源学校教职工代表大会，这是学校民主进程中的一件大事，也是我终生难忘的一件喜事。我干了七年的工会主席，也没为大家做什么，觉得是个虚职，以前老师家里婚丧嫁娶之类的事情，我还负责招呼一下，现在提倡移风易俗，禁止大操大办，我就真没事干了，这次教代会让我找到了存在感，我要履行好工会主席的职责为大家服务好，为学校服务好！"缓慢舒展且风趣幽默的开场白惹得大家都笑了，紧张的气氛缓和下来。

按照会议议程，首先是薛无境宣读新学年工作要点。他目光扫视了一下会场，神情上显得更加稳重而坚定。"新学年，学校将在市教体局、学区的关心支持和正确领导下，在上级教研部门科学指导下，立德树人，不断提高育人质量，聚焦课堂教学与项目建设，持续提升教师的责任担当与学生的发展品质，重振桃源学校龙头雄风。总基调是：规范有序，快速发展。具体工作思路是实施'11433'工程，即树立一个党建品牌，坚守一条质量生命线，突出四项工作重点，守牢三条底线，实施三大创优工程。"薛无境一边解读，一边注视着台下教师们的表情，内心充满了对美好未来的向往和憧憬。教师代表抬着头，眼睛一动不动注视着他们的领头人，从未有过的兴奋在他们脸上洋溢。

薛无境最后充满豪情地说："'路漫漫其修远兮，吾将上下而求索。'只要大家同心同德，携手共进，相信桃源学校的教育教学质量和社会满意度会有明显提升，会无限接近'区域名校 乡村典范'的办学愿景，到那时，我们每名教师脸上会更有荣光，更有尊严，更有底气。"台下响起热烈而持久的掌声。教师代表感觉他们的当家人思路清晰，为新一年工作指明方向，目标明确，描绘出学校发展的美好蓝图。尽管室外春寒料峭，但他们的内心暖融融，一股从未有过的热血仿佛瞬间涌上心头在身体里激荡。冬天去了，春天就在眼前，一切都充满了期待。

接下来，副校长钟理才宣读了学校考勤管理制度、师德考核办法、班级管理团队激励机制三个讨论稿。副校长韩永祺宣读了教职工绩效考核方案、增量绩效工资发放办法、延时服务费发放办法三个讨论稿。副校长盛才俊公布了上学期学校收支情况和新学年支出预算。党支部副书记魏镇宣读了学校关于开展"双引双带，筑牢学校发展红色根基"党建品牌建设实施意见。整个过程，会议室里鸦雀无声，台上领导一板一眼读得清清楚楚，台下代表聚精会神听得认真仔细。

休会期间，大家分组认真讨论了学校新年工作要点和各项规章制度，并提出了推动学校发展的一些议案。教师们从未像今天一样受到学校的重视，给予关乎学校发展的决策权，于是，一种主人翁的责任感让他们积极建言献策，让学校制度与未来发展趋向普遍认同。

第二阶段由易华强主持，大家采取举手表决的方式，一致通过了新学年工作要点和修订后的学校各种制度。易华强针对教师代表的提案，根据会议主席团成员共同研究，一一向教师代表做了说明。能当场解决的，会场上都明确答复；学校一时不能解决，将积极向上级反映，争取尽快有回音。没想到一些微不足道的小事也能引起学校领导的重视，并能及时给予答复并想尽办法协调解决。看到学校对老师异常关心，大家脸上露出了满意的神情，会议在团结和谐的气氛中圆满结束。

散会后，薛无境最重要的一桩心事终于放下了，心里从未有过的舒畅和坦然让他看到学校的光明前景。尤其是大会期间，教师代表对学校工作的理解、支持与包容让他真实感受到桃源学校教师团队的向心凝聚力和干事创业的责任担当精神。有他们的付出和努力，薛无境决心更加坚定，信心更加饱满。

行稳致远，未来可期。或许在不久的将来，桃源学校这所乡村薄弱学校一定会焕发出勃勃生机，迈进优质学校的行列。

二十二

开学第二周，市教研院初中科全体教研员在分管教学副局长梁瑞东带领下来到桃源学校开展教学视导，薛无境和初中部负责同志早早等在楼前。一行人刚从车里下来，薛无境赶忙迎上去握着梁瑞东的手，笑着说："盼星星、盼月亮，终于把你们盼来了。"

"我们应该早就来看看新校长工作，一直拖到春风送暖才来，实在不好意思呀！但是，这是我们今年教学视导第一站，并且我亲自带队，也看出对桃源学校的重视。"梁瑞东说完笑了笑，径直往楼上走去。一旁的陪同人员看出两个人非同一般关系，说笑着很是熟识，也都疑惑地相视一笑，跟在后面朝楼上走去。

梁瑞东和薛无境两个人有大学校友情分。他俩都在滨海大学读书，只是薛无境早去一年，不同的学院不同的专业。单调的大学生活，老乡聚会是常有的事，因为薛无境是学生会干事又是中文班团支部书记，学校同乡会的活动都由他组织。尽管梁瑞东晚来一年，很快就融入老乡之中，经常在一起聚聚餐，聊聊天。在远离家乡隔海相望的北方城市，举目无亲，形单影只，老乡情谊算是唯一的慰藉。每逢周末，薛无境把老乡同学约在一起，随身带上吃的东西，沿着滨海大道走一走，老虎滩、燕窝岭、棒棰岛、凡是能用脚丈量的每一个地方，他们都走遍了。在没有任何利益瓜葛的大学校园里，他俩结下了深厚情谊，单纯而深厚。大学毕业后，薛无境回到乡村老家当了一名语文教师，而晚一年毕业的梁瑞东则回到母校，成为一名高中教师。但两个人的联系一直没断，时常聚在一起回忆大学那段难忘的青春岁月。

等大家坐好后，薛无境笑着说："热烈欢迎各位领导专家莅临我校指导工作，也非常感谢梁局长及各位专家对桃源学校的支持与厚爱。桃源学校作为一所乡村薄弱学校，主要体现在：在城市化进程加快的社会背景下，学生流失较为严重，留下来的学生相对较差；教师老龄化较为严重，以前那批民办教师大都到了退休年龄，师资力量不足；教师习惯于固有的教学思维，课堂教学理念过于传统，专业发展意识不强，成长后劲不足。面对存在的问题，我们感觉任重而道远，但在市教体局和教研院领导支持下，我们一定有信心，也有决心将桃源学校打造成乡村教育的典范。借助这次机会，我们真诚希望各位专家针对桃源学校课堂教学中存在的问题和学校今后发展提出宝贵意见，我们一定坚决执行，贯彻到底。"

对于桃源学校的教学质量，市教研院领导最清楚，尤其在优秀生培养方面，存在明显短板。他们在薛无境开场白中听到了一种强有力的信号，表现出积极的态度和行动。随后，副校长钟理才简要汇报了学校教学常规方面采取的措施和成效。

汇报结束后，梁瑞东望着大家说："当初，市局党组研究薛校长来桃源学校，就是因为他在陈湾小学做出了突出成绩，成为东郡市乡村小学高地上一面旗帜，才安排到薄弱学校任职，这是对你的信任和考验，也是对他业务能力和工作成绩的充分肯定。希望薛校长带领桃源学校的全体老师树立信心，笃行不怠，走出目前困境，不断提升学校教育教学质量，让老百姓的孩子在家门口就能享受到优质教育，无限接近家长对学校和老师的期望值，打造成东郡市乡村学校中的名校。"话音一落，大家不自觉拍起手掌。

市教研员在学科教研组长陪同下先去教室听课，然后组织同学科教师评课。薛无境则领着梁瑞东在校园里四处转了转，两人边走边聊。"从小学校到大学校，思维方式和处事方式要改变一下。管的人多了，一定要用制度管人，要善于调动分管同志的积极性，只有让所有人动起来，学校发展才有动力和希望。"梁瑞东对校友有点担心，真为他捏一把汗。"学校大，事务繁多，面面俱到很难，你结合学校实际找好突破口，由点到面，先由一枝独放到春色满园，才能实现学校全面发展。"

薛无境边听边不住点头，心里充满了感激。转完一圈，往回走的时候，梁瑞东略有所思地说："学校基础条件不错，省里正在开展'强镇筑基'试点活动，回去后，我沟通一下镇领导，争取把我们镇搞成试点。"

"如果真那样，桃源学校将迎来难得的发展机遇和挑战，学校振兴指日可待。"薛无境兴奋得简直跳起来。回想一路走来的艰辛，不知是自己努力的结果，还是命运的有意安排，让他遇到如此多生命中"贵人"，时时给他提醒和帮助，让他在校长岗位上披荆斩棘，游刃有余。

整整一上午，视导工作在紧张有序进程中结束了。受教研员启发，老师们教学思路被一点点打开，犹如醍醐灌顶一般从传统教学模式中清醒过来，反思课堂中的不足，决心迈出课堂教学改进的第一步。

此时，东郡市人民检察院会议室里气氛凝重，大家围坐在长方形会议桌两侧，正在召开未成年人保护专题会议。未成年人保护中心主任颜来晴穿着一身检察制服，端坐在新任检察长对面，用略带沉重的语气汇报全市未成年人保护工作。

"近年来，随着新文化业态发展，一定程度上危害着未成年人的健康成长。尤其处在青春发育期的青少年更挡不住社会新潮的诱惑，呈现出青少年犯罪逐年递增的趋势。仅过去一年，我市未成年犯罪嫌疑人达到32人，各种各样的犯罪形式让人震惊，真为这些正值花季的青少年感到惋惜。"颜来晴语气越来越沉重，表情变得严肃而自责。

新检察长眉头紧锁，面露惊讶说："现在未成年人法律意识淡薄，自我保护意识弱，不知法、不懂法、不守法，有时候自己的行为已经触犯法律，却浑然不知。再说现在的孩子叛逆心强，很难管教，特别是一些乡村家庭，家长不敢管孩子，也不知道怎么管孩子，多少有点娇惯，以至于孩子犯了错误，才认识到问题的严重性。"说完，他不禁长叹一声。随后他话锋一转，说："不管什么情况，也不管有多大困难，我们决不能让祖国的花朵在没有绽放的时候早早凋谢。我们未保中心要借助法律主动承担起育人、改造人的责任，想尽一切办法，采取一切措施，确保将未成年人犯罪降到最低，力争今年创建为全国未成年人保护先进单位。"

颜来晴在笔记本上迅速记录着，不时抬起头看着对面新任检察长。新领导坚定的语气和严肃的表情，让她意识到这是一项必须做并且一定要做好的工作，尽管是社会问题，部门职责告诉她有不可推卸的责任，

散会后，颜来晴感受到一股从未有过的巨大压力，要创建全国

典型可不是随便说说能成功，要有新思维、新举措、新成绩才能赢得肯定。作为一名长期工作在一线的老检察官，苦点累点不算什么，面对新要求，她一脸愁容，甚至有点不知所措。她冥思苦想中，一个人闯进她的脑海，心想：对，找他去。

一辆警车远远停在桃源学校门口外，颜来晴怕引起别人的非议，嘱咐司机将警车停得远一点，自己下步朝学校走去。

当薛无境接到传达室电话时，先是吃一惊，随后急匆匆朝校门口走去。当看见颜来晴站在门口，他的脸上露着笑，兴奋地说："大美女检察官怎么不事先招呼一声，就跑到乡下学校来了？"

薛无境在陈湾小学时，市检察院作为联系单位，派颜来晴担任学校法治校长，经常到学校开展法治教育，两个人逐渐熟悉起来。颜来晴非常欣赏薛无境的治校才能，认识问题透彻，说话思路清晰，办事干净利落，将一所乡村小学治理得风生水起。尤其在写作方面，更让颜来晴折服，一篇文章从题目到内容再到结构把握得恰到好处，尤其对材料的总结提炼可谓精准到位。她想，在这件事情上，薛无境一定能给予帮助。

颜来晴做好来客登记，看着薛无境从楼上跑下来，露出老朋友好久未见的欣喜："上级检查工作都是'四不两直'，但是我不是检查工作，听说你调到大学校，早就想来看望，今天终于来了。尽管是迟到的祝愿，也是心意满满。"说完，两个人谈笑风生一前一后上了楼。

"今天来，我有事要请你帮忙。学生是未成年人，对他们的保护我想听听薛校长的建议。"没等坐下，颜来晴就迫不及待地说。

"大检察官，我能为你服务感到很荣幸呀！"薛无境笑着走到饮水机旁沏上一杯茶，端到颜来晴面前，然后坐到对面沙发上，思索了一会儿说："未成年人保护是一项系统工程，需要全社会共同努力，才能呵护好祖国的花朵呀！对我们学校而言要做好三方面工作：第一做好学生安全教育工作，保证学生身体不受伤害。第二设立'心灵驿站'，由心理健康教师及时为学生提供心理辅导，让学生保持良好的身心健康。第三开展家校协同育人，双方共同关注学生言行变化，一旦发现危险苗头，及时沟通，携手做好学生教育工作，将不良倾向消灭在萌芽中。"

薛无境说完，像突然想到什么，露出一脸兴奋。"平时，学生忙于文化知识学习，忽视法律教育。颜检察官，你来得真巧，如果愿意，聘请你为学校法治校长，为学生补上法律知识这一课吧。"说完，他拿起水壶，往茶杯里添了一点热水，眼里露出恳求的目光。

"很好呀！我们检察院有青少年法治教育基地，你们可以带领学生来开展研学。通过真实场景和典型案例，让学生真正知法、懂法、守法，做一名健康快乐、积极向上的阳光少年。"颜来晴说完，脸上露出喜悦而认真的神情

围绕着未成年人保护，两个人交流了许久，很多想法不谋而合。交谈中，颜来晴感觉不虚此行，从薛无境话语中找到了工作突破口，模糊的思路逐渐清晰起来，仿佛一幅美好的画卷在她面前缓缓展露出来。

星期五，一辆满载学生的大客车从学校出发，往城里驶去。高大壮观、巍然耸立的检察院大楼前，颜来晴率领工作人员像迎接远方来客，早早等候在市检察院门口。见薛无境亲自领着学生从车上走下来，他们既兴奋又感动，急忙迎上前，带领学生往大楼内的教育展馆走去。

展馆内，负责解说的检察官用标准普通话，借助生动的视频案例向青少年讲述什么是犯罪，应该如何应对校园暴力，青少年犯罪产生的原因及预防措施等。尤其针对青少年年龄特点及学校周边治安状况，就如何提高自我防范能力，避免成为被侵害对象等方面问题进行深入细致讲解。很多学生在3D模拟体验区驻足，看着一种种毒品的特效从视窗里跳跃出来，既感到惊奇，又深刻认识到毒品的危害。

研学中，学生们认真听、仔细看，那些不曾听说的故事和课本中没有的知识让他们深受启发，纷纷表示要多学习一些法律知识，养成良好的文明行为习惯，努力成为一名知法、守法好公民。

没有课堂中乏味的说教和教师严厉的表情，学生们在研学过程中始终流露出欢欣的笑容。一路参观，一路收获，看着展馆中多样的教育场景和一张张喜悦的笑脸，薛无境意识到学校课堂教学中存在的不足。只有推倒学校的"围墙"，通过开放、多元、弹性、自主的办学机制和模式，主动将学校融入社会，让社会优势资源服务于学校发展，才能最大限度促进学生全面健康成长，提升他们的核心素养。

二十三

春风拂动，绿草萌发，不知不觉开学近一月。薛无境感觉工作推进比较缓慢，与他预想的有些差距。想当初制定新学年工作要点的时候，大家激情飞扬、豪情万丈，但是落实到行动中却如乌龟爬行慢慢腾腾，更像极了一只慵懒的豆虫，一戳动一动，不戳不动弹。

他望着窗外长叹一口气，心想：要改变一所薄弱学校，要先从改变人开始；要改变一个人，就要用工作来推动。想到这里，薛无境将赵丽娟叫到办公室，让他通知学校班子成员到校长室开会。赵丽娟下完通知后又返回来说："薛校长，最近平台下发了多条关于疫情防控的通知，据说省内一个地区出现了疫情，看来防控形势越来越严峻了。"

"噢，我也关注到了。学校是人员密集场所，在疫情防控上绝对不能掉以轻心，一旦有病毒携带者进入校园，传播风险很难控制。"薛无境的脸色异常凝重。他深知：事关全校师生生命安全的事是学校工作底线，要防患于未然，不能麻痹大意。

一会儿，班子成员手里拿着会议记录本，先后都到齐了。薛无境坐在办公桌后面，扫视一遍眼前这几位搭档，说："今天我们召开校长办公会，主要是将学校工作要点中明确的任务分解到每一名同志，希望分管同志承担起主体责任，制定工作推进时间表，拿出具体行动路线图，抓紧抓好，力争在最短的时间内抓出成效。"

薛无境将每一项具体任务分解到班子成员，然后强调说："不让每一名学生掉队是我们工作的出发点和落脚点，初中部要重点关注后进生，通过问卷调查形式，将学生的兴趣爱好归拢一下，结合学校师资状况，建立适合学生发展的多个社团组织，利用社团活动，帮助他们找到适合自己的成长点。文学家巴金说：'孩子成功教育从好习惯培养开始。'这学期小学部要突出抓好学生习惯养成，注重培养学生良好的行为习惯和学习习惯，让孩子的脚步慢下来，教学楼里静下来，让教室变得书声琅琅，才能从根本上改变目前楼内乱糟糟的状况，提升学生的学习成绩。"

大家在本子上不停记着，有时也会放下手中的笔，脸上露出思考的神情。薛无境端起水杯，清清嗓门严肃地说："看一个人，不是看他说得怎么好，而是看他做了多少，所以希望每一名同志不等不靠，积极行动起来，推动各项工作迈上新台阶。俗话说，众人拾柴火焰高。只有在座的每一名负责同志切实担负起振兴桃源学校的重任，齐心协力，亲力亲为，为自己树立威信，也为老师们做好表率，才能实现我们的办学愿景，否则，一切都是美丽的谎言。"

会议室里出奇安静，隔壁教室里教师的讲课声穿透坚固的墙壁清晰地传进来，尽管后面小学楼隔着四十多米，学生的吵闹声也能远远地听到。大家都低着头，沉默不语，是在反思，也是在自责。习惯于过去一切听从安排，缺少主动性和创新精神；一切工作标准不高、要求不严，认为做得差不多就行，几乎很少认认真真、彻彻底底完成一件事情。

"向死而生，反求诸己。"或许只有把大家逼一把，才能唤起他们前行的勇气，点燃他们心中自强不息的火焰。尽管会议开得沉闷而压抑，而对薛无境却有一种不吐不快的惬意和轻松。

深夜临睡前，薛无境都要浏览一遍工作群里的留言，从而掌握老师们的工作动态。或许是白天的情绪还没有完全平息，联想到一些老师工作拖拉、消极应付的现象，他禁不住在群里留言："态度决定你的人品，认真决定你的成败。当你对学校安排的工作持一种无所谓的态度，怎么能赢得学校的尊重。一个没有集体荣誉感的人，也会被集体抛弃。"发到群里之后，他把手机放在一边，没有多想就睡了。

第二天，他像往常一样，迎接完学生楼里楼外转了一圈。老师们都早早到了，有的整理办公桌上的物品；有的在打扫办公室的卫生；有的去了教室维持学生纪律，新的一天，大家比以往显得忙碌了许多。

九九冬末，乍暖还寒，北方干燥的空气里有了一点春雨的湿意。春风带着一丝丝且浅浅的温情，吹醒了校园里的花草树木。蜷缩一个冬天，他们在春日的朝阳里渐渐苏醒过来，开始了生命的萌动。薛无境走在两栋教学楼中间的路上，两排高大的法桐树似乎勾起他的敏感神经。

年前，他曾经和学区甄主任提起修剪树木的事。甄主任坚决不同意将树头锯掉，说是本该向上生长的树，锯掉头子很不讲究。但是留着树头继续往上长，楼内的光线会更暗，这让薛无境犯了难。他想到学生在寒风里打扫落叶的情景，尤其是学生用手哆哆嗦嗦将带着冰碴子的树叶装进垃圾袋里的痛苦，还有校园里随风吹起的落叶堆在一起无法处理的难题，一切的一切促使他不能再瞻前顾后，犹豫不决。想到这里，他抬头望着湛蓝的晴空喃喃自语说："春天来了，也该到修剪树木，美化校园时候了。"

星期六，学校里没有学生，空荡荡的校园显得异常清静，一支专业绿化队伍开着大小车辆驶进学校。副校长盛才俊和总务主任国安宁早等在学校，他们领着修剪人员来到法桐树前，指指画画说着要求。薛无境想起读大学时，滨海市区中山路两边本是繁茂的法桐树，锯掉了树头，显出两边楼宇间闪烁的霓虹，很是通透敞亮。修长的树干，上部满头绿色的"发髻"，蘑菇状整齐排列在马路两边，很是应景。按照那样的效果，他一再叮嘱副校长盛才俊靠在现场，确保每一棵树修剪得高度一致，并且在树干分叉的地方将树枝修剪得主干高一点，四周略低 20 厘米，显得错落有致。

这天，学区正用桃源学校的礼堂组织演讲比赛，甄伟主任和各校校长都来参加。演讲比赛还没有开始，薛无境站在树下不远处，紧紧地盯着，观察着哪棵树修剪得不如意，更担心会发生不安全的事故。当看到有树枝锯得或长或短了，他就走到树底下吆喝一番，树上的绿化工人看到校长如此认真，不敢有丝毫大意，都严格按照要求去做。

正当他指挥着修剪树木，甄伟主任从校门口走进来。他抬头看了一眼，松弛的脸面立刻紧绷起来，表现得极不满意，急促地说："我不是建议你们保留树头，一直往上长吗？你怎么不听话，把树头锯下来了！"甄伟主任带着一种训斥的语气，眼睛直勾勾地瞪着薛无境。

薛无境笑着迎上去，解释说："甄主任，你别生气！树头越长越高，会严重影响教室采光，再说秋天落叶很多，学生打扫起来也费劲。你再看看，树下花坛里这些开花的树木被大树压得东倒西歪，简直不成样子。"

"院子里的树，锯了头子怎么往上长，就像人割了头，还活不活？太不讲究了！"甄主任抬着头，露出愤怒的表情，手也变得有点发抖，"树上干活的人都停下来，别干了。"

不听从甄主任的意见，按照自己的想法硬来，薛无境早猜到可能会出现尴尬局面。他没想到甄主任这么较真，心里也有了一点不快，但是面对自己顶头上司，也只能尽力掩饰自己内心的不满。

薛无境拿出手机，翻找着里面的图片说："甄主任，你看这张图片，锯掉树头，修剪出来也很好看，过一两年效果会更好。再说，北边埠口学校就是这样修剪的。"他知道，甄主任舅子在那个学校任校长。

"咱不管别人怎么做，锯掉树头不吉利，这是我的意见，你们愿意怎么办就怎么办吧！"甄主任说完，嘴里嘟囔着，气恼恼地走了。

薛无境一个人傻愣愣站在那儿，陷入了进退两难的境地。绿化工人停下手中的活，看着眼前两个人不愉快的一幕，不知所措。

副校长盛才俊站在旁边，不敢插话，却有一肚子抱怨。等甄主任走远后，十分不满地说："甄主任管好学区的事就行，学校里的事是你校长说了算。再说，他就迷信一点，怕这怕那的。学校工作牵扯不到学区的利益，只要我们认为正确的事，不用理他，尽管干就行。"说完，招呼着绿化工人继续忙起来。

薛无境没去礼堂，而是在办公室冷静了一会儿。既然大家都认为正确的事情，为什么非要按照上级领导的意图改变呢？难道领导说得全对吗？就没有判断不准确说错的时候吗？他思前想后，不再顾及甄主任的权威，继续按照自己的想法做下去。他来到树下，再三嘱咐工作人员注意安全，把每一棵树修剪得尽善尽美，达到最好的绿化效果。

周一，接送孩子的家长来到学校门口，往校园里一看，感觉敞亮很多，其中一位老人说："原来树高，都要把楼遮起来了，感觉阴森森的，压抑得很。这样一修剪把教学楼显出来，通透很多，看着就舒心。"薛无境站在路中间护送学生，听着大家都说好，积压在心底的忧虑也消散殆尽。

几天来，甄主任心里一直耿耿于怀，仿佛有股气释放不出来，好长时间对桃源学校的工作不管不问。薛无境知道甄主任的性格，当时可能很生气，时间久了，他也就淡忘了。

一个个好消息接踵而至，彻底扫除了薛无境心底的阴霾，桃源学校获评明州市乡村温馨校园。当办公室主任赵丽娟告诉他时，半年多来从未有过的获得感让薛无境喜上眉梢，一切忙忙碌碌的劳累消失得无影无踪。是呀，十几辆校车安全运行解决了家长接送的难题；餐厅饮食质量的提升让学生吃得舒心；尤其是严格规范的学校管理让办公秩序彻底好转，学生学习充满了活力。

东郡市精神文明建设委员会表彰了过去一年文明单位，桃源学校被评为东郡市"文明校园"。薛无境把副书记魏镇叫到办公室，兴奋地说："新年新气象，荣获'文明校园'称号，是对我们乡村学校的激励，也是鞭策。虽然我们的乡村孩子在土窝里长大，浑身散发着泥土的芳香，但也要浸润一些现代文明气息。请你和德育处同志结合上级要求研究制定学生文明行为准则，真正让文明之花在每一名学生身上绽放，力争用一年时间，创建成明州市级文明校园。"

魏镇听了很振奋，激动地说："只要定下目标，我们就踏踏实实认真干，争取用最短的时间干出成效，高高兴兴把市级奖牌捧回来。"

还没等魏镇走，学校少先队大队辅导员余静走进来，激动地说："正好魏书记也在，我和两位领导汇报一下，刚接到东郡团市委领导电话，学校少先队被共青团明州市委授予'红领巾奖章三星章'，东郡市只有九所学校获奖，我们就是其中之一。"说完，她高兴得眼睛眯成了一条线。

坐在隔壁的赵丽娟，听校长室里笑声一片，好奇地走进来。薛无境抑制不住内心的喜悦，笑着说："喜事真是接二连三呀，可喜可贺。赵主任，你让餐厅多加几个菜，今天中午犒劳一下为学校赢得荣誉的分管领导和具体负责同志。"

赵丽娟搞清楚实情之后，也掩饰不住内心的激动，爽快地答应着："必须的，必须的。"说完，朝餐厅走去。

二十四

最近几天，薛无境像打了鸡血一般，浑身充满了力量。他脸上露着笑，兴奋中潜藏着满满的干劲，一项项工作有条不紊往前推进。在薛无境带动下，各科室工作人员不再像往常做起事来迟缓不前，而是像上紧发条的钟表，小跑一般忙着各自分内的事情，

春风吹走了寒冬，却挡不住病毒传播的脚步。正当薛无境甩开膀子赤膊上阵大干一场的时候，一种新型冠状病毒像一个张牙舞爪的魔鬼从阴暗的角落里又钻出来，幽灵般附着在人体上肆无忌惮蔓延开来。一时间，新闻报道中、微信群里弥漫着一种令人恐惧的气氛，仿佛病毒就在身边，稍有不慎就会传染到自己身上，进入隔离状态。疫情严重的地方开始封城，平时繁华的大街，熙攘的人群顿时静默下来，消失了踪迹。里面的人出不去，外面的人进不来，社会按下了暂停键。在乡下，进出村庄的道路用高高土堆阻挡起来，村口搭起帐篷，不管白天还是黑夜，村里人轮流值守，严防外来人员将病毒传播进来。一夜间，村庄仿佛成了陶渊明笔下与世隔绝的世外桃源，阻截了病毒的入侵，村里人暂时清闲下来。

"一方有难，八方支援。"各地医疗队纷纷请缨，驰援疫情严重的地区。尽管东郡市没有出现病毒携带者和疑似病例，但社会人员流动带来的潜在风险一定程度上影响着稳定的社会生活，气氛变得紧张起来。为防止聚集性疫情传播，东郡市教体局请示市疫情防控指挥部，学校停课，学生居家学习。平日校园中往来穿梭的师生，书声琅琅的课堂，一时之间失去了往日的生机，变得冷冷清清。

早春时节，迎春花凋谢了，连翘花又鼓起花苞，喇叭状盛开在枝条上。花儿失去了往日学生惊奇的眼神，只陶醉在自己的世界里，显得孤芳自赏，百无聊赖。疫情颠覆了传统的教学方式，教室从学校搬到了家里，课堂由线下改为线上，教师像有声的电波远远遥控着居家学习的孩子。

薛无境关心着老师们的网课，依旧穿行在学校与家"两点一线"的时空里，积极应对形势变化给课堂教学带来的冲击。老师们通过视频直播的方式给学生上课，刚开始，学生感觉挺新鲜，大部分学生能在规定时间进入直播间，但是一周过后，按时听课的学生越来越少。

三周过后，疫情仍然没有好转的迹象。随着天气转暖，土地解冻，田地里的农活多起来。农事耽误不得，家长们哪有时间整天守着自己的孩子，往往把手机扔给孩子就下地干活去了。老师不能守在学生跟前，发现迟到的学生，或者是不在线的学生只能在网线那头大声呼一呼，对于中小学生来说，只靠他们的自觉很难达到良好的学习效果。每当薛无境和老师们交流起网课，他们总感叹"鞭长莫及"。

缺少家长的监管，学生的约束力差怎么办？老师们离得远，学生管理跟不上怎么办？学校集中管理的优势被彻底打破后通过什么方式来弥补？如何破解网课中存在的这些问题。每当夜深人静，薛无境躺在床上翻来覆去睡不着，不时有想法在他的脑海里闪现，紧接着又被自己否定。

小城的夜在路灯映照下昏黄一片，遮挡住苍穹里浩瀚的星辰。疫情什么时候结束谁也说不准，学生啥时候返校还是未知数，长此以往怎么能保证学生的学习效果。时光不等人，落下的功课怎么能补上呀！越想头脑变得越杂乱，尽管零时已过，薛无境却没有丝毫的睡意。学生不能出村，能不能把他们集中起来，发挥学生的主观能动性，让他们自己管自己？紧接着，一个词从他的思维里蹦出来——村学帮。想到这里，他兴奋得从床上一跃而起，摸索着打开灯，将自己的想法记在本子上。

第二天一早，他利用企业微信群召开了班主任视频会议："疫情当前，针对居家学习学生存在着自觉性差、自控意识弱、学习效果不理想现状，从现在开始，全校实行'村学帮'小组管理模式。班主任以同班同村的学生为一个学习小组，集中到一个学生家里，一起学习，共同活动，并安排一名责任心强、学习好的学生任'帮主'，代替教师行使网课期间的监督管理权。"薛无境停顿一会儿接着说："在做好疫情防控、自我防护的基础上，'村学帮'将学生集中在一起，学习上互相帮助，行为上互相提醒，解决了家长因为农忙没时间照看孩子的后顾之忧，会增强学生学习的自觉性和主动性，培养他们的责任感和自律意识。"

听完薛无境讲话，班主任有种"山重水复疑无路，柳暗花明又一村"的快感，纷纷留言点赞，很想尽快尝试一下。从学生心理特征和学习规律上来说，"村学帮"既能激发"帮主"学生的优越感，也能将个体学习置于集体活动中，激发学生的自觉潜能。薛无境为自己的创新感到欣喜，但是具体实施起来怎么样，他自己心里也不知道。

直到有一天，有个学生在班级群里留言："同学们在一起学习，比一个人单独在家学习氛围浓厚很多，大家能互相监督，不明白的题还能一块儿讨论解决，'村学帮'确实促进我们的学习。"

有个家长也留言说："平时我家孩子家务活一点都不干，听说同学们要到我家一起学习，就把家里收拾得干干净净，又消毒，又测体温，成了'小忙人'。再说，我们家长轮流在家照看孩子，确实为我们节省很多时间，地里农活也耽误不了。"

尝试一段时间后，班主任都反映："村学帮"这种学习模式提升了学生网课的学习质量，也让他们找到了学习上的优越感和自信心。这种做法首先在东郡教育公众号推出后，东郡市电视台和报社记者纷纷来学校采访报道，明州市教育局官方网站也以《东郡市"村学帮"化解乡村娃上课难》为题做了推介。

一个小小的创意竟然让网课学习发生根本性转变，引起广泛的关注，薛无境的忧心事终于放下了，心想：只要用积极心态面对问题，办法总比困难多。

这个春天来得有些安静，校园里少了学生的嘈杂，多了一份疫情的担心，并没有影响花儿争先恐后地绽放。娇艳无比的美人梅、红艳艳的海棠花，还有匍匐在花坛里的欧石竹、鸢尾兰，或开在枝头，或开在地面，一树树，一丛丛，将绿色的校园装扮得五颜六色，分外妖娆。薛无境漫步在景色优美的校园里，有种被花色陶醉的感觉。他随时将看到的艳丽美景用手机拍下来，分享到学校群里，让久违的校园唤醒师生对学校美好生活的渴望。

当薛无境还沉醉在校园美丽的花海中，市检察院颜来晴打来电话："薛校长，我们覃副检察长听说你们学校的未成年人保护工作做得很好，想过去看看，你在学校吗？"

"我在学校，关于未成年人保护工作学校确实开展了很多活动，但是老师们都在家为学生上网课，学校里没有学生，平时开展活动的一些资料也都在老师手里，没有多少可看的。"薛无境一时竟然不知所措。

颜来晴停顿一会儿，说："有多少看多少，交流一下思想也很好。尽管你和覃副检察长不相识，但他早听说你的大名。"

薛无境笑笑说："我们是乡村学校，怎么能惊动覃副检察长下乡来。如果你们有时间，应该主动找你们汇报。"

"那倒不用，我们马上出发，一会儿就到。"颜来晴说完，挂了电话。

薛无境一边往办公室走，一边联系分管德育工作的副书记魏镇马上到校，同时，通知了心理辅导教师金娟，他俩住在学校旁边的教师公寓。等他俩来到学校后，薛无境把事情简单交代一下，他俩分头准备去了。

不一会儿，一辆黑色轿车停在学校门口。覃副检察长一行从车上走下来，配合保安做好登记手续，然后按照疫情防控的要求亮出行程码、测体温，然后才走进校园。薛无境从办公室望见有人进来，匆忙走下楼。

见薛无境迎上来，覃副检察长向前一步介绍说："薛校长，我是市人民检察院覃副检察长，专程来咱们学校调研一下未成年人保护工作。"

薛无境赶紧握起覃副检察长的手，兴奋地说："非常欢迎呀！学校在这方面做了一些工作，取得一定成效。作为我们学校法治副校长，凝聚着覃检察长很大心血，所以要感谢市人民检察院对我们乡村学校的支持呀！"

"这是我们应该做的。"覃副检察长一边说，一边向四周望了望，露出惊喜的神情，"大家看！明亮干净的教学楼，整洁美观的校园环境，就像花园一样，你们说，乡村学校和城区学校有什么不同呀！"

"是呀！总书记都说'国之大计，教育为本'。再穷也不能穷教育，再苦也不能苦孩子。国家重视教育，投入逐年加大，办学条件明显改善。"薛无境边说，边领着他们朝办公室走去。

此时，魏镇和金娟已经在办公室等着了。薛无境从校园防欺凌、学生安全教育、女童保护、法治教育、心理辅导等多个方面介绍了学校在未成年人保护方面所做的一些工作。覃副检察长一边听，一边点头赞许。然后，魏镇将学校开展的一系列活动资料展现在覃副检察长面前。他一边翻阅，一边啧啧称赞："现在，乡村家长在外打工或忙着地里的农活，基本没有时间管理孩子，也不懂得如何管理好孩子。近几年，未成年人违法犯罪的案例越来越多，并且呈现出向乡村发展的趋势，我们也很担忧，不能让孩子在盛开的花季就早早凋谢。你们学校未成年人保护做得很细，也很全面，值得大家学习。"

薛无境站在旁边，客气地说："桃源学校做了一些工作，但是还有很多不足的地方，希望领导多提宝贵意见，我们一定抓好落实。"

等覃副检察长翻阅完资料，金娟老师走上前说："初中阶段的学生正处在青春期，叛逆性特别强，为此我们学校重点做好问题学生的心理辅导，引导他们快乐学习、健康成长。请领导到学生'心灵驿站'看一看吧！"

覃副检察长一听，来了兴趣，马上从沙发上站起来，在金娟老师的引导下向外走去。走进学生心灵驿站，暖意的窗帘，藤椅茶几，几盆绿萝从支架的高处垂下一条条枝蔓，绿意浓浓，生机盎然。大家看到各种辅导设备齐全，布置得温馨舒适。

谈话区、释放区、游戏区各种物品摆放得整齐有序，一应俱全。金娟老师走到触摸一体机前，播放上级媒体报道学校有关心理辅导方面的新闻。看完视频，大家一致认为：有效的心理辅导能为学生打开一扇明亮的心灵之窗，发现外面精彩的世界，改变一个学生成长轨迹。

从屋里出来，覃副检察长感慨地说："桃源学校在未成年人保护方面走在全市前列，我们想和市教体局联合评选'春雨法治教育示范学校'，从小就为学生播下法治的种子，在阳光下茁壮成长。最近，市人大要对未成年人保护工作进行专题调研，我建议来桃源学校看看挺好的。"

临走之际，覃副检察长反复叮嘱薛无境，要全面系统整理一下学校在未成年人保护方面所做工作，随时准备迎接市人大专题调研。

当薛无境将这一消息在校务工作群里发布后，大家感到很惊讶，学校从来没有迎接过如此高规格的现场调研，也不知道从何准备。看着大家畏难情绪很重，薛无境根据调研内容亲自分工安排：魏镇副书记带领两个学部的德育处主任，根据《中华人民共和国未成年人保护法》第三章学校保护的内容整理好材料；校长助理夏梅婷组织人员编印学校未成年人保护宣传手册并撰写汇报材料；办公室主任赵丽娟负责会务接待工作；少先队辅导员余静负责设计宣传看板；后勤副校长盛才俊和金娟老师负责学生"心灵驿站"提升改造。具体任务明确后，大家纷纷开始行动，短短几天时间，一切准备工作就绪。

一大早，薛无境开车走在路上，副局长梁瑞东打电话说："薛校长，市检察院的领导说你们学校未成年人保护工作做得很好，通知我要去给你们学校挂牌，今天可以吗？"

"这可是件好事情，非常感谢各部门领导的关心，我很快到学校，马上去安排。"薛无境美滋滋的，一种收获的喜悦涌上心头。

授牌仪式非常简单，覃副检察长和梁瑞东副局长代表授牌单位联合为"'春雨'法治教育示范学校"揭牌，薛无境简单介绍了学校在法治教育方面所做的一些工作，并向市人民检察院和市教体局表示感谢。随后，薛无境带领他们查看了市人大调研前的准备工作，覃副检察长为桃源学校立说立行的落实速度和显著成效感到非常满意。

副局长梁瑞东送走覃副检察长一行后，他并没有着急离开，而在薛无境陪同下来到初三教室查看老师们的网课情况。空荡荡的教室里，教师们面对触摸一体机里一张张学生的脸讲得热火朝天。大课间到了，体育教师在屏幕前要求学生们站起来运动一下，原地慢跑，跳跳绳，尽管隔得远，只是一根线就把师生间的爱与责任连接了起来。梁瑞东看在眼里，不时询问教师的授课进度到哪了？学生学习的效果怎么样？当听说学校实行"村学帮"管理模式后，学生自主管理的积极性调动起来，也激发了学生学习的内驱力，学习效果并不比在学校差。梁瑞东脸上露出满意的笑容。此前，梁瑞东听说了桃源学校"村学帮"的相关报道，想借此机会实际看一看。当他看到如此好的学习效果，对这名大学校友能灵活应对困境、及时调整管理模式以保障有效的教学活动，感到由衷赞赏。

一周后，市人大调研组在市人民检察院检察长和教体局新任局长芮涛生陪同下，来桃源学校开展未成年人专题调研。在宣传看板前，薛无境汇报了学校在未成年人保护方面开展的工作，然后走进学生"心灵驿站"观看专题片，并在会议室查看了档案资料。调研组一行对学校认真细致的工作给予充分肯定。临走之际，工作人员将宣传手册和汇报材料递给调研人员，他们一边翻阅，一边议论着，不住地啧啧称赞。

不到二十分钟，调研很快结束。带队的市人大常委会副主任兴奋地说：“想不到！真想不到！一所乡村学校竟然把学生保护工作做得这么细致、这么周全、这么有深度、这么有成效，太难得了！”他随即转过身，对站在旁边的局长说：“全市学校要都向桃源学校学习，将学生保护工作做深做细，用心用情用力呵护好我们祖国的花朵，让他们幸福快乐、健康成长。”

薛无境认真听着领导的评论，不时用眼睛观察着局长芮涛生的脸色。见局长微笑着，不停点头肯定，他像得到了从未有过的褒奖。瞬间，他平静的心底仿佛涌起一阵阵涟漪，犹如宽阔的湖面上被风吹起的一层层波纹搅扰着水面，翻腾不息。他心里像绽开了千朵万朵的浪花，薛无境脸上洋溢着欣喜。

看着车辆缓慢驶出校门，几天来，薛无境忙忙碌碌的身心终于暂时歇息了。

二十五

网课期间，薛无境最放心不下初三特优生的培养。按照往年的情形，春节后，市教体局要组织特优生选拔考试，今年受疫情影响考试延迟，但他判断疫情过后将很快举行。他多次和初中部钟理才校长和教务主任郭卫华通电话，要求任课教师要格外关注重点培养对象的网课表现。同时，除正常上课外要为这些学生设立学习专线，课后题量加大一些，难度加深一些，让他们始终保持高强度的学习状态。

基于对教育心理学的认知，薛无境认为，学生精神上的满足要远远胜于疲于奔命的题海战术，因此，唤醒他们内在的激情与斗志是决定胜负的关键。想到这里，他拿出班主任确定的培养名单，逐一拨通了他们的电话。最近的学习状况怎么样？还需要教师给予他们怎样的帮助？当电话打通那一刻，他们都流露出惊讶的声音。在学校，他们是校长关注的重点，想不到，回到家里，校长依然牵挂着他们。薛无境认真倾听着每一名学生的心声，帮他们找到科学的备考策略，坚定前方的目标，树立必胜的信心，激发起他们无限的学习内驱力。一个电话一份关心，让他们找到存在的价值和自豪感，触发了潜藏在内心深处火焰般熊熊燃烧的学习激情，殊不知，这种情绪一旦被点燃，将会无坚不摧，无往而不胜。

随着天气转暖和有效的防控，张牙舞爪的病毒不再像当初肆无忌惮到处乱窜，如同强弩之末没有了力量，传播的威力正在一天天减弱。城市不再静默，而是像解冻的河流变得涌动不息，一时间冷冷清清的大街，车来人往变得繁华起来。大家出门都戴着口罩，保持适当的距离，提防可能潜在的疫情风险。小城按下的暂停键弹跳起来，喇叭声、叫卖声，机车发动机的"嗡嗡"声夹杂在热闹的街巷中，一切人世间的喧嚣又重新溢出这座县城的大街小巷，在城市上空此起彼伏。

最近，办公平台关于疫情防控的通知多起来，要求各学校筹备充足的防疫物资，开展一次疫情防控应急演练，对学校角角落落进行全面彻底消杀，一切都在为恢复线下教学做着充分准备。

这天，总务主任国安宁走进校长室，面露难色地说："薛校长，按照省里配备标准，我们学校的防疫物资还有很大缺口。"

"噢！"薛无境答应一声，心里却在想：真是家家有本难念的经。大学校事项多开支大，尤其建校近三十年，学校内建筑及相关设施设备进入维修期，不是厕所下水道堵，就是用电线路不通，半月之内不出点毛病就成怪事，忙得总务处两名教师一刻也不得闲。

这学期经费有点紧张，薛无境总算计着将有限的资金用到"刀刃"上，精打细算每一笔开支。最近，他从市教体局微信公众号上关注到很多社会爱心人士为学校捐献防疫物资，便盘算着找个合适的人帮助解决这一难题。当国安宁提到这个话题时，薛无境想起一个人，便拨通了表哥的电话："郭主编，报社最近挺忙吧？"

"每天要出报纸，忙着采编稿件，还要审稿，不像你大校长自己说了算自由自在，我们哪有轻松的时候呀！"电话那边调侃说，"兄弟呀！有什么事，你就尽管吩咐，我一定竭尽全力做好服务。"

"感谢老兄支持呀！今天真有一件事麻烦你。"薛无境没有绕圈子，直接把困难说出来，"开学在即，学校需要大量的防疫物资，老兄在报社认识人多，看看有没有爱心人士为学校捐赠一些。"

"你不说，我还差点忘了。前几天，咱们桃源镇有位在市区经营美容养生会馆的李经理很有爱心，打算为抗击疫情做点贡献，如果学校需要，我给你们沟通一下。"表哥略微迟疑了一下，马上说，"听李经理说，她娘家离学校很近，应该还是从你们学校毕业的学生吧。"

"那太好了，麻烦你抓紧沟通一下，争取把捐赠放到我们学校，也算李经理回报母校培育之恩的最好时机和方式。"薛无境迫不及待地说。

不一会儿，表哥回话了："兄弟，李经理听说桃源学校急需防疫物资，她很乐意捐赠。你把需要的物资种类和数量列一下，尽快给你们送过去，别耽误开学。"

薛无境放下电话长出一口气。他望着窗外绿意盎然的春天，仿佛有了一种"人生达命岂暇愁"的豁然。几天来困扰在他心间的难题顺利得到解决，这让他感到无比畅快，想象着窗外飞鸟展翅翱翔在空中有多么欢快与舒心。

他让总务主任国安宁对照配备要求迅速统计一下，然后发给了表哥。

一件大事终于有了眉目，薛无境揪着的心总算放松下来。他走出办公室，校园里闲逛了几圈。暖暖的春风浮在脸上，不凉也不热，给人一种舒适的感觉。静悄悄的校园里，早春的花卸去艳丽的芳容，摇曳成一身的绿裳，迎来平淡且又漫长的成长季。校园的树舒展出满枝的绿叶，遮挡起阳光的照射，投下一片片清凉的绿荫。薛无境见夏梅婷的车停在法桐树下，便径直朝她办公室走去。

当走进小学部教学楼，瞬间感到一丝清凉，在渐渐升温的春天，与暖和的室外形成了一种反差。"夏主任，今天值班呀！"薛无境推开门走进去。

夏梅婷见薛无境走进来，手赶紧从电脑键盘上抽下来，站起来说："是呀，家里太闹，趁着值班时间整理一下课题材料。去年我们申报了一项小课题，到了结题时间，需要做一个PPT展示汇报。"

"噢，打扰你了吧！"薛无境说完转身往外走，但是心里又仿佛想起什么，转过身停在了原地。

"难得薛校长有机会到办公室来，课题啥时候干都行，不急，先坐一坐吧。"夏梅婷说完，打开热水器，准备泡茶。

薛无境没有客气，坐到她对面。"老师们说，夏主任是我们学校的教科研专家呀！每次课题都由你主持，并且还能顺利结题。"

"有点夸张，我一个地地道道的土老帽，怎么能称得起专家呢？平时只是喜欢教科研，总想静下来思考一下我们教学中存在的问题，然后找到解决难题的路径，不断尝试和反思。当这些问题在行动性研究中有效解决，这种获得感一般老师体会不到。"说完，夏梅婷脸上洋溢着一种喜悦。

"是呀，教育是一门学问，更是一种艺术，需要我们从表层洞悉它的内里。只有在课堂教学实践中不断反思，才能把握教育规律的实质，做到知行合一，教学相长。"薛无境停顿一下，皱着眉头说，"然而，我们大部分教师思维禁锢在传统课堂教学上，简单重复着自己惯有的教学行为，很少反思我们的课堂学生是否喜欢，更缺少提高课堂教学效率的智慧。日复一日，年复一年，不积极探寻高效课堂模式，反而滋生出一种职业倦怠感，感受不到教学带给他们的快乐。"

夏梅婷沏了一杯茶端到薛无境面前，说："你说出了我们学校绝大部分教师现状，他们把教师当作一种养家糊口的职业，缺少干事创业的激情，积极性不高，专业性不强，教学氛围不够浓厚，这就是学校教学质量落后的根本原因。"

"教师问题是我们学校最大的课题，夏主任感兴趣研究一下吗？"薛无境笑了笑，调侃说。

"这个课题太大，我研究不了。"夏梅婷笑着摇摇头。"但是我发现教代会之后，老师们的行为已经慢慢发生变化，教学氛围浓厚了很多，老师们的自觉性提高很大，大部分教师都能坐下来认真备课和批改作业。上课积极性也明显提升，没等上一个老师下课，下一节课的老师已经在教室门口候课，真正达到你要求的'无缝隙衔接'，这样既能保证学生课间安全，也能提高学生学习效率，可见，建设科学有效的学校管理制度在一定程度上起很大作用。"

作为一所大规模学校，薛无境很清楚制度建设的重要性，他通过观察也感受到一些向好的变化。"除了备课、上课、作业批改、辅导学生这些教学常规之外，难道老师们没有专业发展的需求吗？"薛无境疑惑地问了一句，"我们老师关注学生成长多一些，但也不能忘记了自己成长呀。只有当老师成长了，学生才能更好成长，两者应该是互相促进，共同发展的关系。"

"学校教师自身发展的欲望不强，他们不知道要走向哪里，路该怎么走，这需要我们学校去引领。试想，茫茫大海上，如果一艘轮船不知道要驶向哪里，可想它的结果会怎样？一定会随波逐流，倾覆海底。同样，老师们缺少职业发展的目标，没有了内在的驱动力，最终平凡一生，一无所成。"夏梅婷若有所思地说。

"说得对，我们要给老师找事干，通过教学项目研究引领教师专业发展。"在思维碰撞中，薛无境突然受到莫大的启发，眼里露出无限光芒，"夏主任，你先带头搞一个项目，找几个教师干一干吧！"

"很好呀，别太难为我就行。薛校长，请你出题吧！"夏梅婷爽快地应了一声。

薛无境似乎早有准备地说："从完善课程体系来说，国家、地方和学校三级课程缺一不可，但是，我们的学校课程却是一个空白。

以前或许在这方面做过一些工作，没有重点，也形不成体系，我想，这方面能不能做点事情，有个新突破。"

夏梅婷认真听着，眼睛瞪大一些，说："太好了，学校应该有属于自己的特色课程。我以前也考虑过这个问题，只是领导不重视，找不到一个很好的切入点，就放弃了。薛校长，你能给我一个好的建议吗？"

"学校课程一定要立足于学校实际，体现地域内的特点，我翻阅了一下《桃源镇村志》，很难在有限区域内找到一个鲜明的主题，形成序列化的课程。如果我们视野开阔一些，放眼东郡市就好做了，可以围绕市域内主要的红色文化遗址，形成独具特色的红色课程。如果我们建设好红色课程，就能通过学校课程让学生在幼小心灵中埋下一颗红色的种子，从而坚定青少年的理想信念，培育他们的家国情怀。"薛无境一边说，一边关注着对方的表情。

夏梅婷原本紧蹙的眉头慢慢松弛下来，一脸的困惑瞬间得到释放，露出会心的笑容："太好了，传承红色基因，培育红色少年是学校教育的永恒主题。东郡市红色文化丰富，却没有一所学校充分利用起来。如果我们全面系统梳理一下，形成自己的学校课程，对学生了解家乡的英雄人物和革命故事也是一件很有意义的事情。"

"根据我掌握的情况，给你们提供六个重要的红色文化遗址，如段村烈士祠和四边县革命旧址、石河镇的华东保育院和赤涧粮站，还有抗日堡垒长秋村的一门忠烈祠和胡林古村的东郡市委旧址。你找几个有想法的老师，先去看一下。"薛无境见夏梅婷很感兴趣，激起了他内心的冲动，"这些地方路线不熟，你们可以导航去。如果遇到什么困难，再打电话联系我，我会协调好一切外部事务，你们尽管用心去做。"

"那简直太好了，有校长支持我们一定会成功的。从课程整合的角度，我想让历史和思政老师加入进来，跨学科开展学校课程建设，我们先共同探讨一下，拿出一个实施方案，你给审阅一下。"夏梅婷掩饰不住内心的喜悦，脸上乐得笑开了花。

"立说立行，想好了就赶紧行动吧！最近，我见办公平台下发了评选'明州市中小学综合实践优质课程'的通知，我们从地域特色的角度可以申报一下。同时，你们可以组织学生去，作为一次红色研学也很有意义呀。"薛无境像是想到了什么，提醒说。

"我马上通知其他三位教师，趁着还没开学的空当，先去转一圈。"说完，夏梅婷拿起手机，拨通了他们的电话。

薛无境见状，不再久留。出小学部教学楼，向后面操场走去。

二十六

平日，操场是学生最向往的地方，也是最热闹的地方。课间操，小学部和初中部按照作息时间分别在这里跑步。学生穿着统一学生服，以班级为单位有序排列在一起，随着扬声器里节奏感十足的音乐，迈着整齐的步伐在跑道上行进。这种阵势就像一条首尾相连、舞动不止的长龙，展现出沸腾且持久的生命活力，尤其伴着学生喊出的口号，更显得威武壮观。而今，偌大的操场空无一人，尽管南来的温热气流向北方不断涌动，覆盖了整个小镇，但这里却显得清冷寂静。

薛无境一个人沿着跑道走了几圈，正当离开时，安全科长许春生来到操场。他兼任初中部体育教师，操场成了他的课堂。"学生在家里线上学习，学校里没有老师和学生，薛校长总是以校为家呀！"许春生远远走过来，笑着说。

"最近，疫情形势有所好转，我判断很快要复学了，提早过来安排一下工作。"薛无境望着许春生，像是想起什么，"许老师，中考特长生也是升学一条重要途径，那几个体育特长生在家是怎么训练的？"

"薛校长，今年的体育特长生我组建了一个微信群，每天都在督促，要求他们将训练场景和数据发到群里，我时时监控。对于训练技巧我会随时在群里发出指令。"许春生认真地说，随后脸上露出一点难色，"尽管要求特别严格，他们的体能训练基本能保证质量，但是有几名排球运动员因为缺少合适的场地和陪练，在家里很难达到训练效果。"

薛无境望了望远处，透过校园的栅栏看见公路上一辆辆疾驰而过的车辆，略显轻松地说："看外面的形势，很快就要复学。等学生回到校园你要拿出更多时间和精力，加大体育专项训练力度和强度，来弥补网课训练的不足吧。"

"薛校长，你放心吧！这么多年我一直带体育特长生，成绩从来没有差过。"许春生信心十足地说。

薛无境拍了拍许春生肩膀，笑着说："听说，排球可是我们桃源学校的金字招牌。去年春天，市里举行排球比赛，初中女子组荣获全市第二名。在下次比赛中，我们争取把冠军奖杯捧回来。到那时，我们可以向市体育运动中心申请'排球特色学校'。"

薛无境还想要继续说下去，手机响了，是甄伟主任打来的："薛校长，我刚在市教体局开完会，下周一全市学校复学，学生分批次返校。上级要求我们在开学之前，开展一次疫情防控演练，这个任务交给你们吧！到时候，学区组织全镇的负责同志到你们学校集中观看学习。同时，市教体局在开学之前要到各校开展一次疫情防控专项督查，达到核验要求才能复学，否则，不允许开学。"

"太好了，我马上安排。老师们盼着早日开学，毕竟网课学习与课堂授课不同，缺少近距离有效管理。再说，家长们也快坚持不住了，都盼着'神兽'尽早归拢呢。"薛无境说完，朝身边的许春生招呼一声，往办公室走去。路上，他让赵丽娟马上通知学校班子成员到校，安排复学前准备工作。

不一会儿，班子成员开车从家里赶到学校，此时，薛无境也接到表哥电话，说李经理捐赠的防疫物资今天就能准备好，随时送到学校。像战争马上要打响一般，办公室里充满一种紧张的气氛，薛无境开门见山地说："根据市教体局最新通知，下周一学生将有序返回学校，开展线下学习。尽管疫情形势有所好转，但不能有丝毫松懈，为做好复学准备，我安排一下具体工作，希望同志们尽快行动起来。一是魏书记，你分管体卫艺工作，当前形势下疫情防控是重点，你会同德育处、安全科几位同志立即制定一个科学演练方案，包括学生入校及在校门口发现体温异常学生应急处置、上课突发问题学生处置、学生就餐等方面的内容。明天上午十点进行一次全镇的疫情防控演练，一定要组织周密，安排妥当，为其他学校提供学习借鉴。同时，按照市教体局督查内容整理好档案，随时准备迎接检查。二是两位学部校长通知全体教师返校，做好复学前教学准备，争取在最短的时间内将教学上的损失弥补回来。三是办公室赵主任筹备明天上午一早举行的捐赠仪式。四是后勤盛校长安排教师对校园环境进行一次彻底消杀，确保校园环境卫生安全。"

薛无境一口气将全部工作安排就绪，紧绷着的神经总算松弛下来。他沏上一杯茶水，然后拨通了甄伟主任电话："甄主任，明天上午从桃源学校毕业的一名学生要为母校捐赠防疫物资，邀请你参加捐赠仪式。据捐赠方透露，镇里领导也要参加。另外，你安排的防控演练，我们定在明天上午捐赠结束后举行。"

甄主任愉快答应了，并表扬他工作迅速，不拖泥带水。薛无境听完，只是笑了笑。

第二天，全体教师按时返校，做好复课前准备工作。楼前，魏镇指挥着老师进行演练前的排练。会议室里，赵丽娟和办公室两名年轻人正忙着布置会场。

刚过八点半，两辆轿车停在学校门外，后面跟着一辆箱货车。薛无境见表哥从车上走下来，赶忙迎上去。"这位是桃源学校毕业的学生李小云，两万元防疫物资全是她一人出资捐赠的。"表哥在一旁介绍说。

"非常感谢李经理捐献防疫物资，献出自己的一片爱心，帮助学校顺利复学。"薛无境握着对方的手，兴奋地说。

李小云环顾校园一周，面带微笑说："能为母校做点力所能及的事情，应该的。好多年没走进校门，感觉学校变化真大呀！环境变美了，比我上学时候条件也好多了。"

薛无境在一旁笑着说："李经理是我们学校走出去的优秀毕业生，今天你用实际行动回报学校对你的培养教育，彰显了你知恩感恩的高贵品质和强烈的社会责任感，真是大爱无疆呀！"

"这点捐赠不算什么，再有需要的地方，你尽管开口，我一定竭尽全力。"李小云刚说完，分管教育尤镇长在甄伟主任陪同下从校门走进来。大家迎上去，互相认识并寒暄了一番，径直朝会议室走去。

捐赠物资都已经摆放在会议室屏幕前，等大家坐好后捐赠仪式正式开始。首先，薛无境致感谢词，他动情地说："疫情无情，人间有爱！非常感谢李经理在抗击疫情，即将恢复线下教学关键时期为母校捐赠防疫物资，用实际行动诠释了一名爱心人士的社会责任感和回报母校的感恩之心。在此，我代表桃源学校全体师生向您致以崇高敬意，也向长期支持学校发展的社会各界人士表示衷心的感谢……"

待薛无境讲完后，双方进行交接仪式，随后学校向李小云赠送"鼎力相助共抗疫情，风雨同舟真情永驻"的锦旗。面对锦旗，李小云感慨说："在全面复学复课之际，听说母校急需防疫物资，我作为从这里走出来的学生应当尽自己的一点绵薄之力，支持学校防疫工作。我认为，这是我应该做的。'勠力同心战疫情，共克时艰迎花开'。相信在大家共同努力下，我们一定会渡过难关，迎来疫情阻击战的胜利，让孩子们在校园里安心、快乐学习。"

会议室里响起热烈掌声，最后尤镇长总结发言，感谢李经理心系母校，慷慨解囊的高尚情怀，赞扬她高度的社会责任感和大爱无疆的奉献精神。

捐赠仪式结束了，离开学校之际，李小云表态说，她会联系更多桃源学校毕业的校友，凝聚起校友会的力量，共同支持学校朝着乡村名校的目标迈进。

送走他们，参加疫情防控演练的老师迅速在校门口集合，等待着发号施令。待参加人员到齐后，演练正式开始。作为演练指挥，魏镇一声号令，老师们按照疫情防控的标准要求一项一项有序进行。每一个动作，每一处细节，每一次配合，老师们行动迅速，动作规范，仿佛在跟病毒作你来我往的争斗。

演练结束时，太阳已经照在当头。甄主任嘱咐薛无境一定要认真准备下午市教体局开学督查，确保一次性通过，薛无境坚定地点点头。下午的督导检查很顺利。等检查人员走后，大家忙碌的心才平静下来，期待着学生返校归来。

周一开学，班主任仔仔细细查验每一名学生及共同居住人的健康码、行程码及四十八小时内的核酸检测阴性证明，待一切正常后，全校师生平安复学复课。校园里到处活跃着师生们的身影，寂静的教室里传来琅琅读书声，一切如初般美好。教学秩序很快回归正常轨道，老师们像往常一样忙着备课、上课、批改作业、辅导学生、检测评价等常规工作。

每次巡视课堂，薛无境总为教师们反反复复传统而单调的教学模式而忧虑。课堂上，他看不到老师们的幸福感，与"发展学生、幸福教师、荣耀学校"办学理念相差太远。想到这里，他把教务主任郭卫华叫到校长室。"郭主任，巡课过程中，发现教师有一个共性的问题：习惯于自己固有的教学方式，教育创新意识不强，教科研能力不足，课堂教学没有活力，显得死气沉沉，怎么能唤醒教师内在的激情，将他们内在的驱动力激发出来？"

两年前，郭卫华从教务员提升为主任，工作严谨也很有想法。"薛校长，这些问题我也意识到了，大多数教师不讲求方法，只是一味闷着头讲课，课堂教学效率不高。但是教师们上课很认真，态度也端正，就缺少与时俱进的变革精神，不注重教学方式的转变。"他显得略有所思。

"我想，以学科教研组骨干教师为主体，用项目化研究来推动教师的专业成长。我出题，让教师们来答题，如何？"薛无境试探着问。

"很好呀！我们老师禁锢于原有的教学模式，自己突破可能很难，只要有人在前面拉一把，后面推一下，就能朝着专业的方向发展。"郭卫华兴奋地说。以往校长整天忙于各种行政事务，很少关注教师专业成长，没想到新校长如此认真地关注教师发展，这让他有点意外，甚至有些惊喜。

薛无境思索一会儿，一脸凝重地说："没有名师，怎么能称之为名校，因此说名师培养是一所学校走向优质的关键，想要实现我们的办学愿景，就要从名师培养入手。新形势下，老师们不仅要脚踏实地，更要仰望星空，时刻把握住教育发展的规律，紧贴着新时代教育跳动的脉搏。当前，我认为可以围绕以下三个选题来突破：1. 新课程标准下，课堂教学如何改进。2. '双减'背景下，如何提高课堂教学效率和优化作业设计。3. 学科教学如何推进，才能更好提升学生核心素养，这些都是目前教育急需解决的热点难点。"

"嗯，我一会儿召集学科教研组长开会，先找几个意愿强烈的教师参与进来，让他们制定出一个合理的实施方案。"郭卫华迫不及待地说。

"等方案制定出来，我邀请市教研院专家来指导一下，帮助老师进一步明确课题实施的路径，以便更好开展工作。"薛无境又转念一想，"如果邀请他们担任学校'教育科学研究顾问'，长期到学校开展课题研究指导，那就更好了！"

说完，两个人相视一笑，仿佛在苦苦追寻中找到了一块敲门砖，看到了希望。

三天后，桃源学校"教育科学研究顾问"聘任仪式在党员活动室举行。市科研室主任及受聘的两位教育专家首先翻阅了学科教研组提交的十三份微课题研究方案，随后受聘仪式正式开始。

薛无境首先致开场白，他汇报了一年来学校发展概况和取得的成绩。当提到学校发展所面临的困难时，语气沉重地说："教师专业成长动力不足，教育科研水平较低，缺少科学有效的课堂把控能力，很难适应当前教育发展的需要，为此，我们邀请东郡市两位资深教育专家担任学校教育科学研究顾问，希望通过他们的指导和引领，更好发挥骨干教师和学科带头人在教育科研和专业成长方面的示范带头作用，全面提升我校教师的教学能力和科研水平，从而提高课堂教学效率。"

两位专家结合看到的十三份研究方案，就学校教科研实施策略分别发表自己意见。一位专家说："作为一线教师在教学过程中遇到诸多问题，你们是实践者和亲历者，迫切需要找到解决问题的方法，因此，一线教师不仅仅是一名教书匠，更要成为一名研究型、实践型、创新型教育学者，及时反思存在的不足，总结成功的经验，你们的结论更具有针对性、有效性和推广性……"

另一位专家说："教育科研可以使一线教师更能准确认清教学中存在的问题，理性分析问题的成因，能准确有效找到解决问题的策略，这种基于行动性的研究会更科学、更规范、更有效……"

最后，市教科室主任总结说："今天的聘任仪式很有现实意义，一定会对桃源学校今后发展产生深远影响。希望我们教师要不断实践—反思—提升，开展行动性研究，最终形成自己的研究成果，在收获中实现自己专业发展的梦想，从而不断提高教师的幸福感和获得感。更希望两位受聘专家多来学校看一看，指导学校的教育教学活动更接近于科学，达到艺术的境界。"

听完专家讲话，老师们脸上充满了希望的神情。是呀，每天忙于学生，怎么把自己给忘了呢？学生要成长，老师也要发展，一起向前才是教育的最佳状态。

二十七

特优生选拔考试来得太突然，周三下的通知，周六就要举行。

副校长钟理才看到通知后，马上来到校长室，此时，薛无境正和夏梅婷商量学校课程的事。见他走进来，薛无境很快结束了话题，"夏主任，你们按照预订方案到这些红色文化遗址去看看，顺便搜集一些我们需要的课程资源。如果遇到什么困难，随时打电话，我会沟通那儿的展馆负责人，确保你们能进得去，出得来。"

夏梅婷笑了笑，心想：有校长在背后支持，这件事情就成功了一半，只要他们用心用力一定会成功。想到这里，她满心欢喜地走出校长室。

"薛校长，特优生考试时间终于确定了，周六在市区设中心考场由市教体局统一组织，我们怎么安排才好？"钟理才见夏梅婷出去了，迫不及待地说。

"盼望着，盼望着，检验我们教学成果的时候到了。钟校长不用担心，平时学校安排教师为他们辅导，成绩一定差不了。你迅速找一间空闲的教室，抽调精干教师，为参加考试的学生集中培训三天，做好最后冲刺。"薛无境信心十足地望着他。

"好的，我马上安排。"钟理才说完走了。

半个小时后，薛无境来到三楼，看见参加考试的学生都收拾好学习用品来到临时设置的培训教室。他走到讲台上，注视着眼前的十几名精英说："备考到了关键冲刺时期，希望同学们充分利用最后三天认真梳理重点难点内容，完善学科知识体系，针对性开展强化训练。同时，根据近几年考题内容，同学们要在把握课本知识基础上，善于运用所学知识，灵活迁移到生活实践中。相信大家一定超常发挥，考出最佳成绩，早日跨进高中校门。"

学生将目光集中到薛无境身上，听他侃侃而谈。在他讲话中，学生们体会到学校良苦用心。从第一次在校长室交谈，每次阶段性质量检测后，校长都把他们集中到一起，明确下一个学习目标，激发一下学习热情，调整一下学习策略，尽可能挖掘出内在的潜能，让他们始终保持旺盛的学习精力和持之以恒的韧性。

转眼间，三天紧张备考很快过去。开考前一个多小时，薛无境早早来到考点外，只有他亲自来才放心。"'养兵千日，用兵一时'。你们是学校的精英，也是父母的骄傲。今天，你们代表全校师生将奔赴考场，希望你们戒骄戒躁，沉着应考，充分展现你们的实力，为自己赢得尊严，也为学校赢得荣耀。我在考场外面等候你们凯旋，祝你们马到成功！"说完，薛无境一一和学生击掌鼓劲，目送他们走进考场。

时间安排得非常紧凑，周日上午阅卷，下午成绩就出来了。桃源学校六名学生以超乎平常的优异成绩被高中提前录取，在桃源学校特优生培养中实现了历史性突破。四年来，没有一名学生考入特优生行列，社会上议论纷纷，对学校的教学质量产生怀疑，优秀学生流失十分严重。对于特优生培养，以往老师们没有目标，更拿不出具体的培养措施，也难怪出现连续四年"剃光头"的尴尬境地。薛无境不信"邪"，他认为学生内在的潜力是巨大的、不可限量的，只要将学生的潜能激发出来，再有科学的学习方法做指导，上下同欲，共克时艰，一切奇迹都可能发生。

等消息传开后，薛无境最先接到学区甄伟主任打来的电话。"薛校长，祝贺咱们学校取得这么好成绩，真是出人意料呀！"

"首先要感谢学区对学校工作支持呀！没有你们的正确领导怎么会取得这么好的成绩？再说，学校考得好，也是学区的成绩呀！"薛无境笑着说，"成功背后是学校老师辛苦付出，学生勤奋学习的结果呀！更离不开家长的配合，只有家校协同配合，共同努力，才有今天的成绩呀！"

他把功劳归功于学区，也让甄主任找到一点领导的自尊。作为一名刚调整的新校长，学区很多人持怀疑的态度在观望，表现得不冷也不热。或许从某一方面说，薛无境的到来堵塞了有些人的进步道路，心里很不舒服。他每次去学区开会能从他们的表情和言语中感受出来，带着一点羡慕，也免不了心生一点嫉妒。

"事情也不是完全像你说的那样，以前怎么没考取这么多特优生，关键是你来之后高度重视这件事，将特优生培养作为'一把手工程'亲自抓，时时抓，并采取一些切实可行的有效措施，才有今天优异的成绩。"甄主任在电话里褒奖了一顿，语气显得异常温和与亲切。

周一，学生要去高中报到。临行之际，六名学生家长联合给学校送来两面锦旗，一面送给学校，写着"孜孜不倦为人师，循循善诱育英才"，薛无境让人挂在了校长室；一面写着"春雨润物，明德育才；泽流及远，千里思源"，送给毕业班全体教师，挂在九年级办公室。

在答谢会现场，有位家长动情地说："九年前，我们把孩子送到桃源学校就读一年级，经过老师的辛勤付出和无私奉献，今年考取了高中创新班，这是桃源学校治学严谨、求真务实的校风给了孩子继续求学、放飞梦想的机遇。九年的时间漫长而又短暂，其间学校老师们对孩子无微不至的关怀与帮助充满无尽的温情与感动——在这里，我要特别致敬薛校长。孩子考试当天，薛校长一早就等在考点外，亲眼目送学生进入考场，眼睛里满含着对孩子的期许、鼓励，这一切我们有说不出的感动。这是一个让人感恩的时刻，孩子们将永远记住薛校长给予他们人生中最美好的瞬间，他们将铭记于心，继续前行，三年后以更优异的成绩来回报人生成长路上你们这些筑梦人……"

看着家长欣喜的笑容，薛无境感到最大的满足。目送家长走出校门，一种巨大的成就感洋溢在薛无境心里。让学生成才，让家长满意才是学校工作的出发点和落脚点，否则，学校存在的意义会有多大呢？

这几天，薛无境一直在思考学校治理如何从自我治理走向社会共治。他认为学校不应该是一座孤岛，用围墙隔绝与外界的联系，而是社会庞大体系中一个重要组成部分，连接着千家万户，影响着每一个家庭的未来。想到这里，薛无境将副书记魏镇叫到办公室。

　　"魏书记，桃源学校办学好不好，社会满意不满意，我们不能取得一点成绩就沾沾自喜，社会上的声音才最真实、最有说服力。为此，我想邀请那些关心学校发展的社会各界人士来学校座谈一下，成立社会监督委员会，聘请他们担任学校社会监督员，共同推动学校更好更快发展，努力办好社会满意的教育。"

　　魏镇听完以后，咧着嘴笑着说："薛校长真有办法，这样做简直太好了，我们只知道闷着头干活，干得怎么样？应该竖起耳朵，听听校外群众的声音。不管说好说坏，或许都能给我们带来一点启发，促进我们的教育教学，共同推动学校治理走向规范高效。"

　　"尽管我们每天来到学校，细想一下，学校不只是我们的。校长是'短工'，老师们是'长工'，都是为学生家长打工的。我们做得好不好，老百姓说了算。"薛无境说完，禁不住笑了。

　　两天后，桃源学校社会监督员聘任仪式在会议室举行，考虑到大家都忙于工作，时间定在晚饭后 7 点。此时，校园里少了白天的熙攘，显得安静而祥和。初中部教学楼里的灯亮了，学生都坐在教室里安心复习功课。看护老师有的在教室里认真讲课；有的站在学生身边进行个别辅导，有些晚走的在办公室里忙着批阅作业和准备明天的教学设计。在外人看来，教师有寒暑假和双休日，看上去是最清闲的职业，殊不知，只有当过教师的人才知道其中的辛苦。因为他们只看到教师轻松的一面，没有看到他们付出的艰辛。

　　受聘的 20 名社会监督员已经坐在会议室，等待聘任仪式开始。他们来自学校服务区内，涉及各行各业，在社会上都有一定威望，并且一直关注着学校发展。市教体局党委副书记乔峰山听说之后非常感兴趣，也从市局赶过来。薛无境站在校门口看见乔峰山从车上下来，迎上去说："这么晚了，乔书记从市区赶到我们偏远的乡村学校，非常感谢你的支持呀！"

"听说了你们的做法，我感觉很有开创意识和现实意义，也正想过来学习一下。"两个人一边说着，一边往楼上走去。

会议由魏镇主持，薛无境首先为20名社会监督员颁发聘书，然后汇报了一年来学校发展情况。接下来座谈中，市人大代表、兴旺村党支部书记兴奋地说："薛校长到桃源学校不足一年时间，做了大量卓有成效的工作，取得了让社会满意的成绩，这是我们学生和家长的福气呀！在此，我代表社会监督员表明一下态度，我们一定会认真履行社会监督员职责，主动承担起传递社情民意、监督师德师风的作用，积极建言献策，认真履行职责，与学校共同营造风清气正的教育生态，共同努力将桃源学校打造成老百姓家门口的优质学校。"

随后，大家一一发言，表达出对学校的美好祝愿。乔峰山听了社会监督员发言后，高兴地说："桃源学校聘任社会人员共同参与学校治理，实现由单方治理走向社会多方共治，增强学校治理活力和效果，开创了学校现代治理新模式，这在我们东郡市是首创。希望学校以此为契机，与社会各界共同架起一座沟通的桥梁，积极听取监督员的意见和建议，进一步提升人民群众对学校工作的满意度，努力将桃源学校打造成乡村名校，为乡村振兴贡献出我们的教育力量。"

会议在和谐的气氛中结束。乔峰山走在楼道里，透过明亮的窗户望见教室里勤奋学习的学生，感慨地说："你们的晚学服务搞得很有秩序呀，为学生提供了如此安静有序的学习环境，既解决了乡村家长不能辅导功课的难题，也提高了学生的学习效果，家长肯定很高兴，心疼我们教师，放晚学后再赶回城区的家，已经很晚了。"

薛无境陪在一旁，颇有感触地说："是呀，尤其很多女教师开车走夜路，学校也很担心，但是她们兢兢业业，无怨无悔，着实让人敬佩，她们才是新时代最可爱的人！"

乔峰山临上车之际，像是突然想起什么，他转过身把薛无境叫到一旁，压低声音说："今年教师节，我想组织一场庆祝演出，你可要帮我出谋划策呀！尤其是文字撰写方面工作，你要挑起大梁呀！"

"只要能用得着我，就是对我的肯定和信任。我随时听从你的安排，尽全力完成任务。"薛无境表态说。

乔峰山拍了拍薛无境的肩膀："文字上有你把控，我就放心了，毕竟你是省作协会员，还担任校长，既有政治高度又有文学才华，绝对差不了。"说完，坐上车驶出校园。

不久，放晚学的铃声响了。此时，校门口公路两边聚集了很多接学生的车辆，薛无境站在公路上。看护着学生安全离开学校，校车从学校西边的小路上驶出，载着学生向小镇外的村庄驶去，他的心才放下。

学校彻底安静下来，就像劳累了一天的人们，一倒头便沉睡在夜色中，只留下灌木丛中的昆虫在初夏的暖风里欢歌。薛无境巡视一遍校园，一切正常后才安心开车回家去。

二十八

中考前一个月，初中部工作重点都放在了初三。按照市教体局招生安排，受疫情停课影响，实验操作和英语听力测试临时取消，但是特长生资格考试和中职招生依旧按原计划进行。

临近中考，学生分流是每一名初中毕业生所面临的第一次人生选择。成绩好的学生，可以留在学校继续学习，参加普通高中选拔考试；相反，成绩差的学生提前进入职业学校，学得一技之长。对于那些文体素质高，学习成绩中游的学生可以借助专业特长升入普通高中继续学习。站在人生十字路口，两端的学生没有太多考虑，要么考高中要么上职高，而对有些中间学生则陷入彷徨之中，需要做出选择。

根据副校长钟理才建议，初三家长会在大会议室召开，这也是薛无境到桃源学校后最为看重的一次家长会。他首先介绍近一年学校情况，从硬件资金投入到学校内部管理，从注重学生核心素养到教育教学质量提升，当提到今年特优生录取 6 人时，台下响起热烈的掌声。

随后，薛无境结合自己的成长经历，讲述家长在孩子成长中的重要性。最后他坦诚地说："初中毕业，学生迎来人生的第一次转折，将直接影响他们今后的发展。俗话说'条条大路通罗马'，我是从庄稼地里走出来的孩子，只要抱着一种认真踏实的态度，面对现实，勇毅前行，就一定能够实现自己的人生梦想。我想，正值青春期的孩子对自己的未来还辨识不清，这时候需要我们共同为每一名学生找到一条适合自己发展的道路，帮他们迈过人生的第一道坎，引领他们走向更加美好的明天。"

薛无境讲完后，副校长钟理才向家长介绍了今年的招生政策，希望家长配合学校为学生选择报考的学校，不要贬低自己，担心志愿过高而落榜；也不要高估自己，无视学习现状好高骛远，最终无果而终。

会议结束后，很多家长围着班主任了解学生的学生状况并共同商量报考志愿。几天时间，班主任确定了报考职业学校的学生。在送别那一刻，薛无境望着他们说："上职业学校，走春季高考，同学们照样可以上大学。新修订的《中华人民共和国职业教育法》刚刚公布，打通了职业学生未来的发展道路，只要你努力，还可以读研究生，将来成为'大国工匠'。"

平日，这些学生一片玩心，忽略了家长和老师的劝告，荒废自己的初中学业。直到听完薛无境讲话，才露出幡然醒悟的样子。尽管不怎么爱学习，但他们脸上依然带着光，洋溢着少年特有的青春气质，将从这里走向人生新的旅程。薛无境望着他们远去的背影，心想：成绩好的学生考上大学，凭才华展翅高飞，会选择大城市去发展，很少有人再回到小县城，而他们才可能留下来，成为乡村未来发展的主力军。

艺术特长生选拔考试结果出来了，18名学生顺利过关，拿到了专业合格证。许春生高兴地推开校长室的门说："薛校长，这次我们6名排球运动员全部过关，都拿到了报考高中的资格，真是太出乎意料了！"

薛无境听完，兴奋地说："学特长，即使文化课成绩差点，也一样可以上高中。再说，当大家都挤在文化课这座独木桥上时，如果在艺术、体育这些方面有天赋，另辟蹊径借势发展，未来的人生之路也会一样灿烂。我们一定要把排球优势利用好，推动排球特色学校创建。"

"真没想到这么多学生获得过关证书，与往年相比超出一倍。今后我们要及早发现好苗子，利用学校社团精心培养，只有把基本功练好了才能考出好成绩。"许春生信心十足地说，"排球是学校的金字招牌，暑假期间，市教体局要组织三大球比赛，我们一定展现出自己的排球实力，争取把奖杯捧回来。"

薛无境拍着他的肩膀说："五育并举，体育是关键，如果没有强健的体魄，将来怎么能为国家做贡献呢？所以你们体育组要充分利用好阳光大课间，让学生在操场上多运动运动，出出汗，舒展一下筋骨。再就是排球比赛，合理安排好训练，争取优异成绩，将桃源学校的名片打出去。"

许春生显得信心十足，领着任务高高兴兴出去了。不一会儿，小学部副校长韩永祺走进来，一副商量的口吻问："薛校长，六一儿童节快到了，我们怎么欢度一下呀？"

"韩校长，你来得正是时候，你不问，我也要去找你。"薛无境沏上一杯茶，放到韩永祺一旁，"学期初，我们明确了小学部的工作重点是抓学生的习惯养成，通过我观察看，取得了一定成效，但是效果不是很明显，毕竟良好的习惯也不是短时间内养成的。"

韩永祺也颇有几分无奈，低沉着声音说："长期积攒下来的顽疾，一时很难改变。我们有些教师标准不高，要求不严，总感觉差不多就行，所以习惯养成教育推进的力度还不够。"

"以前有问题，我们不能把这些问题无限期拖延下去。小学部有问题，首先是我们管理层出了问题。优秀习惯的标准制定了没有？我们是怎么督查落实情况的？做得好与坏，我们的评价跟上没有？管理不到位，落实会好吗？"薛无境越说越来气，流露出对小学部工作的不满。古语说：什么样的将带什么样的兵。韩永祺跟了两任校长，都是一派"老好人"作风，差不多就行，不得罪人。受他们影响，韩永祺在工作中也表现得慢慢悠悠，一团和气，很多工作落实起来不扎实到位，走了形变了样。

望着眼前这名八零后校长，薛无境暗自庆幸在成长道路上，一路走来遇到的严师益友。一位是向善水，一名治学严谨，铁面无私的小学校长。当初，薛无境为有更多时间复习功课准备考研，从初中调到小学。向善水校长把他安排到教务处，一是教务处比普通办公室人少，安静更适合学习；二是也能协助教务主任提升一下教学管理业务。记得有一次，薛无境值班查看教师签到，因为预备铃响后晚去一步，被向善水截在门口，狠狠批评了他一顿。但是这并没有影响向善水对薛无境的赏识，将他从普通教师提拔为副校长，实现了他人生的第一次跨越。

另一位马军，他调到弥水学区后分管教学的副主任。上级安排工作，马军总是交给他独自处理，并鼓励薛无境抛弃任何顾虑，要独当一面开展工作。后来在选拔校长节骨眼上，马军一个劲支持他到学校去锻炼。当时薛无境考虑学区工作相对安逸，有时间能静下心来写写文章，但是马军觉得他是一名帅才，不干校长就瞎了这个人才，不停劝说他要有属于自己的园地，才能开创出一片新天地。

在马军主任反复劝说下，薛无境报名参加校长竞聘，从十三名竞聘人员中脱颖而出，以第一名的成绩选岗到了陈湾小学。

一步步成长起来，薛无境总是感恩人生路上给予他关心和帮助的那些贵人，让他坚定职业生涯的目标和方向。一路走来，他在校长的职位上越来越稳健成熟，认准的事情马上安排落实，从不拖泥带水，虎头蛇尾。即使遇到大事和麻烦事不紧张慌乱，表现得异常镇定，他知道，如果校长乱了阵脚，下面的同志更不知所措，无法应对。也难怪，刚参加工作时，有些老教师就私下里议论：八名新分教师中，最数薛无境显得老成，做起事情来不急不躁，处之泰然。毕竟，大学里学生干部的历练成就了他的品性，考虑问题周全，做事一张一弛把握得恰到好处。

韩永祺坐在沙发上，低着头，一声不响。"你作为校长后备人才，工作上要有领导意识和主动思想，时时处处以一名校长的身份去思考问题、解决问题，不要事事等着别人去提醒、去安排。将来有一天你走上校长岗位，只有主动担当，开拓进取，创造性开展工作，才能办出自己的特色，赢得大家认同。"薛无境有一种恨铁不成钢的心情，总希望他能积极主动一些，将小学部工作做得更好，得到大家认可，为自己赢得尊严。

在用人上，薛无境藏有私心，他希望多培养出几名校长，将来等他退下来，也许有人会记得他，心存感激。他一边批评韩永祺，一边又鼓励他，和他一起分析存在的问题及原因，找到解决问题的途径，来推动小学部更好更快发展。"薛校长，自从你来桃源学校，感觉跟不上你的节奏了，原因怪我思想僵化，存在滞后、拖延、差不多的惯性思维，一时改变不过来。今天，我愿意接受你批评，跟着你好好学、好好干，干出个样来给大家看看，带领小学部全体教师回归正常轨道，向着'区域名校、乡村典范'办学愿景前进。"

看着韩永祺诚恳的态度，薛无境脸上露出开心的笑容，走上前握着手说："只要我们坚定思想和行动，努力工作，驰而不息，一定能扭转小学部不利局面。今年'六一'儿童节快到了，受疫情影响，老师们都在忙着抓教学，节目没时间排练，我们可以借此机会组织少先队员入队仪式，增强孩子们的仪式感和荣誉感。同时，针对新学期以来开展的习惯养成教育做一下阶段性总结，表彰优秀，激励后进。如果我们从小学阶段抓好习惯养成，孩子的人生就成功了一半，所以我们要求老师始终不渝关注学生课堂学习习惯和课后生活行为习惯，时刻抓紧抓好，力求抓出成效。"

"好的，我回小学部马上召开班主任以上会议，根据学校要求安排好工作。"一时间，校长室里的气氛从严肃转向轻松，两个人的表情变得舒缓而愉悦。此时，学校少先队辅导员余静正和镇卫生院的医生在小学部楼前开展"防溺水主题队课"，她站在学生面前讲解溺水的危害，一旁的医生则向少先队员演示"模拟患者"的施救技能。天气渐渐转暖，防溺水教育必须跟上，薛无境在很多场合反复强调要牢牢守住"师生生命安全"这条底线。为此，各班级召开"珍爱生命，预防溺水"主题队会，学校也通过手抄报、黑板报评比，营造出预防溺水的浓厚氛围。

看着窗外忙碌且淡定的余静，薛无境心生赞许，她工作泼辣，执行力超强，只要她想干的事情总做得漂漂亮亮，让人无可挑剔。但他似乎又想到了什么，禁不住暗自笑了笑，心想：谁想干，就用谁；谁干得好，就提拔谁，他才不管这山头那山头的，只要工作有成效就可以大胆用。来到桃源学校后，薛无境听到这帮那派的一些不和谐声音，但是他淡然处之，不想把一些无所谓的问题搞得复杂化。他认为，工作上越简单越好，出了成绩表扬，违反规定挨批评。在人情上，他觉得越通透越好，亲疏适度，对任何人不能显得太亲近，或许走近一个人，会疏远很多人。作为校长，薛无境更懂其中的道理，认清事情发展的主流，对那些不影响大局的事糊涂一点，正如清代潍县县令郑板桥所言"难得糊涂"。只有保持一颗平常心，才能于分寸之间掌握好适度。

六一儿童节下午，桃源学校在操场举行隆重的少先队员入队仪式，然后为获得习惯养成教育的"最美班级"和"最美学生"颁奖。薛无境亲自为获奖班级和学生发奖，并强调说："性格决定命运，习惯决定未来。良好习惯不是短时间内能养成，老师们要秉持一颗耐心，持之以恒紧抓不放，一点一点循序渐进，静待花开。老师们更要始终保持一颗爱心，像对待自己的孩子一样看待学生，久久为功，善作善成，终将花开满园。"

薛无境讲完，会场上响起热烈掌声。其实，学校里哪有什么轰轰烈烈的大事，都是一些平常无奇琐碎的小事。只要将这些关乎学生性格习惯的小事做细、做实、做好，就能成就一个人的精彩人生，办出让家长、社会满意的精致教育。

二十九

"知了——知了——"，蝉的聒噪声中，空气里涌动着一股又一股热浪，它们从室外翻腾着涌进教室，侵略般占领每一个容身的地方，宣告了夏的降临。一刻不停的蝉鸣里，紫红、雪白的莲花争先恐后般从楼前假山的池水里探出圆鼓鼓的脑袋，为初夏斑驳的绿荫染上了一点点别样的色彩。

六月的风在燥热的空气里涌动，中考的脚步一步步逼近。初三的教室里紧张而有序，忙碌而从容，学生将自己埋在课桌前的书堆里，不停地写写算算，仿佛战役马上打响一般，做着冲刺前的最后准备。

东郡市书法家协会办公室里，薛无境正和书协主席陈金寿策划一场书法教育进校园活动。"陈主席，书画界有种说法，'全国书画看东郡'。东郡市不仅有大规模的书画市场，还有你们这些在全国知名的书法家，尤其每年一届的全国'翰墨东郡书画年会'更扩大东郡书画的知名度。"

陈金寿对薛无境的散文创作早有耳闻，尤其在很多文艺界笔会现场，两个人经常见面，但只是客气着寒暄一番，却没能坐在一起仔细交谈。三年前，薛无境去求过墨宝，至今一直挂在他书房里。当陈主席听说薛无境专程要来拜访，表现得甚是热情。

"是呀，东郡书画的名气越来越大，好在这几年热度降下来，恢复到书画正常的'体温'。"陈主席像见老朋友一般，和蔼可亲地说，"听说薛校长去了大学校，可是提拔重用呀！这次登门拜访不会有什么事情吧？"

薛无境笑着说："书法艺术作为优秀传统文化，应该在孩子身上发扬光大，尤其毛笔书法作为一种宝贵艺术要传承下去，离不开你们这些艺术家指导。不满陈老说，我这次来，是想邀请咱书法界艺术家们走进桃源学校开展一次书法教育活动，让学生感受一下毛笔艺术的魅力，将来爱上毛笔书写并传承下去。"

"这个提议很好，之前我们走了几所学校，但只在城区，忽略了乡村孩子的需求。其实乡村孩子更应该得到关注，在书法教育上绝不能让他们输在起跑线上。"陈金寿主席站起来，略带自责地说，"'七一'党的生日到来之前，我们书法家协会借着惠民下乡，可以去桃源学校搞一次新时代文明实践志愿服务活动，向学生讲授毛笔的书写技巧，也向学校赠送书法家们的优秀作品。"

"太好了！太好了！"薛无境有点喜不自禁。这完全出乎他的意料，平时，这些书法家们的作品在市场上买卖，真金白银呀！想不到陈主席竟然不计名利，爽快答应他的请求，免费赠送给师生们。

待一切商量妥当，薛无境高高兴兴从陈主席家出来，一脸的兴奋。其实他心里还装着一件事，到时候能恰好结合到一起，让更多教师体验到一种从未有过的获得感。

回学校路上，夏梅婷打来电话，说他们课程开发小组去了四边县革命旧址，紧闭着大门，没法进去搜集材料。挂了电话，薛无境把车停在路边，拨通了当地文化站负责同志的电话。"闫站长呀，麻烦你一件事呀！我们学校要开发一个关于东郡红色文化的校本课程,老师们过去想搜集一下四边县的有关材料,你方便沟通一下吗?"

"薛校长,好久没联系了!去年,每逢双休日,你来帮我们挖掘整理全镇的红色文化,并且印制了《红色传承 绿韵高良》这本书,第一次全面系统介绍了我镇的红色文化,功不可没呀!"闫站长一听薛无境的声音,显得特别亲切,"有事你尽管说,这点小事算什么。他们什么时候来?"

"我是市政协聘任的文史研究员,有义务帮你们做事情。只是好久没见,非常想念闫站长,也很怀念我们一起进村入户调查搜集材料的日子呀!"薛无境颇有几分感慨,曾经的过往就像放电影一样在脑海里浮现,但是想起课程组的老师大热天还在外面等着,他很快就收回思绪,"现在,我们就在四边县革命展览馆外面,麻烦你通融一下吧!"

"怎么说麻烦呢,是应该做的,我马上安排人去接待。"说完,那边挂了电话。最后还不忘邀请薛无境方便的时候去坐坐。紧接着,夏梅婷打来电话,说有人在热情接待。

薛无境放下电话,在车上安稳一会儿,但脑海里总有难以忘怀的画面跳跃着蹦出来,拨动着他心弦。去年春天,当别人双休日在家休息,他却约着几名志同道合的文史爱好者来到高良镇,用四个月时间整理完成《红色传承,绿荫高良》一书,为纪念建党100周年献礼,也为高良镇留下永久的红色文字记忆。回想过去,每次走进这片红色的土地,守望着炮火遗留下来的战争遗迹,听着一个个血淋淋的英雄故事,他的灵魂仿佛被洗涤得一干二净,触动了他的灵感,于是写了一篇文章《这片土地散发着光芒》,在省报上发表。那段时间,散落的众多遗存资料,不断丰富着他的文史素养,也结识新朋友,赢得了别人的赏识和尊重。

薛无境刚到办公室坐好,副校长钟理才跟进来说:"薛校长,中考前一切准备工作都已经就绪,只等着开考了。前几天拍的毕业照送来了,我已经发给班主任,算是师生一场留下的一份影像记忆。

再者，我们什么时候召开初中毕业典礼？"

"不能太早，我想放在中考前一天吧。借着毕业典礼做'战前'最后动员，让学生临上考场，打满鸡血，以一种临危不惧的沉稳和一鼓作战的气势战胜考场上一道道难关，赢得中考。"薛无境好像早有考虑，胸有成竹地说，"毕业典礼在会议室举行，由你主持，安排一名初三任课教师和学生代表发言。初三老师们放弃了多少个休息日，一直陪着学生们很辛苦，学校为他们准备了一份礼物，我要亲自献给他们，表达学校对老师们的感激之情。最后你再强调一下中考注意事项，同时安排心理教师做一次考前心理疏导，让学生保持一颗健康平和的心态应对人生的第一次挑战。"

"好的，我这就去准备。"钟理才说完，要往外走。薛无境赶紧叫住他，拿起办公桌上的一张字笺说："我特意写了一份中考誓词，你发给班主任让学生熟悉一下，到时候组织宣誓，也好提振一下学生们的士气。"

钟理才接过来，读一遍，仿佛自己也鼓舞起斗志，脸上显出坚毅的神情，不禁对薛无境肃然起敬。

中考前一天，书协主席陈金寿按照商定的时间，带领东郡市几位有名的书法家来到学校。他们在会议室举行了一个简短见面会，薛无境致欢迎辞："盛夏，万木葱茏，繁花似锦，也是酷热难耐的时节。七一前夕，各位书法艺术家冒着暑热，不辞辛劳，到桃源学校送来高档次、高水平、高规格的书法艺术教育，我们期盼已久，我们倍感荣幸。为此，我代表全校师生对各位艺术家到来表示热烈欢迎和诚挚感谢。"会场上响起热烈的掌声，在座的师生没想到那些只闻其名未见其人的书法大师们竟然就坐在身边，显得异常兴奋，巴掌拍得"啪啪"响。

薛无境介绍完学校情况后，说："希望各位书法艺术家将你们的书写技巧传授给我们的学生，让书法优秀传统文化在学生中埋下传承的种子，生长、开花、结果。更期待各位艺术家不惜笔墨，为师生留下珍贵的书法作品，也为即将踏上考场的毕业生送去美好的祝愿，我们会珍惜珍藏，感谢感恩。最后祝愿各位书法名家创作丰硕，生活幸福，也祝愿我们伟大的党、伟大的祖国繁荣昌盛，国泰民安。"

陈金寿主席端坐在会场中间，师生们的掌声让他感受到从未有过的热情。待薛无境讲完，他站起来激动地说："感谢桃源学校领导盛情相邀，我们书协一行九人走进校园开展文艺志愿下乡活动，目的为广大师生展示书法艺术的魅力，引导大家喜欢书法，让更多人加入东郡市书法创作队伍中，进一步擦亮东郡市'中国书画之乡'品牌。"

欢迎仪式简单而热烈，结束后，副书记魏镇带领一名书法家来到三楼书法教室，为学生讲解中国书法的演变过程，并现场演示毛笔的书写技巧。从拿笔的姿势，到笔画的书写，再到汉字的间架结构，书法家娓娓道来，妙趣横生。学生听得仔细认真，跟着书法家的演示动作，学生的手在空中不停比画着，有种跃跃欲试的冲动。

其他书法家则在薛无境引导下，来到一间预先准备好的功能室，现场为教师书写。平整的桌面上铺好了毛毡，书法家们摆好笔墨，摊开宣纸，开始自己的书法创作。跟随来的教师围在书法家身边，用手摁着纸张，凝神注目着书法家如行云流水般的一笔一画，惊叹着，羡慕着，流露出大开眼界的神情。

此时，教学楼前的广场上已经搭起红色的"胜利门"，毕业典礼之后，参加中考的初三学生将通过这里走向人生的考场，开启人生新的旅程。眼看召开毕业典礼时间到了，薛无境急匆匆朝学校礼堂走去。初中部副校长钟理才和教务主任郭卫华已经组织好初三全体师生在会议室等着了。

初三毕业班的同学依次来到主席台上宣誓，他们目视前方，扯开嗓子，用响亮的声音喊出青春的誓言：

"我是即将踏上战场的勇士，面对中考我保证做到：

青春有梦，亮剑考场；认真思考，谨慎答题。

沉着冷静，不急不躁；分秒必争，决不放弃。

志在必得，舍我其谁；三年磨剑，旗开得胜。

加油！加油！！加油！！！

必胜！必胜！！必胜！！！

金榜题名，梦想成真。"

薛无境坐在台下，看着学生严肃而认真的表情，听着整齐的口号在礼堂中回响，他感受到了一种青春的活力与激情。是呀，眼前这群可爱的孩子将肩负起建设社会主义现代化强国的重任，他们就是中国的未来和希望，瞬间，他肩膀上有一种沉甸甸的责任，他要扛起肩上这份重担，去唤醒一个个青春懵懂的少年，引领他们走上实现梦想的阳光大道。

到献花环节，薛无境走上主席台为毕业班每一名教师敬献鲜花。成就教师，幸福教师，让每一位教师得到尊重是薛无境来到桃源学校后提出的新理念。教师是推动学校发展的核心动力，没有他们的辛勤付出和科学施教，怎能教出优秀的学生。迎着晨曦，踏着星月，老师们早出晚归，尽职尽责守护着眼前的学生们，在薛无境眼里，教师无愧为当今社会最可爱的人。

毕业典礼接近尾声时，薛无境凑到郭卫华耳边悄声说了两句。郭卫华笑着点点头出去了，但是很快又回来了，手里拿着一幅散发着墨香的书法作品。薛无境和钟理才走到舞台中间，徐徐展开手中的墨宝"灿若夏花，美如舜华"，这是特意嘱咐陈金寿主席刚刚书写的作品。薛无境对着台下的学生说："回首三年时光真如白驹过隙，转瞬即逝。此时此刻，我想大家的心情是复杂的，既有收获的喜悦，也有分别的离愁，毕业是结束更是开始。相逢于金秋，分别在繁荫，千言万语凝聚在这幅书法作品中，赠给初三的师生，祝愿同学们的人生如夏花般灿烂绽放，也祝福我们的老师有木槿花般的品质，周而复始，永恒绚丽。"

说完，两位校长把这幅书法作品递到级部主任和毕业生代表手中，现场响起了经久不息的掌声。学生从学校礼堂出来，来到"胜利门"前，此时老师们已经在彩虹门前站好了。学生一一通过胜利门，与老师们握手、拥抱，流露出依依不舍的神情。有些学生和老师紧紧拥抱在一起，舍不得分开，甚至流下眼泪，这就是青春的模样和真情的表白，喜怒哀乐写在他们的脸上。

刚送走初三学生，陈金寿主席一行收拾好笔墨从楼上走下来，薛无境赶紧迎上去，满脸歉意地说："今天恰逢初三毕业典礼，慢待陈主席了。"

"没什么呀！我感觉这次书法教育进校园活动组织得很周密，也很成功。特别是我感觉桃源学校师生们有很高的书法秉性，表现出对书法的浓厚兴趣和书写欲望，我想他们今后一定会在书法上大有作为。"

薛无境听到陈主席夸奖，满脸堆笑说："我们希望借助市书法家协会的专业优势，让我们的乡村孩子喜欢上书法，继而传承中华民族的优秀书法艺术，成为未来的书法家，让书法这一艺术瑰宝光彩夺目。"

"每次走进校园面对活泼可爱的孩子，对我们书法家来说是一次精神上的洗礼，不能一味钻到钱眼里，还要在广众中传承书法艺术，这是每一名书法爱好者的责任担当。只要薛校长需要，我们随时为学校做好服务，让书法教育滋润每一名学生的心田，涌现出更多的小书法家，决不能让书法优秀传统文化在我们这群人身上断了档。"陈金寿充满希望地说。

望着他们的车辆驶出校门，薛无境身体里涌动着一种满满的收获感，心想：校内资源是一个定量，而优质社会资源则是一座无穷无尽的宝藏。只有借助社会优势资源，才能更好推动乡村学校发展，提升学生的核心素养。想到这里，薛无境眼里透出了一种光芒，仿佛照亮了思想所及的远方。

三十

东郡古城管委会袁德玉主任办公室里，他正和副主任冯春秋商量着一件事，袁德玉说："一直说去看望一下薛校长，快一年了，也没去成。今天正好我有一点空闲时间，冯主任去准备一下，我们一会儿出发。"

薛无境接到袁德玉电话，显得异常兴奋，立即安排办公室主任赵丽娟做好接待，又电话通知学区甄伟主任。管委会主任能到学校看望他，在老师们看来挺有面子的一件事，毕竟东郡古城是国家5A级景区，袁德玉又是副县级领导干部。

不一会儿，甄主任赶来了，随后，年前换届选举由镇长升为党委书记的董涛波也来了，大家站在楼前一边闲谈，一边等着袁德玉。几句话的工夫，一辆公务车停在校门口，大家赶紧迎上去。

袁主任一行三人从车上走下来，董涛波走在最前面高兴地说："欢迎袁主任百忙之中，抽时间到我们乡村学校来指导工作呀！"

"镇里事务多，董书记怎么有时间过来作陪呀。我们这次来是看望薛校长，顺便给你和王镇长带来两套管委会刚出版的图书。"袁德玉先是环顾一下校园环境，然后笑着说。

"听说袁主任要来，再忙也必须过来见你一面，毕竟你是市里德高望重的老领导。"董涛波一边谈笑着，一边陪着往楼上走去。"薛校长来了不到一年，打开了新局面，学校治理得井然有序，各项工作都迈上新台阶。尤其在今年特优生考试中，桃源学校取得历史性突破，老百姓都说，来了一个好校长。"

大家说说笑笑走进接待室。落座后，董涛波书记谈了谈换届以来围绕乡村振兴方面镇党委政府采取的一些新举措，取得的新成效，尤其是通过产业化、规模化蔬菜种植，增加了农民收入和村集体收入。袁德玉边听边点头赞许，时不时插上几句国家的方针政策及未来乡村的发展走势。薛无境坐在一旁认真听着，也陷入深思：乡村要振兴，教育要先行，乡村学校的责任和担当又是什么？从国家层面上说，要立德树人，为党育人，为国育才，培养有理想、有本领、有担当的时代新人。从家庭层面上说，老百姓希望自己的孩子在家门口能享受到优质教育，为孩子美好的未来插上腾飞的翅膀。是呀！乡村振兴关键在乡村教育振兴。孩子有出息，家庭就能兴旺，乡村振兴才有希望，决不能让每一个孩子掉队，让他们输在人生的起跑线上。

当薛无境的思绪陷入个人空间，四处游荡时，董书记接了一个电话，仿佛有什么急事，站起来要走。袁德玉知道镇里事多，停止了话题，大家都站起来把他送出门外。重新落座后，袁德玉对甄主任说："这次来得匆忙，只是带了几套书，如果有需要古城管委会，尽管让薛校长找我，我们一定会全力以赴。"

甄伟主任笑着说："非常感谢袁主任对桃源教育的关心和支持。薛校长有想法，也有能力，自从去年来到这里，内抓管理，外树形象，学校发生很大变化。前几天，他跟我提到一件事，想和你们建立共建合作单位，不知道袁主任愿不愿意接受乡下这个穷亲戚？"

袁主任听完后，看一下同来的冯春秋，毫不犹豫地说："很好呀，以前薛校长对古城文化研究和展馆建设做出很多贡献，我们愿意携手合作，推动双方共同发展。"

薛无境高兴得合不拢嘴，激动地说："我们乡村学校背靠国家5A级景区也好乘凉了。古城景区是东郡历史文化的重要载体，如果一个学生不了解家乡的过往，不热爱家乡的山山水水，将来怎么能建设好自己的家乡。所以，桃源学校将借助古城丰厚的历史文化，开展一系列研学活动，培植学生的家国情怀。同时，作为回报古城，学校将在节假日旅游高峰时期，组织师生志愿者队伍，以主人翁的姿态来古城开展疏导交通、清扫卫生等志愿服务活动，帮助管委会维持良好的旅游秩序。"

"共建共育，合作共赢。古城景区的每一个景点和展馆随时为桃源学校师生敞开！"袁主任承诺说。紧接着，他拨通了市教体局芮涛声局长电话，笑着说："芮局长，汇报一项工作呀。古城管委会想与桃源学校结成合作伙伴关系，请你指示呀！"

"要我指示，这不是老领导让我难堪吗？我双手赞成。古城景区文化底蕴深厚，是东郡市最靓丽的名片，也是我市历史文化的集中展示区，很适合学生研学旅行，你这是为我们学校开绿灯呀！感谢你还来不及呢。"芮局长在电话里笑着说，"等举行仪式时，务必通知一声，我一定出席。"

"很好呀，我让办公室人员和薛校长抓紧时间策划一下，争取今周举行签约仪式。到时候，邀请你参加呀！"袁德玉在电话里客套几句挂断了电话，然后对薛无境认真地说，"薛校长，舞台已经搭好，就看你怎么唱戏了。"

"感谢袁主任支持与厚爱，我们一定利用好这次合作机会，带领广大师生走进古城，感受家乡深厚的历史文化，为美丽古城建设贡献桃源学校的一点力量。学校将组织一系列活动，将古城宣传好，在学生心中埋下一颗热爱家乡的种子，学有所成后积极投身建设美丽家乡。"薛无境心存感激，感恩一路走来像袁主任一般给予他关心帮助的人。其实，他更应该感谢自己，是自己勤奋努力和无私付出赢得了别人认可和尊重，换来人生发展历程中一次次难得机遇。

袁德玉让随行的人将书搬到办公室，闲聊了几句，便急着回景区。离开时，他嘱咐甄伟主任：要多鼓励，多支持，让薛无境放开手脚大胆干，尽情施展他的才能，相信桃源学校的影响力和知名度一定会越来越高。

几天后，按照双方共同策划的方案，古城管委会和桃源学校共育共建启动仪式在景区游客服务中心广场举行。阳光照耀，暑气蒸腾，古街上的游客依旧来来往往，络绎不绝。袁德玉、芮涛声、甄伟以及学校班子成员和家委会主任站在主席台，学生和家长代表、古城管委会人员和学校党员教师整齐排列在广场上。

薛无境扫视一圈在场的人员，突然发现人群中有一个熟悉的身影，不禁自言自语道：韦德夫怎么来了？两个人在四目相对那一刻，脸上露出一丝尴尬，但是这种不自然的表情瞬间转化成一种含蓄的微笑，彼此点点头，相视一笑，好像什么事情都没有发生过。忘记过去，珍惜现在，放眼未来，一切人情世故才能得到最好的归宿。纠结、怨恨、矛盾只是汪洋大海中激起的一些浪花，很快又消失在岁月长河里，还有什么比心情愉快更重要的呢？人呀，只有不断放下那些无关紧要的人和事，才能轻装前行，通达致远。

揭牌仪式上，袁德玉与芮涛声共同为"东郡市家校社协同育人教育基地"揭牌；薛无境与副主任冯春秋为"东郡古城景区·桃源学校研学基地"揭牌。双方在热烈的掌声中，共同签订了"共育共建"协议书，作为东道主，袁德玉第一个发言："古城管委会将充分利用景区丰富的历史人文资源，为桃源学校师生提供全方位服务，发挥好古城历史文化教化育人的功能，推动桃源学校高质量快速发展……"接着，芮涛声和薛无境先后发言，感谢古城对东郡教育和桃源学校的支持，表示将充分利用古城景区，深入了解东郡悠久灿烂的历史文化，提升学生对家乡的认同感、归属感和自豪感。

仪式结束，薛无境主动走到韦德夫面前，握起他的手不停摇晃着，显得异常熟悉和亲切。看芮涛声转身要走，韦德夫欲言又止，赶紧抽出手，客气几句，笑着一同离开了会场。薛无境送出很远才回来，但是他从韦德夫不自然的面容里，似乎觉察到他有什么难言之隐。此时，现场的师生已经分成两部分。一部分是学生和家长，他们在导游带领下，先后参观记忆古城展馆、欧阳修纪念馆和东郡民俗馆等极具地域文化特色的展览馆。另一部分是学校党员教师，"七一"建党日即将来临，薛无境特意安排全体党员参加活动，一起参观东郡市"生态旅游"党性教育基地展馆，开展一次"不忘初心、牢记使命"主题教育活动。

展馆内，党员教师们一边走一边听着导游的讲解，了解到东郡市丰富的自然生态和人气爆棚的旅游市场是历届市委领导带领全市党员群众一张蓝图绘到底，一任接着一任干，久久为功，接续发展的结果。作为国家首批全域旅游示范区，东郡市优越的自然生态为乡村旅游注入强大动力，老百姓在家门口就能把土特产变成人民币，真切感受到"绿水青山就是金山银山"的实惠。

这个展馆凝聚着薛无境的汗水和付出，驻足回望，总带给他一种精神上的洗礼。的确，任何事业的发展，党员是先锋队，是排头兵，是一面高高飘扬的旗帜。他想，抓党建是推动一个地方各项事业发展的关键，学校亦是如此。

返回学校后，薛无境找来党支部副书记魏镇，试探着问："魏书记，再过三天就是七一建党日。学期初，我们确定的党建品牌项目建设得怎样了？"

魏镇一时不知道从哪里回答，红着脸说："平时只注重了党组织常规工作，没有将党建与学校教育教学深度结合起来，品牌项目工作我做得不够。"

"'双引双带，筑牢学校发展红色根基'是学校确定的党建品牌项目，也是书记引领项目，你是学校党务工作具体负责人，要主动担当作为，不要只等着我亲自去安排。"薛无境略带生气地说，但是，他又能怪谁呢？学校大多时候重视教育教学，而淡化了党建引领。

"党建没有抓好，我校长兼党支部书记有不可推卸的责任，不能把问题推到你头上。借着这股热乎劲，咱俩根据项目推进计划理顺一下相关工作，以便将党建与教育教学工作有效地融合起来，推进学校各项工作发展。"薛无境稍微冷静一下，语气变得缓和而低沉，似乎带着一种无法推脱的责任。

"薛校长，其实不用自责，学校各项工作都能归拢到书记引领项目中来。'双引'是党支部引领学校发展，党员引领教师发展；'双带'是党建带团建，党建带少先队建设，涵盖了学生、教师、学校三个层面，所以说我们的党建品牌和学校发展是一个有机统一体，互相促进，融合发展。"魏镇深思一会儿，安慰说。

"是呀！当初，上报书记引领项目时，我的态度非常明确，决不能把党建与教育教学搞成两张皮，要将党建置于学校发展的核心地位，以党的建设统领学校一切工作。"薛无境听完魏镇的话，仿佛顿然醒悟，"你把党建方面的工作总结理顺好，写个典型经验材料，投到报社去。另外，马上就'七一'了，党支部要表彰一批教学突出的优秀党员教师，树立学习榜样，进一步激发全体党员教师的先锋模范作用，从而带动更多的教师走向优秀。"

"教学质量是学校的立足之本、发展之魂，也是办好人民满意教育的核心要义。表彰党员教学先锋，激励全体党员教师树牢唯旗是夺，争创一流的卓越精神，这种庆祝活动对我们学校更具有实际意义。"魏镇肯定地点点头："我让教务处拿出成绩来，召开支部会先研究一下，然后再举行庆'七一'表彰活动。"

正说着，薛无境接到市教研院李云霞打来的电话："薛校长，听说你们开发了学校课程'东郡红'，搞得有声有色，效果很好。省里正在征集优秀校本课程，给你们报上去吧。"

"太好了，非常感谢你对桃源学校的关注，我让负责同志按照通知要求整理好材料，尽快报给你。"薛无境挂了电话，马上找来夏梅婷，"夏主任，学校课程'东郡红'开发得怎样了？"

"东郡市重要的红色文化遗址我们都去了一趟，搜集了很多资料，也录制了一些视频。接下来把搜集到的材料整理一下，形成文本材料，同时做好视频的剪辑和配音，很快就能形成校本课程的拓展资源。"夏梅婷简要汇报了课程建设情况。

薛无境点点头，满意地说："课程开发得很顺利，也很有成效，你们要边开发边实施，争取把'东郡红'打造成学校的精品课程，现在就有一次展示成果的好机会。"说完，他把李云霞发来的通知转给了夏梅婷。

"机会难得，我们抓紧时间把搜集到的资料整理一下，尽快报上去。"夏梅婷脸上露出喜悦的神情。心想：一边播种一边收获，做起事情来有盼头，也更有劲头，总比整天忙忙碌碌，看不到任何希望和结果舒心得多。

七月一日，桃源学校在党员活动室举行了"庆七一，展风采"暨党员教学先锋表彰大会。首先，魏镇向六名教学成绩突出的党员教师颁发证书并敬献鲜花。受到表彰的教师纷纷发言，表示将以"四有好教师"为标准，关爱学生、关注课堂，爱岗敬业、奉献学校，努力为实现"区域名校，乡村典范"办学愿景贡献自己的全部力量。表态发言结束后，薛无境殷切地说："你们是全校教师的一面旗帜，要做教学上的先锋、业务上的专家、工作中的楷模、生活中的榜样，任劳任怨，不计得失，为广大教师树立可学习借鉴、可模仿复制的标杆，成为全校教师教育教学上的风向标。"最后，全体党员面对鲜红的党旗宣誓。庄重的誓词仿佛印在每一名党员凝重严肃的脸上，一声声铿锵有力的誓言在会场上久久回响。

光阴荏苒，岁月如歌，一学期很快就结束了。临近暑期，薛无境在校务委员会上部署好放假前后一切工作。根据学校安排，钟理才和韩永祺又分别召开初中部和小学部教师会和学生会，对暑期工作做了全面细致的要求。一切准备就绪，仿佛只等着暑期序幕开启，但是薛无境心里总感觉有些事情还没有做好，丝丝扯扯羁绊着他。

匆匆忙忙又是一学期，教师辛辛苦苦做了大量卓有成效的工作，社会反响怎么样？老百姓满意不满意？办好人民满意的教育才是学校一切工作的出发点和落脚点。想到这里，薛无境让办公室主任赵丽娟下通知，组织召开由学校社会监督员和家委会成员共同参加的学期总结汇报会，争取他们的认可与支持。

会议室里，薛无境从学校现代治理、党建品牌打造、教育质量提升、教师队伍建设、学生全面发展、优化办学结构六个方面总结了本学期的工作和取得的成绩，赢得了与会人员的阵阵掌声。讲话刚结束，参加会议的人员纷纷发言，充分肯定学校半年来的工作，都说把孩子送到桃源学校很放心，也很满意。其中社会监督员、东郡市人大代表、桃源村党支部书记王云鹏感慨地说："我经常从学校路过，目睹学校发生的一些变化，校园环境焕然一新，听着学生的吵闹声小了，读书声大了，从细微处感觉桃源学校更规范有序、更蓬勃向上，是一座充满阳光、快乐、和谐的温馨校园。"

大家听着，小声议论着，都为学校各项工作点赞。最后，魏镇向参会人员发放了征求意见表，希望他们提出宝贵意见和建议，共同努力提高办学水平和教育质量，让老百姓的孩子在家门口就能享受到优质教育。会议结束后，几个热心的社会监督员围在薛无境周围，畅所欲言，继续谈论着社会普遍关注的教育问题，直到放学才离去。

只顾着往前走，忘记了回头看。转瞬间，跌跌撞撞已经走出很远，走到学期尽头，薛无境带领着全校师生向社会交出了一份满意的答卷。

三十一

难耐的暑气一波波袭来，蒸腾着，翻卷着，无惧无畏，似乎要借着阳光的威力勇往直前侵占大地上的每一个角落。即使是阴暗的死角，暑热也彰显出彻底征服的勇气，呐喊着，腾挪闪转，时进时退，一番博弈之后，最终以王者的姿势用它火辣般的特质宣告盛夏的到来。

经历一学期的晨曦日落，暑假来了，校园安静下来，除了保安和值班教师，偌大一个学校里空无一人。法桐树上的鸣蝉似乎察觉到什么，迅速以主人翁身份散布在树木的枝条上，抢占了这片静谧之地。它们振动着薄薄的蜩翼，打开腹基部的大音箱，不知疲倦地"知了——知了——"像极了一场消夏露天音乐会，此起彼伏，肆无忌惮，在生命的花季唱响属于自己的乐章。

热浪一阵卷过一阵，大街上的男人喘着粗气，热得脱掉了衣服，只剩下了汗塌子和裤衩子，但还是抵不住太阳火热般直晒，躲在阴凉地方使劲晃动着手中的蒲扇。女人们则穿着各式各样的裙子行走在大街上，花枝招展，多姿多彩，为绿一色夏天增添了五颜六色的灵动。薛无境坐在办公室里正在规划暑期工作，盛才俊走进来，说："薛校长，放假前校长办公会研究的维修和建设事项我已经报上计划，估计这两天能批下来。"

"噢，"薛无境抬起头，望着眼前这位长自己三岁的后勤副校长，心里感觉很踏实。后勤工作犹如一个针线簸箩，水没了，电不通了，课桌凳坏了，油墨用完了等凡是涉及财和物的事，不管大小和缓急都集中到后勤来。除此之外，财务报账、餐厅管理、学生资助、校舍维修等也需要后勤负责同志统筹管理。盛才俊一直负责后勤，工作上认真仔细、严谨务实，财务管理得清清楚楚，明明白白，从来没有出现问题。后勤工作由他负责，薛无境基本不用操心，也很放心，能够集中精力用在教学管理上，因为他知道，教学质量是学校的生命线，但是，财务问题作为一条不可触碰的红线，薛无境更懂得其中的利害。

"初中部教学楼 1995 年双基达标建设的，当时是乡镇中最壮观气派的教学楼。但是楼道在前面敞开着，每逢刮风下雨，尘土就落满楼道，雨也浸透到里面。直到去年暑假用铝合金封闭起来，楼内卫生干净多了，冬天教室内温度提高了四五度，学生比以前享福了。"盛才俊脸上带着笑容，停顿一会儿说："但是，雨水浸透的地方将楼道内护墙上的涂料侵蚀得像牛皮癣似的，露出一块一块的花白，很有必要用瓷砖贴起来，既干净又明亮。"

放假前，薛无境在党支部会议和校长办公会上提出整修初中部教学楼楼道和在东门外建设家长驿站的建议，没想到大家看法高度一致，都觉得作为镇驻地学校，上级领导来得多，各级检查也多，这可是桃源学区教育的脸面呀！听盛才俊说起这事，他脸上略带一丝成功者的得意，笑着说："暑假时间长，是学校维修建设最佳时期。

楼道贴瓷砖是为了教学楼美观整洁，而家长驿站建设是为提升学校满意度。整天说办好人民满意的教育，作为学校首先要考虑家长的需求。每当放学，家长都站在校门口周围，如果能有地方让他们坐下来等待，那该多好呀！再说，遇到下雨天，家长们也可以到接待区避避雨。让家长满意，就要拿出实实在在的行动，问民所需，解民所求，将事情做到老百姓的心坎里，等到每年一次省社情民意测评，老百姓不回答满意才怪呢！"

"这两件事早就应该解决了，却一直拖到现在，还是薛校长眼光长远，看问题准确。"盛才俊露出敬佩的表情。

听到夸奖，薛无境心里美滋滋的，但免不了一份担心，说："现在学校经费紧张，我们要精打细算，将有限的资金用到刀刃上。事前，我已经和甄伟主任沟通了，他很赞成。但是，在启动之前我们一定要按照有关规定走招投标手续，并做好后期的质量检验和工程审计。"

"请薛校长放心，十几年老财务在这方面绝对不会出问题。我马上沟通学区工程负责人，联系招投标公司，尽快将工程启动起来，确保新学期有新的面貌呈献给全校师生。"盛才俊点点头，十分肯定地说。

说完，他走出办公室。就在这时，薛无境电话响了，是局党委副书记乔峰山打来的。

"乔书记，你怎么有空想起我来了？"他接通电话，开着玩笑说。

"薛校长，暑假里学校事不多吧？"乔峰山在电话里试探着问，"想你，就是麻烦你。考虑到放假前学校里事多，没好意思联系你。"

薛无境笑笑说："乔书记，和我客气什么？有事尽管吩咐，必当在所不辞，全力以赴。"

"如果有空来局里当面说吧。我在办公室等你。"乔峰山客气地说。

薛无境爽快地答应了。他挂了电话，猜想到乔书记找他还是为了那件事。

不到半小时，薛无境赶到市教体局。当他推开乔峰山办公室门，他正在和两位同志商量问题。"薛校长，你来得正是时候。我们谋划着要搞一场庆祝教师节文艺活动，局党组研究批准了。不到两个月，需要定节目、彩排、合练、试场等大量工作，时间很紧张了。"乔峰山一边说，一边招呼着他坐下。

　　"刚才和这两位同志商量一下，节目基本确定下来。不管你大校长忙闲，今年这台演出文字工作需要由你把关，关键的串台词必须由你来写，再也找不到更合适的人了。"乔峰山无奈中，带着一种不能拒绝的口吻。

　　"感谢乔书记信任，我一定会尽心尽力，把自己最大的能力发挥出来。再说假期里学校事少，我会认真研究每一个节目的内容与主题，把握好新时代教育发展的脉搏。结合我市教育发展的新形势和新要求，我力求表述得既有政治高度又有现场演出的感染力。"薛无境不假思索地说，毕竟这不是第一次，他已经得到乔书记高度认可。

　　"具体演出环节，局里丁老师会与你对接，希望你尽快拿出第一稿。今年市委和市局新领导刚刚上任，我们一定要借助这台演出展现出东郡教育发展成果和良好形象。我想，根据领导的意见节目单会不断调整，需要我们的串台词也要跟上。"乔峰山露出肯定又信任的眼神。

　　薛无境坐在一旁，听他们谈起每一个节目的演出形式和内容，心里开始默默打起了底稿。

　　接连几天，薛无境把自己关在书房里，根据节目单试图在电脑里搜寻着演出场景，通过音乐节奏和人物语言神态触发自己的创作灵感。虽然亲身体验不到现场演出的热烈氛围，也能触动他的情感，捕捉到那些闪光的文字。

　　当再次接到乔峰山电话时，薛无境已经把初稿发给他两天。"薛校长，你发来的串台词我看了，第一稿能写成这样已经很好了。你再来我办公室趟，情况有些变化。"电话里带着一些急促的语气。

薛无境敲开门，乔峰山正坐在办公桌旁，一脸愁容。"薛校长，我们这次演出引起市委书记关注。因为今年国家大事、喜事连连，要求庆祝活动搞得越热烈越好。本来是市教体局内部活动，升格为市委、市人民政府主办，我们承办。计划在市融媒体中心广电大剧院演出要求转移到东夷文化广场露天演出，并且以电视直播形式，让全市人民都能及时收看到演出盛况，这是对我们教体系统的一次重大考验。我们的节目要做出调整，串台词也跟着调整。"还没等薛无境坐下，乔峰山急促又无可奈何地说。

"是呀，还有一个多月，留给我们的准备时间太紧张了。露天演出不同于剧场，演出人员多，场面要壮观宏大，并且他们的服装和动作也要艳丽大气，要不然，舞台显得单调乏味。看来，有些不合时宜的节目要拿掉了。"薛无境听完既兴奋又担心，高兴的是借助这场演出可以在全市人民面前展现东郡教育发展成就和精神面貌，担心单凭教体系统的力量能否打造一场市级层面的精彩演出，心里不禁为乔峰山捏了一把汗。

乔峰山长叹一口气，不得不面对眼前的既定事实。他稍微稳定一下情绪，用平和的口吻说："一场精彩的演出，舞台上演员的演技很关键，需要表达的语言文字才是灵魂，只有将这两方面融合在一起，才能感染观众，取得良好的演出效果。"

"乔书记，文字这方面工作请你放心，我一定用心用力，把自己的最高水平发挥出来，保证让你满意。"薛无境表达出毋庸置疑的决心和信心，给乔峰山巨大鼓励。

两个人正研究着串台词中的一些细节，局长芮涛声拿着一份文件走进来。两个人同时站起来，客气地招呼一声。此时，乔峰山一扫脸上的愁容，略带微笑说："今天，叫薛校长来帮着把演出的串台词写一下。"

芮涛声看见薛无境，已经不是第一次了，尤其是参加了桃源学校两次活动，算是比较熟悉。"薛校长文采很好，上次去他们学校带回的《走读东郡》，我读了几篇，写得很精彩。他可是我们教育上的大才，有他执笔绝对没问题，我们很放心。"芮涛声赞成说。

"去年，'同城一堂思政课'大型文艺演出，薛校长执笔串台词，动情的文字将剧场气氛渲染得高潮迭起，至今让人回味无穷。今年，请薛校长执笔'致敬，人民教师'文艺演出串台词，作为校长，他既有政治高度，也有教育人的情怀，我想能把控得更好。"乔峰山补充说。

"我会竭尽全力，不负重托，保证出色地完成任务。"薛无境面对两位局领导，再次做出承诺。说完，见两位领导有事商量，便领了任务走出去。

学校维修和新建项目在走完招投标手续后顺利开工，盛才俊几乎天天都到学校，或检查工程质量，或督促工程进度。薛无境有时间也会到学校转一转，看看工程建设情况，提出一些具体要求，力求达到学校想要的理想效果。

夏日炎炎，闷热潮湿。即使坐着一动不动，热汗也会不自觉地从体内冒出来，像串联在一起的珍珠，一滴一滴闪着晶莹透明的亮光，顺着皮肤低洼处淌下来，最难熬的夏季简直让人无处可逃。暑期，校园静寂寂悄无声息，在汛期雨水的滋润下，草木进入了生命的旺季。忙碌了一学期的师生进入短暂的休眠期，但对于学校负责人来说，心思却一直用在学校里，为下一个开始做好充分的准备。

三十二

新时代发展，城市也在快速膨胀。东郡市长高了，数不尽的高层建筑接着云天，俯瞰着脚下这片土地。也变胖了，城区朝着四周向外延伸，一环接着一环，原本荒凉偏僻的市郊建成了楼区。城市化进程仿佛行驶在高铁上的"复兴号"动车组持续提速，乡村人口城市化进入了快车道。一些经济条件允许的年轻人到市区买楼房，点亮了楼区里的万家灯火。然而，村庄变得越来越孤独和冷清，只剩老人在村子里守望。

农民进城，乡村学校学生流失变得越来越严重，招生难成了乡村学校迈不过去的坎。为尽可能多招新生，稳定学校规模，薛无境想尽一切办法，采取一切可能的措施，但他心里更清楚：乡村学校招生越来越困难，这是不争的事实。

七月下旬，义务教育阶段招生开始了。家长用手机和电脑通过网络系统报名和审核，在家里操作就能完成，不用再往学校跑，省去很多工夫。在薛无境看来，招生是关系学校未来发展的一件大事，直接决定学校的兴衰。学生流失多了，学校将难以为继。

放假前，他已经安排副校长韩永祺到服务区内的幼儿园转了一圈，向大班学生家长介绍小学部情况，表达出不让孩子输在起跑线上的诚意。至于初中新生，在全市组织的小升初衔接考试后，薛无境利用家长接孩子的空隙召开了家长会，介绍学校一年来发生的变化和取得的成绩，想方设法争取家长支持，情愿将孩子送到桃源学校。

这几天，薛无境一直关注着网上报名人数，初步统计基本与往年持平。报名结束，学生能够保持稳定，对薛无境来说已经是最大欣慰。他每天早晚站在校门口，以校长的坚守和敬业，让接送学生的家长感受到学校的安全与温暖。全体教师兢兢业业，辛勤付出，每一次家访和电话沟通能让家长感受教师的关爱与责任。一年来，学校从偏离的轨道扭转过来，内部管理井然有序，校园环境焕然一新，学校各项工作稳步推进，走在了东郡市乡村学校前列。这一切，家长们看在眼里，说在嘴上，记在心里。在老百姓一片叫好声中，桃源学校的办学满意度越来越高，家长心甘情愿把孩子送来，凝聚着全校师生多少汗水和家长多大信任呀！

尽管薛无境带领全校师生做了大量卓有成效的工作，但是城乡教育的差距依旧存在。不少家长把孩子送到城区，甚至送进东郡市外的民办学校，学生流失依然存在。面对民办和城区优质教育，薛无境感受到巨大压力，时常陷入沉思，乡村教育的未来在哪里？前面的路又该怎么走？"道阻且长，行则将至；行而不辍，未来可期。"他坚信：只要坚定向上进取的信念，一步一个脚印，踏踏实实走下去，就一定能实现学校的办学愿景。

暑期，学校里少了平日的热闹，而市教体局一切工作正常开展。乔峰山坐在会议室与有关科室负责同志研究推荐"明州市轻负优质学校和教师"工作，他翻阅一遍文件，认真地说："这次推荐要考虑不同学段，关注城区和乡村不同层面，将学生负担轻、办学质量高的优秀学校推荐上去。大家要尽可能多推荐一些，确定一个备选名单，然后我再拿到局党组办公会上研究决定。"

大家开始议论纷纷，提出自己心仪的学校。站在市教体局高度，俯瞰整个东郡教育，大家都很清楚哪个学校干得多与少、好与孬。当提到乡村学校时，教研院负责同志说："通过今年中考成绩看，桃源学校提升幅度很大，尤其是特优生选拔考试，录取 6 名学生，实现了零的突破，位居全市前列。"

"我一直关注桃源学校公众号，他们围绕立德树人开展了丰富多彩的活动，独具特色，也富有成效。学校德智休美劳五育融合发展，学生的核心素养得到很大提升，特别是几次重要活动如乡村温馨校园创建、未成年人保护、与东郡古城结成共育共建合作关系等，在全市教体系统影响很大，开创了乡村教育先例，各级媒体都有报道。"政策研究室负责同志说。

乔峰山听大家发言，注视着每一个人脸上的表情，默不作声，一副若有所思的神情。当有人提到桃源学校时，他抬起头插上说："薛校长调任之后，桃源学校各项工作有很大起色。他凭着校长一己之力，利用自己的各种社会资源，拿来为学校发展服务，恪尽职守，任劳任怨，努力改变着学校面貌，成绩显著。一个有想法、有作为的校长带出了一所好学校，值得推荐。"

当接到市教体局电话时，薛无境既惊讶又兴奋，意想不到桃源学校能被推荐为"明州市轻负优质学校"，这可是全市九所学校之一呀！作为一所乡村学校，获得这么高荣誉实属不易，薛无境深知里面含着市教体局领导的认可与鼓励，更是全校师生积极向上、辛勤工作的结果，他心里充满了感恩与感动。他马上通知赵丽娟主任填写推荐表，报上去。

夏季，阳光炙烤着大地，柏油路热得烫脚。身体稍微一活动就像洗了一个热水澡，浑身湿漉漉的，对多数人来说这是一种煎熬。在外人看来，暑期老师在家避暑好像无所事事，殊不知，他们参加远程研修、学科培训、防溺水提醒教育等，每天难得清闲。薛无境心里也不平静，回到家还惦记着学校的事，隔三岔五往学校跑，妻子有时候抱怨说："家都成你旅馆了，想来就来，想走就走，干脆住在学校别回来了。"

薛无境总是自嘲一番，玩笑着说："农村孩子当上校长容易吗？好不容易干上就守在学校里，万一被人抢去，我不就没事干了吗！"其实，他很感激妻子，女儿高中三年是她早起做饭，晚上陪着写作业，有时候困了在客厅沙发上睡着了。暑假里，女儿高考报名，她把填报志愿的书翻一遍又一遍，斟酌再三，终于给孩子选定一所理想的大学。为了孩子和老人，妻子在工作之余扛起家庭重担，这源于两人从大学走过来的深厚感情。

他俩毕业于同一所师范大学，只是薛无境比妻子早一年坐着轮渡跨越渤海，来到海滨城市。作为学长，薛无境处处照顾小自己四岁的学妹，渐渐地互相产生了爱慕之情。大学毕业后，薛无境回到母校，成了一名初中语文教师。从繁华都市回到乡村故里，尽管薛无境一直在努力奔跑，却怎么也没有摆脱脚下这片土地。那段时间他心灰意冷，感觉外面精彩的世界已经不属于那只搏击长空的雄鹰，瞬间，一种失重的错觉让他从雄心壮志的梦境中跌落下来。第二年，妻子毕业后坚持来到他所在的学校，两人又走到一起。有妻子陪伴，他彷徨挣扎的心才慢慢安分下来，不去想未来，只管走好脚下的路，将家安在学校，也把根扎在乡村教育的园地里。

有妻子理解和支持，他一心扑在班级管理和语文教学中，先后荣获了东郡市优秀班主任和教学能手称号，第五年，被提拔为学校团委书记。经过多个管理岗位历练，最终竞聘成校长，自此，薛无境早出晚归，真所谓"白加黑""五加二"，把大部分时间留给学校。妻子一个人孝敬父母、照顾孩子，将所有的家务揽在自己身上，无怨无悔。

八月一日，明州市召开全市教育教学工作会议，薛无境在现场聆听了优秀学校的典型经验介绍和教科院领导讲话，给他很大启发。办学愿景已经明确，在办学理念指引下，桃源学校今后的路该怎么走？暑期里，薛无境一直反思过去一年的工作，谋划未来的发展。正是这场会议，就像久旱的大地盼来了一场及时雨，使他在迷茫徘徊中看清了前方的路。

站在校园里，他仿佛是一名历经风浪，饱经磨难的老船长，要领航桃源学校这艘巨轮驶向哪里？老师们都在默默注视着、紧随着。作为校长要凝聚全体教师共识，坚定行稳致远的信念，才能驶向理想的彼岸。他抬起头，望着校园里浓荫的法桐和连廊上盛开的凌霄花，眼神里透出一种必胜的坚毅和执着。学校内涵发展的关键是抓教学质量提升，就必须守好提升学生核心素养的主阵地——课堂，他仿佛寻找到了突破口。

着眼于课堂，关注课堂中的教与学，才能牵住教育教学的牛鼻子。只有从提升课堂品质入手，才能推动学校内涵发展。想到这里，薛无境拨通了夏梅婷的电话："夏老师，我们的学校课程'东郡红'进展怎样了？"

"薛校长，一切进展顺利，文本都集中上来了，我按照统一格式编辑好，过几天就可以印刷出版了。但是，整理视频资源对我是一种考验，要配音剪辑，以前没做过这样的事，只能一边学习一边制作，估计开学前能完成，争取新学期让'东郡红'走进我们的课堂。"电话那边传来干脆清晰的声音。

"那就太好了，等'东郡红'课程建设好了，国家三级课程体系在我们学校就完善了，也能让学生们了解家乡的红色文化。"薛无境高兴地笑了笑，随后话题一转含蓄地说，"课程解决了学什么的问题，如何学？就要通过课堂教学去落实，这才是提升学校发展品质的关键。夏老师，你善于思考和研究，特别喜欢破解教学中遇到的各种难题。我再给你出个问题，思考一下吧。"

听到这里，夏梅婷瞬间来了兴趣，高兴地说："课程也基本搞定了，我愿意接受新的挑战。刚才你的观点我非常认同，想要提高教育教学质量就要关注课堂，只有打造有效的课堂教学才能提升学生的核心素养，培养出德智体美劳全面发展的社会主义建设者和接班人。"

"我们学校的课堂教学过于传统，老师霸占着课堂，停留在喋喋不休地满堂灌，注重于知识的传授而忽略了学生能力的提升。老师们只关注了怎么教，却忽略了如何学，没有将学生置于课堂主体地位。如何让学生成为课堂的主人，将课堂还给学生，将知识转化为能力，这是改变课堂教学的出发点和落脚点。"薛无境似乎很有感触。

夏梅婷不假思索地说："今年，教育部刚刚颁布新课程方案和标准，这是我们课堂教学的根本遵循。想要在课堂上有所突破，就要组织全体教师开展'新课程标准'校本教研，让每一名教师领悟其中要义，贯彻到课堂教学中。同时，明州市教科院倡导教学评一致性教学改革，俗话说'东风好借力'，我们借此机会将传统课堂转到教学评一致性中，也好跟上教育教学的时代潮流。"

"夏老师，话越说越长，电话里一时也说不清楚。什么时候你来学校值班，我们再详细交流吧。"薛无境的手机振动了一下，是甄伟主任打来的，匆匆挂了夏梅婷的电话。

"薛校长，根据市局要求，疫情防控有两项工作需要学校配合市局做好。一是安排老师到高速路口值班，查验从高速路进入我市人员的健康码和行程码，防止外来人员疫情输入。二是派出所人手少，需要我们学校每天派人去协查外来人员有关情况。"甄伟主任接通电话，开门见山指示工作。

薛无境不知道说什么好，拒绝吗？不服从上级工作安排，那是不讲政治；接受吗？凡是能参与的事情学校一件少不了，非教学性工作已经让老师们不堪重负。他支支吾吾答应着，显出极不情愿又无可奈何的神情。

三十三

立秋过后，暑气渐渐消退。一阵风吹过，脸上感到一丝丝凉意，没有了以往劈头盖脸难以忍受的燥热。开学的脚步越来越近，薛无境无心待在家里，天天往学校跑。

这天刚到学校，办公室主任赵丽娟走进来说："薛校长，教师节市教体局要表彰一批优秀教师，学区让我们推荐一名教书育人楷模。"

薛无境"噢"一声，犹豫一会儿，没有说什么。赵丽娟见状，把通知放在办公桌上出去了。

在薛无境看来，学校里有两件难事：一是给老师们排课，教哪一个班级和哪门学科，安排多了还是少了，只要老师之间有一点不均衡，就喋喋不休地讨个说法，逼得教务主任没少跑到校长室找他诉苦；二是优秀指标来了分给谁，俗话说"僧多粥少"，优秀名额太少，瞅着的人却很多，给一个人，惹着多数人。本来是好事，却生出很多矛盾。

对于以往那种"谁用给谁，谁要给谁"的惯性思维，让年轻教师没有奔头，工作积极性日渐消磨；再说，中国人低调含蓄的性格，怎么好意思开口要优秀，因此，薛无境从内心里讨厌争名夺利私心欲望太强的人。他尝试了一些办法，每次评选会让分管同志制定合理的评选办法，按照规定执行。即使这样，矛盾最终还是集中到学校层面，让老师们多了些无中生有的猜疑。

问题要不断反思总结，以求找到最好的解决方案。薛无境思前想后，决定理顺一下推优程序，先是级部推荐，然后按照办法评选，最后学校研究决定。对于每年一次的年度考核，以往由校委会研究决定，权力集中在学校上层，无形中造成了学校内部干群之间矛盾，可以将名额分配到级部，成绩突出的级部适当增加奖励指标。同时，为避免人情因素，能用数据说明的不用评议来代替，并且将教学人员和后勤人员区别评价，不互相交叉，平行着两条线走路。

想到这里，他让赵丽娟把自己的想法发到企业微信校务工作群，听听大家的建议，最终确定一个更科学合理的推优方案。自从来到桃源学校，每一次评先树优，薛无境从没有藏着掖着，一个人说了算。他总是守着校务委员会全体人员把事说在明处，凭着一颗公心，坚持阳光评优。那些不想多干活总想赚便宜的人看看没有希望，变得老老实实，只好将心思用在教学上，从而，学校的歪风邪气少了，到处充满着积极向上的正能量。薛无境经常对人说：绝不能让那些教学成绩突出、贡献大的教师流汗又流泪，要让他们受到尊重，拥有尊严。

夏梅婷推门进来时，薛无境正和赵丽娟讨论推优方案的事。"薛校长，我看群里各抒己见，讨论得热火朝天，挺热闹的。我觉得你的想法越来越接地气，更公正合理，总想把事情做到老师心里去，把好事做好。"看到他俩正在讨论推优的事，夏梅婷没等坐下就插了一句。

"这不是也有不同声音吗？有的同志官气太重，总想把这点权力紧紧抓在手里，害怕丢了这点好事，显示不出自己的权威。我们将推优工作前移，把评先树优主动权下放到级部层面，让每一名教师都参与其中行使自己的推荐权，破除话语权往往集中在学校少数领导者手中的弊病，这是还民于公道。"薛无境看着群里的讨论，多少显得有点气愤，声音提高了几分。

赵丽娟见薛无境有点生气，在一旁安慰说："薛校长，你怎么能和个别同志一般见识呢！单位大了，什么素质的干部都有。我相信只要是公平正义的事情，大家就会认可，我完全支持你的想法。"

"只要是合理的建议和意见，我们就采纳。如果只是站在个人角度患得患失，我们一律不听，我坚信：邪不压正！公理总会站在多数人一边。你根据大家的意见，重新拟定一个讨论稿，让大家在群里投票表决，按照少数服从多数原则确定好方案，让大家遵照执行。"薛无境用信任的目光注视着赵丽娟，果断地说。在薛无境心里，赵丽娟是一位尽职尽责的优秀"大管家"。她既有女人的细腻又有男人的刚毅，她思路清晰，工作效率极高；干练利索，执行力超强。不管薛无境在不在学校，学校一切事务她都会安排得井井有条，处理得妥妥当当，从来没有耽误工作而被上级通报批评。

夏梅婷见赵丽娟去了自己办公室，又劝说了几句，然后说："绝大部分同志支持你的工作，个别同志有点小私心也算正常，你就不用多想了。我今天把整理好的'东郡红'文本稿带来了，你最后再审查一遍，如果没问题就可以联系印刷厂。至于你提出的那个问题，这几天我也认真思考了一下，教育家叶圣陶说'教无定法，贵在得法'，如果没有一个固定模式，也很难从学校层面上推动课堂教学改革。"

"书稿我再看一下，稿子定好就让总务处尽快印刷。前几天，市教研院领导通知我，要推荐'东郡红'课程参加明州市好课程评选，这又是一个好消息。"薛无境脸上的怒气渐渐消散，温和地说，"我们进行的课堂教学改进行动不是另辟蹊径搞创新，而是在遵循课堂教学规律基础上，立足我校实际，进一步总结完善，最终提炼形成我们自己的课堂模式。因此，我们要立足于'教学评一致性'，从备课、上课、评价三个方面改变我们传统的教育观念，将学生置于教学过程的主体地位，关注知识实际运用与学生能力提升。"

"如果我们的课程参评明州市好课程，这个机会太难得了，我们再精雕细琢每一个环节，力求建设成为精品课程。至于'教学评一致性'，我们可以当作破解学校课堂教学的一把钥匙，要求老师立足于学生的'学'，思考教师的'教'与'评'，打破课堂上教师的垄断地位，将课堂还给学生，学校的内涵发展就有了原动力。"夏梅婷眼睛里仿佛露着光，显得异常兴奋。

薛无境停顿一会儿，紧接着说："对于义务教育阶段小学生和初中生来说，良好的学习习惯尚未养成，自我约束力较差，有效的课堂管理才是保证教学质量的关键。以前我在陈湾小学，实施小组目标化班级管理模式很成功，我想在桃源学校继续推广'小组共同体目标化班级管理模式'，通过学生分组的形式，对组员实行捆绑式评价，有利于形成组内互帮互助，共同提高；组间竞争激励，对比发展的合作竞争机制。学习过程采取目标评价，每个人都有明确的努力方向，从学科目标到总体目标、从个人目标到团队目标，从近期目标到长远目标，制定切合实际的行动方案。通过动态管理，比对目标的实现与否，激励学生不断发展，永不止步，从而促进学生健康成长、全面发展。"

"薛校长不愧是从基层一步步提拔上来的，对课堂教学和班级管理看得太透彻，把控得太精准，每一招都是切中要害。"夏梅婷对眼前这名领航人佩服得五体投地。不同于以往校长，他是一名专家型管理者，身上充满了干事创业的激情和处理复杂问题的睿智。"新学期，为让每一项工作落到实处，取得成效，学校可以成立重点工作推进小组，每名校级领导牵头负责一项，让他们清楚自己干什么。同时，加大奖惩激励力度，体现'能者多劳，多劳多得'。"

薛无境没想到夏梅婷巾帼不让须眉。她看起来柔弱，内心却异常坚决，有自己独立的思想，也有行动落实的力度，不禁让薛无境刮目相看。

每年暑期，东郡市教体局会调整一批校长。按照延续下来的规矩，到了一定年龄校长要退出领导岗位，为那些追求进步的年轻人提供升职机会。作为一所影响力较大的镇驻地学校，前几任桃源学校校长都是从外校调任，没有人从副校长直接提拔起来，因此，除了校长换一换面孔，中层以上领导干部保持相对稳定，没有调出也没有调入，总是那几张熟悉的老面孔。或许过于稳定，大家非常熟悉手头上的工作，激情弱了，创新也少了，习惯按部就班随波逐流。他们看不到升职的希望，也失去了前进的欲望，一年一年煎熬着。

薛无境深谙用人之道，虽然"能者上，庸者下"的口号喊了好多年，但是提拔起来的干部除非犯了错误怎么能免呢，只能一步步往上升迁。"县管校聘"给了校长用人上的自主权，没有空缺，怎么能搅动桃源学校这潭死水呢？这让薛无境陷入用人上的困境。

这天，薛无境接到甄伟主任电话，说市教体局要来考察干部。每学年结束，市教体局都会对学校领导班子和局管校级领导干部进行考察评议，这是例行公事。薛无境没把这件事放在心上，但甄主任最后提醒他有位校长到龄退下来，需要从桃源学校校长后备人才中推荐一名，这让他眼前一亮，仿佛在"山重水复疑无路"中，迎来了"柳暗花明又一村"。

市教体局考察组在副书记乔峰山带领下，直奔学校礼堂。薛无境陪在乔峰山一旁，与他私下里低声交谈着什么，在老师们看来，两个人显得既熟悉又亲切。考察正式开始，乔峰山向全体教师介绍了考察的意义和目的，希望大家本着实事求是、客观公正的原则对学校班子和领导干部，做出自己客观真实的评价。当他提到推荐人选时，异常严肃地说："根据校长队伍建设需要，我们桃源学区有一名校长到龄离岗，需要从校长后备人才中推荐一名，请老师们本着对他人和教育事业高度负责的态度，将思想过硬、业务精干、德才兼备的人员推荐上来，更好服务东郡市教育发展。"

老师们坐在台下，在脑海中思考合适的人选，此时，薛无境的目光落在副校长韩永祺身上。他四十多岁，负责小学部工作已经七年，对小学教学工作非常熟悉，也积累了一定管理经验。他沉默寡言，思路清晰，做起事情来还算利索，算是最合适人选。尽管身上存在这样那样的一些缺点，薛无境私下里没少提醒帮助，时常引导他要以校长的标准和要求不等不靠，主动担当，创造性开展教育教学管理工作，比以往有了很大进步。

在薛无境影响下，这学期韩永祺的工作作风变得硬朗起来，执行力度明显增强。放假前，韩永祺曾与一名即将退休的女教师吵起来。这名女教师做事情不管不顾，正常上班时间，几次三番把孙女带到学校，影响了正常的办公秩序。女教师不但没听韩永祺的劝阻，还气忱忱地说：家里没人看孩子，她能怎么办。韩永祺抹下脸，不留一点情面地说：怎么办是她自己的事情，不要把家庭问题转嫁到学校里，领着教师工资，就要干好本分的事。自此，女教师自知理亏，收敛很多。由于韩永祺严格管理，小学部办公秩序有明显好转。

投票结束，没有出乎薛无境的意料，大多数老师推荐韩永祺为校长人选。看到结果，薛无境会心地笑了，第一时间向他表示祝贺。尽管韩永祺受的批评最多，薛无境心里却希望他能走上校长岗位独当一面，开创一片属于自己的天地，走向人生新的辉煌。

送走乔峰山，薛无境意识到桃源学校这潭沉寂多年的水终于可以搅活了。韩永祺调到外校任校长，对他是一个机遇，对桃源学校其他人员来说也是一个机会。一个个熟悉的脸庞在他的脑海里闪过，薛无境心里开始盘算着将来谁能主管小学部。

薛无境坐在学区甄主任办公室里，汇报新学期干部调整方案。甄主任脸上露出从未有过的笑容，一番感慨说："多年来，桃园学校几经合并，五个学校的领导干部集中在一起，领导职数占全体教师六分之一。学校干部队伍臃肿，人浮于事的问题比较突出，但是提拔上来的干部不能无缘无故免了，只有等到他们退休，干部队伍自然减员。"

"教育干部要从班主任做起，然后一步步提拔为级部主任，再到科室主任，最终走上领导岗位。从最底层提拔上来的干部最清楚下面情况，走上领导岗位后才会有的放矢，否则，欲速则不达。"谈起领导干部的任用，薛无境颇有感慨地说，"针对桃源学校领导团队存在的问题，我想从两个方面提升一下团队品质。一是要精简，做到精干。三名即将退休的老领导，高风亮节，有退出管理层的意愿，借此，学校为他们举行一个离职仪式，感谢他们为学校发展所做贡献。同时，进一步明确领导干部职责，做到分工明确，权责一致。二是盘活现有干部资源，将干部职数控制在合理区间。在原来层级管理的基础上，推进扁平化管理，让每一名同志量力而为，各得其所，各尽其能。"

甄主任沏了一杯茶水，端到薛无境面前，温和地说："我完全支持你的观点和做法。根据'县管校聘'和'自主办学'原则，校长作为学校法人，可以自主聘任调整学校干部，我就不参与意见了，你们学校研究决定吧。"

"感谢甄主任支持呀！"薛无境从他话里，感觉出一点变化。以往甄主任对学校可谓事无巨细，尤其是资金支出关心得细致入微，人事调整也是大事呀，怎么突然变得漠不关心了。

"你到桃源学校整整一年，能力得到充分施展，学校有很大起色，我也越来越放心了。"两个人闲聊着，甄主任的语气里流露出一丝伤感，"时间过得真快呀！明年这个时候我要退出领导岗位，你年轻，一定要把握机会，争取再向前进步。"

薛无境没说什么，也不知道说什么，只是默默地点点头。

三十四

这几天，薛无境陪着乔峰山穿梭在城区几所学校大礼堂，观看节目彩排。在他看来，只有走进节目，身临其境感受舞台演出效果，才能用恰好的串台词将观众带入节目情景中。因此，薛无境总会找时间跟着乔峰山到排练现场转一转，触动一下创作灵感。

每到一处排练现场，乔峰山总站在一旁凝神观看，然后提出具体修改建议。从每一名演员的动作表情到服装道具，再到背景大屏的视频效果，他都详细地问了一遍又一遍。作为历年教育系统大型演出的策划人，他仿佛已经轻车熟路，但是今年这场演出却给了他从未有过的压力。

从排练剧场走出来，乔峰山叫住薛无境，略带歉意地说："快开学了，学校里事情也挺多，还要到排练现场感受演出的效果，以永无止境追求完美的态度反复修改串台词，确实让我感动。"

"为庆祝自己的教师节做点事情，是一种荣幸，也是我应该做的。感谢乔书记的赏识和信任才对。"薛无境的语气里没有一丝拘谨。

假期里，放弃休息时间参与教师节庆祝活动，这是工作之外的事情，谁有义务劳神费力白忙活？而薛无境凭着一股强烈的责任感和对文字的爱好参与进来，在为别人做事情的同时，也是为自己找出路。只要乔峰山提出文字修改和调整的建议，薛无境总是放下手头工作，第一时间完成交办的任务，为此，乔峰山从心里感谢他。

看到薛无境略显憔悴的脸庞，乔峰山像是想到了什么，走近一步说："薛校长，一年来，你在桃源学校做了大量工作，也取得一定成绩，你功不可没呀！市局领导都看在眼里。目前，我们乡村学校与城区学校还有一定差距，如何缩小县域内教育差距，推动城乡教育优质均衡发展？我想借助创建全省智慧教育试验区机会，促进桃源学校与阳水学校合作。通过'双师智能互联'行动，同上一堂课，让乡村学生享受到城区优秀师资带来的精彩课堂，提升乡村学生的学科素养。"

"太好了，我们急需要城区学校的支援。在信息高度发达时代，依托现代网络教育技术架起乡村与城区学校的桥梁，通过深度实施专递课堂，提高乡村学校的办学水平，我们愿意成为实验学校。"薛无境眼里瞬间放出一道光，仿佛看到了阡陌之上桃源学校孩子们灿烂的笑脸。

乔峰山非常欣赏他的勤奋执着，这是一般人很难具备的教育情怀，从心里也想帮助他，于是充满信心地说："我们要让专递课堂成为一种常态，以强校带弱校，由城区优秀教师带乡村薄弱学科。同时，我们要引入先进的纸笔课堂，让更加智能的辅助工具助推课堂教学提档升级，不久之后，桃源学校将会迎来更多可喜的变化。"

薛无境听了喜不自禁，顿时感觉浑身轻松了许多，走起路来仿佛《天龙八部》中大理国世子段誉的凌波微步，带着一股犹如神助的风，轻踩着地面，蹦跳着简直要飘起来。

距离新学期开学还有三天，按照学校安排，全体教师返校集中参加校本培训，做好开学前一切准备。所有老师返校后，薛无境召开了新学期第一次校务委员会，安排部署新学期工作。

"新学期，我们按照春节后制定的学校工作要点，全面推进各项工作，争取早日完成既定任务计划。根据校长办公会研究意见，我强调三方面工作：

第一，人事安排。由校长提名，党支部会议研究决定夏梅婷任副校长，负责小学部工作，不再分管学校安全工作。安全科长许春生任校长助理，统领学校安全工作，不再设分管领导，这是推进学校由层级管理向扁平化管理的有益尝试。

第二，完善学校管理体制。反思过去一年管理工作，有提升也有不足，学校很多决策部署停留在校委会成员层面，没有及时传达到每一名教师，出现了学校与班级层面脱节，主要原因是级部主任中间作用发挥不够，缺少包靠领导。因此，建立学校级部激励机制，由中层领导一人包靠一个级部，及时传达学校会议内容和精神，协同级部主任管理级部，从而增强年级内部团结合作精神，提高级部主任管理水平和责任意识。

第三，本学期七项重点工作。一是关注课堂，开展基于新课程标准的教学评一致性教学改进行动；二是关注班级管理，推行小组共同体目标化班级管理模式,释放学生自主管理活力;三是关注课程,以实施'东郡红'校本课程为主,建设主题性、跨学科适合学生发展的多种课程,提升学生的核心素养;四是加强合作交流,以'双师智能互联'行动为契机,对照城区优质学校标准化提升桃源学校办学质量;五是规范师生文明行为,努力创建'明州市级文明校园',让乡村学校散发出文明的气息;六是突出教科研引领作用,以科学理论和教育规律为根本,向科学施教要质量,切实减轻学生课业辅导。七是,成立'青藤教师成长联盟',发挥教师团队作用,项目带动,促进教师专业发展。"

薛无境开门见山直接切入主题,参会的同志认真做着记录。讲完后,其他同志分别安排新学期工作。会场上他们在听,也在思考,自从薛无境任校长,自然而然大家心里发生了一些微妙的变化。以往,新学期伊始,每个人心里都不清楚干什么,也不知道目标在哪里,总是让无休止的通知牵着鼻子走,一学期结束,浑浑噩噩也不知道忙些什么。而现在,目标清晰,行动也非常具体,大家心里敞亮很多,步子迈得更踏实。

会议在团结和谐的气氛中结束,薛无境刚走出会议室,接到了甄主任的电话:"薛校长,明州市督学已经到东郡,很快到桃源学校检查工作,一定要认真准备好呀。"

"哦——哦——"薛无境心里"咯噔"一下,不禁担心起来。楼道里刚贴完瓷砖,几名清洁工正忙着打扫楼道卫生。老师们才返校,开学前的一切准备工作才刚刚开始。他让办公室赵丽娟将准备好的开学督导材料,迅速集中到校长室,以备检查。同时,通知两个学部校长迅速组织教师清扫校园卫生。

刚安排完毕,明州市督学在甄主任陪同下走进了学校。下车后,督学见老师们正在校园里忙着打扫卫生,脸上露出一丝不悦。走进楼里,楼道内的卫生工具四处摆放着,督学的脸色更显得难看了。薛无境陪在身边,不停解释着,即使这样也没使督学的心情好起来,有些生气地说："还有三天开学，一切都应该准备妥当了，怎么还乱糟糟的！"说完，随手拿出手机开始拍照。

薛无境为自己工作推进不力感到自责，小心谨慎陪在身边，努力表现出知错就改的诚恳态度。督学检查完开学准备的材料，又到校园里转了一圈。看老师们已经将校园卫生打扫差不多，紧绷着的脸才稍微松弛下来，露出一点笑容。在学校东门口，薛无境特意介绍已经建好的"家长驿站"。督学停下脚步，转过身点头称赞，瞬间，脸上的阴霾一扫而光，高兴地说："'家长驿站'建得美观气派，这将拉近学校与家长的距离，这是我们学校的新亮点。只有将家长的需求落实到行动中，才能赢得家长和社会的赞誉，我们的教育满意度自然就提高了。"

督学检查完离开后，薛无境将副校长钟理才叫到身边，让他根据督学检查出来的问题迅速安排老师整改到位，并且拍图片传给他。吃完午饭，还没等督学离开东郡，薛无境已经将问题整改好的图片发给了甄主任。

后来，明州市开学督导通报中没有桃源学校的名字，这让薛无境松一口气，也让他认识到：有问题并不可怕，可怕是认识不到问题所在，没有采取及时有效的补救措施，任由事态发展才是最不能宽恕的。

一天时间，旺长一个雨季的枝蔓被修剪得整整齐齐，清洁工也把楼道打扫得清清爽爽。夏季野蛮着的校园总算被老师们清理出来，变得整洁卫生。老师们劳累一天下班回家了，此时薛无境来到录播教室，市电教中心派来的技术人员正在紧张施工，安装智能课堂配套系统。正当他拿起一支笔仔细端详时，技术人员走过来说："这支智能笔连着网络系统，随时上传书写内容。教师根据学生书写的速度和内容，判断学生做得快与慢，对与错，从而科学分析学生知识掌握情况。"

"现代教育技术越来越先进，一支笔能让乡村学生连接外面的世界。这支笔肯定很贵吧！"薛无境好奇又惊讶地问。

技术人员看着薛无境一脸的疑惑，禁不住笑着说："校长，你不用担心多少钱，市教体局已经做好安排，是专门为实验学校安装的，免费供你们使用。"

薛无境一听，紧张的表情立刻放松下来，笑着说："那敢情好！那敢情好！"

开学在即，薛无境心头总萦绕着一件事，让他深感遗憾又自责不已。去年，刚到桃源学校，各种事情千头万绪，让他错过了新生本该拥有的开学季。今年，不能再让孩子们失望，要用热烈隆重的欢迎仪式，让刚入学的新生有一种仪式感。毕竟是他们人生求学迈出的第一步，要在他们懵懵懂懂的童年里留下一点美好且难以磨灭的印记。

第二天一到学校，薛无境找来两位学部校长商量开学具体事宜。面对钟理才和夏梅婷，他提出了自己的想法："这学期很短，在校学习只有四个月，初中部新生大部分从我们学校直升，我们不搞仪式了。小学部则不同，刚入学的小孩儿满眼都是新鲜感，我建议搞一个快乐喜庆的迎新生活动，让他们对学校产生一种吸引力和亲切感。"

钟理才没多说什么，而夏梅婷听完，情不自禁将手举起来表示完全赞同："以前，学校从来没有搞过什么入学仪式，就像平时上学一样。小学新生入学很有必要，搞得热热闹闹一点，打消一下他们对新学校的恐惧心理和陌生感，使他们更快熟悉新环境，融入新集体。"

"这事由夏校长具体负责，可以在校门口搭一个红色的拱门，从校门口到教学楼前铺上红地毯。两边站满老师和学生，披上'欢迎新同学'的绶带，挥动着手中的花束。在教学楼前地毯尽头竖一道'签名墙'，让孩子们写上自己的名字，留下第一天入学的最初印记。"薛无境边思考边详细交代，让他们制作签名墙时用暗影将这几句话写到上面：

今天，我走进另一个家
成为桃源学校大家庭中一员
在这里，将留下童年美好的记忆
积攒起成长的点点滴滴
开启人生幸福的旅程。

夏梅婷答应着往外走去，薛无境则将钟理才留下，带着轻松的口吻问："前几天，上级有个通知不知道你关注没有？你说明州市教育局下发了《关于加强义务教育九年一贯育人机制建设的通知》，透露出什么信息呀？"

"我粗略读了一遍。今年春天，市教体局接二连三下发通知调查初中办学规模，我想上级可能在为调整学制做准备。尤其是周围几个地市采取五四制，高考成绩一直位于全省前列，我们明州市也有意把现行的六三制改为五四制吧。"钟理才略作思考说。

薛无境不停点头，补充说："今年四月，教育部印发了《义务教育新课程方案和标准》，为学制改革带来契机，学制改革离我们越来越近了。"

说完，他看了钟理才一眼，试探着问："我们要未雨绸缪，提前做好准备。我建议将小学六年级搬到初中教学楼，由初中部负责统一管理，你看怎么样？"

钟理才犹豫一下，没有直接回答，而是分析说："近几年，初中部学生不断减少，每级学生一百多人，加起来也不到五百人，而小学部一千多人，管理难度比较大，从内部均衡管理来说，小六由初中部管理会更好。再者，从中考角度分析，学生早适应初中生活，能提升他们的学习成绩，毕竟，小学阶段学习压力要比初中小一些。"

"既然钟校长也这么认为，我们就把小学六年级的学生搬到初中楼，由你们统一管理，为将来学制改革做好铺垫。"薛无境站起来，走到他跟前握着手说，"小六搬到初中楼，你们初中部管理压力就大了，一定要从内部管理、课程安排、学生心理等方面做好小初衔接工作，让学生尽快适应初中生活，提高他们的学习生活能力。"

钟理才通过这双厚重的手，感受到薛无境内心的激情与力量。只有站在教育发展最前沿，审时度势，灵活应对，用睿智的思想和果敢的行动才能唤醒一年年退化的乡村教育，走向属于自己的美好未来。

三十五

九月的阳光格外艳丽，就像从海平面上一跃而起的鲸豚，湿淋淋沾满秋天的露水，闪烁着耀眼的光。湛蓝的空中，没有一丝流云，纯洁得像少女的脸庞，含着笑又不显任何的褶皱，盈盈着金秋的香甜。褪去夏日的燥热，凉爽的秋风迈着轻盈的步子缓缓游走，天地之间缓缓舒展开来，欣欣然迎接又一个新的开始。

开学第一天，初中生像往常一样，早早走进教室开始一天的晨读，而在学校东门却显得热热闹闹。一年级新生带着一份好奇在家长陪伴下簇拥在校门口，等待着校门开启。薛无境站在校园里，指挥着工作人员搭建拱门、悬挂横幅、铺设地毯，而夏梅婷则组织师生整齐排列在通道两侧，一切显得紧张而有序。

待一切准备就绪，校门口缓缓打开，家长牵着孩子手排着整齐的队伍开始入校。薛无境站在最前面，精神饱满，脸上露出灿烂的笑容。他和家长一一握手，嘴里不停说着"欢迎""感谢"，在他看来，握手是一种交接，更是一种责任的托付，家长将孩子交给学校，九年后我们将还家长一个怎样的孩子？此时，他耳边响起台湾作家张晓风的发问："学校啊，当我把我的孩子交给你，你保证给他怎样的教育？今天清晨，我交给你一个欢欣诚实有颖悟的小男孩，多年后，你将还我一个怎样的青年？"想到这里，他紧握着家长的手，攥得更紧了，让每一位家长感受到校长的力量。

一名名新生走上充满希望和美好未来的红地毯，穿过由学生排成的欢迎队伍，来到签名墙前，用稚嫩的小手歪歪扭扭写下自己的名字。伴随着"欢迎——欢迎——热烈欢迎——"的呼喊声，艳丽的花束在孩子们手中挥舞，家长们脸上洋溢着满意的微笑。陌生的新环境充满着欢乐气氛，小孩子原本紧张陌生的脸不再拘谨，渐渐露出欣喜的笑容，开始和身边的小朋友熟悉起来。

入学仪式后，薛无境站在校门口目送家长离去，才感觉轻松一些。忙碌一个早晨，他感觉腿酸酸的，坐在办公室想歇息一会儿。此时，钟理才和夏梅婷先后走进来，汇报新学期学生到校情况。据班主任调查，学生流失三十多人，分别去了城区和邻近县市私立学校。薛无境听后叹口气说："乡村学校还是有差距呀！天要下雨，娘要嫁人，咱也阻挡不了，随他们去吧。但是留下来的学生我们一定要尽心尽力教育好，不能在我们手里耽误他们。"

三个人正说着，一个胖大的身影出现在校长室门口，薛无境顿时一惊，心想：他怎么来了。容不得他多想，赶紧站起来迎上去，笑着说："哪阵风把曲总吹来了？再说，没经过我允许门卫让你进来，他们可要挨批评了呀。"

"我一说要找校长，他们怎么敢拦我？"同学曲志强沙哑着嗓子说。

钟理才和夏梅婷本想多说几句，毕竟这是近年来流失学生最少的一年，见有客人来，就识趣地走了。赵丽娟在办公室看见有人来，则赶紧从内门走进来，微笑着沏了杯茶水端到客人面前，然后又退了回去。薛无境陪他坐在沙发上，称赞说："听政府领导说，受国家宏观调控减免税收政策影响，去年厂里经济效益非常好，营业额突破了两亿，成为桃源镇名副其实的龙头企业。去年换届，你被推选成明州市人大代表，最近，又被推举为桃源镇商会会长，你是经济、政治两手抓，两手都硬呀！"

"我是土老帽，误打误撞罢了，哪像你校长轻松呀！尽管我没来打扰你，却经常听社会上的人提及你，说：自从桃源学校换了新校长，教学质量有显著提升。今天进来一看，校园环境也大有改观，完全像一座花园式学校。"曲志强转头看了一眼墙上的锦旗，惊讶地说，"哎呀呀——还是老同学厉害，家长的锦旗都送到校长室来了。"说完，随手从口袋里掏出一盒中华烟，他知道薛无境不抽烟，就只顾自己点了一支抽起来。

"校园里禁止吸烟，你这大老板是例外。"薛无境半开玩笑，半认真地说，"我来一年多，你第一次来学校，你这老同学架子也够大呀！我猜，你是无事不登三宝殿呀！"

曲志强听完不好意思笑了笑，随即把烟掐灭了。薛无境不抽烟，也怕烟呛，就没有多说什么。"今年学校特优生和中考成绩这么好，社会上一片叫好声，我给你送学生来了。"曲志强没有遮遮掩掩，干脆利落地说，"厂里刚招来几名工人，他们都是外地的，要带着孩子来这边上学，只能麻烦老同学。"

"你这是支持我工作呀，没有学生，也就没有教师，我不就成'光杆司令'了呀！再说，按照上级规定，要让每一名学生接受义务教育，学校应该无条件接受外来务工子女入学。"薛无境爽快地说，也不免客气一番，"这点小事，打个电话就办妥了，还用麻烦大老板跑一趟吗，时间在你身上可是金钱呀！"

曲志强没想到薛无境办事这么痛快，心里的优越感越发强烈。"还是老同学好办事。孩子上学的事，在家长眼里可是大事。再说工人的事就是老板的事，我要亲自跑一趟，才能体现出对他们的关心和重视。"

"老同学致富不忘乡亲，听说你为父老乡亲做了很多善事，让人敬佩呀！什么时候，也支持一下教育，让你的母校发展更快一些，成为一所名副其实的乡村名校。到那时，乡亲们的孩子受到了更好的教育，将来会有更大出息。"薛无境见曲志强露出满意的表情，瞬间想起一件事，便试探着说。

曲志强听完，显出自豪的神情，仿佛有说不完的话，他说："这几年，遇到经济形势好，确实挣了些钱。城区房子买了好几套，高档车换了好几辆，但是总觉得心里空落落的，于是，就想着为村里修修路、打口井做点事。逢年过节给老人们发些物品，也去敬老院看望孤寡老人，尤其当政府遇到困难时，我总是冲在最前面第一个捐款捐物，从来没有落下。"他端起水杯喝了一口，然后接着说，"通过市志愿者协会，资助过几名乡村家庭困难的学生。我从乡村孩子走出来，能想象到他们的艰难，直到现在，和这些孩子一直保持着联系。"

"既然曲总有一颗慈善、感恩的心，那就为母校做件大事情吧！为振兴家乡教育贡献一些力量，也为自己留下美好的名声。"薛无境趁热打铁说。

曲志强似乎有些心动，但却不知道该做些什么，就问："老同学，我做些什么好呢？国家领导人说：再穷不能穷教育，再苦不能苦孩子。孩子是乡村家庭未来的唯一希望，我一定要尽自己的绵薄之力，让学校培养出更多优秀学生，也让乡村孩子走出这片土地，走向更广阔的天地。"

"乡村孩子当自强。如果你以自己的名字'志强'设立一个教育发展基金就好了，奖励教学成绩突出的优秀教师，激发他们的工作热情；'人穷志不短'，资助家庭困难的学生，让他们顺利完成学业，走出人生的困境。"薛无境不假思索地说。其实，这件事在他心里已经酝酿许久，只是找不到合适人选一拖再拖。今天见曲志强来，便全盘托出。

曲志强没有说什么，只是默默点点头。"这是一件大事，也不是一个小数字。我回去和媳妇商量一下再说吧。"说完，曲志强要往外走。薛无境连忙拖住他，从书橱底层搬出一块雕刻精美的红丝石说："一个朋友送的，放在办公室里太扎眼，我知道你什么都不缺，送你块石头看着玩吧。这原石出自东郡黑山红丝石老坑，'锦上添花'图案是请南方工艺大师雕刻上去的。"

"今天本来求你办事，这倒好，我先收礼了。"曲志强仔细端详着红丝石，不禁喜出望外。一道道天然形成的黄色石纹镶嵌在绛红色的石体里，规则有序，温润饱满，有种不瘟不火的味道。"无功不受禄，我马上回去和媳妇商量一下，争取早日促成这件事，也算支持一下老同学的工作。"

"一块石头不值钱，但是礼轻情义重。如果能办成这件大事，我再送你几块。"薛无境说完，哈哈大笑起来。

送走曲志强，薛无境的心感觉豁然敞亮许多，如果能谈成这件事，将会促进学校更好协调发展。尽管教师工资中有绩效部分，但在教师看来那是属于自己的"奶酪"，其他人动不得。教师职业固然要讲奉献，经济环境下如果能用奖金和物质刺激一下，岂不是更好。办公经费紧张且须规范支出，学校没有其他方面收入，只有依靠外界支援才能实现自己的愿望。为这件事学薛无境思量好久，今天终于有了眉目。

教师节前一天，东郡市庆祝教师节大会在东夷文化广场隆重举行。初秋，皓月当空，夜色凉凉，却挡不住欢乐喜庆的气氛。舞台后的投射灯不停旋转着，将夜幕下的广场照得流光溢彩，亮如白昼。作为舞台背景，四块宽大的电子屏滚动着东郡教育发展的视频，美轮美奂的画面将平日里沉寂的广场衬托得活力四射，靓丽多姿。

薛无境坐在观众席里，心情异常激动，作为幕后英雄，这台演出凝聚着他的心血。一个个节目高潮迭起，让人仿佛来到春晚的演出现场。多角度视频拍摄，无人机空中盘旋，通过电视直播，全市人民都在欣赏这台属于东郡教育的演出，此时，乔峰山却一直站在舞台后面，显得专注而紧张，生怕哪一个环节出点乱子。整场演出气势宏大，场面壮观。每一个节目连贯紧凑，每一声唱腔、每一个动作都标准到位，发挥出演员最高水平，也将东郡市的教育成就和精神风貌展现在全市人民面前。

两个小时的演出在喝彩声中不知不觉结束，台下的观众意犹未尽，还沉浸在异彩纷呈的节目中。市领导离开前，纷纷向局长芮涛声表示祝贺，而乔峰山却如释重负般蹲在地上，多日来的忧虑和劳累随着主持人一声"再见"彻底消散一空，留在了今夜星光灿烂的舞台。

教师节这天，桃源镇庆祝教师节暨表彰大会在镇政府礼堂举行，镇党委书记董涛波端坐在主席台中间，台下坐满了来自社会各界的代表，受表彰的优秀教师、教育教学先进单位和尊师重教先进个人坐在最前排。薛无境代表学区校长发言，他首先感谢各级领导对桃源学校的大力支持和帮助，然后简要汇报了学校一年来的成绩和今后的工作打算，赢得了与会人员阵阵掌声。大会最后一项简直让薛无境感到意外，竟然是镇党委书记董涛波和优秀企业家曲志强共同揭牌"志强·筑梦未来教育发展基金"，以此来回报母校对他的培养教育。按照协定，基金每学期发放一次，主要奖励桃源学校教学成绩突出的教师和品学兼优的学生，鼓励他们再创佳绩。同时，资助家庭困难学生，保证他们顺利完成学业，为家庭脱贫带来新希望。

薛无境坐在台下，既激动又兴奋，设立基金为桃源学校发展注入了活水源泉，师生们的获得感和幸福感将会明显提升。他使劲鼓掌，为曲志强大爱无疆的善举竖起了大拇指。

"致敬，人民教师"文艺演出庆功宴在市教体局餐厅举行，乔峰山邀请了这台演出的主要参与者。当薛无境放学后从学校赶过去时，大家都在等他了。乔峰山见人员到齐了，站起来异常激动地说："这台演出大家付出很多，全面展现了近几年东郡教育的发展成果，演出非常成功，赢得市领导高度赞扬。所有节目都是我们教师自编自导自演，显示出东郡教育的人才优势和良好风貌，所以说这台演出是东郡教育文艺人才的大集会，大展演。"说完，他兴奋地端起酒杯一饮而尽。

大家陶醉在兴奋之中，互相表示着祝贺与敬佩，仿佛在释放昨日的辛苦付出，回味着舞台上属于自己的经典时刻。

周六的早晨，阳光异常明媚，一切尘埃被秋日的凉爽过滤掉，只剩下清澈的光。周末的晨光不再像往日的闹铃，催着薛无境急匆匆往学校去，反而带给他一身的轻松。于是，他伸着懒腰从床上坐起来，想去浴池好好泡一泡，让搓澡师搓去开学以来的疲惫。

一大早，浴池里很清闲，只有他自己一个人。走进浴池时，他想起陈湾村老陈，便拨通了他的电话，笑着说："陈主任，好久没见了，老兄在哪里发财呀！我在阳水景区旁的洗澡堂里呢。"

"是薛校长呀，都这把年纪了，还发什么财，我正在景区巡查值班人员。咱兄弟俩多日不见，很是想念，我这就过去，你等着呀！"陈主任一看薛无境的电话，显得兴奋不已。

当老陈走进澡堂时，薛无境已经在水池里泡着了。"兄弟呀！你怎么有空来洗澡，真是难得。搓完澡，中午我请你吃饭。"陈主任看见薛无境就迫不及待地说。

"开学之初，学校里杂七杂八的事太多，把人忙得团团转。周末空闲来到你辖区，我怎敢不主动联系呀，一旦让你知道，还不说我不够兄弟情谊呀！"薛无境玩笑着说。

空荡荡的澡堂里只有他两人，便不管不顾地说笑着。突然，一个熟悉的身影走进来，薛无境心里不禁一颤。老陈眼疾，一口就喊出来："柳主任，也来洗澡呀。"

柳絮飞只顾低头往里走，听见有人喊他便抬起头，瞬间，觉得有点不知所措，进退两难。薛无境见状，连忙招呼说："柳主任是老同事，快点进来一块洗洗吧。"他似乎忘记了曾经的不愉快，毕竟相机那点小事算什么呢，如果一味计较，心胸岂不显得太狭窄，将来还能成就什么事呢。

柳絮飞见薛无境热情招呼自己，便似乎忘记了什么，走上前客气说："薛校长自从离开陈湾小学，从来没有回去过，老师们都很想念你呀！"

"是呀，我也很想念老师们，有时间，一定回去看看大家。今天中午，陈主任请吃水饺，一年多没见了，我们正好坐下来叙叙旧。"薛无境望着他俩愉快地说。

柳絮飞没有谦让，高兴地接受了。中午三个人在景区旁的水饺店里说说笑笑，老陈不知道他俩之间发生的事情，他俩也没有再提相机的事，一切像什么事情都没发生。是呀，人生总会遇到一些不顺心的事，如果总计较一时得失，耿耿于怀，岂不自寻烦恼。只有虚怀若谷宽容豁达，始终保持一颗平和的心态坦然面对，才能让自己生活得更轻松愉悦。

三十六

9月，校园时光犹如水中的泥鳅，忙忙碌碌中不经意间从手中滑走了。即使激起一个小小的水花，在平静的水面上晃动一下，转瞬之间，就又消失在时光的长河里，不觉让人喟然长叹。欢度完属于教师的节日，盼来阖家团圆的中秋节，紧接着国庆假期，秋色在匆匆的脚步声中渐行渐浓。

国庆节后上班第一天，薛无境把赵丽娟叫到办公室，说："赵主任，为促进教师专业发展，我们尽快实施教师成长计划，成立'青藤教师成长联盟'。前几天让你起草的'盟约'拟好了吗？"

"已经写好了，你审阅一下吧。"说完，赵丽娟转身要回办公室。

"你先等一下。"薛无境说完，打开办公桌上的电脑，看着其中一份文件说，"联盟成立后做点什么，我从学校和教师个人发展层面确定了九个课题，我想听听你的想法。"说完，把电脑屏幕朝向了她。

（一）学校层面

1. 基于新课程标准"教学评一致性"课堂教学改进行动实施策略

2. "双减"背景下，优化作业设计的行动性研究

3. "五育融合"课程构建与实施

4. 小初衔接育人机制的实践性研究

5. 国家课程校本化实施与学校课程建设

（二）个人层面

6. 教师个性教学法的研究与实践

7. 有效班级管理模式的探索与实践

8. 家校社协同育人的实践性探索与成效

9. 优化学科教学，提升学生核心素养的路径与成效

赵丽娟坐在校长办公桌对面，盯着屏幕思考了一会儿，说："薛校长善于观察和思考，新的教育形势下对学校问题把脉非常精准呀。这九个课题既顺应当前教育发展的趋势又符合我校实际需求，如果老师们突破了这些课题，教育教学成效一定有明显提升，到那时，我们桃源学校真就成了品质一流的乡村名校。"

"俗话说，涓滴成海，众木成林。当今时代，只凭一个人单打独斗，要想成就一件事太难了。只有发挥好教师团队力量，凝聚每一个人的智慧才能有所收获。因此，老师们可以根据自己的兴趣和特长，采取自愿组合的方式，选择其中一两个课题，联合起来展开行动性研究。"薛无境似乎又想到什么，略带疑惑地问，"你作为分管学校组织人事领导，当初怎么会想到'青藤'作为教师成长联盟的名字呢？"

赵丽娟抿嘴一笑，十分谦虚地说："我是在大学问家面前班门弄斧呀！'青藤'作为一种生命力顽强的绿色植物，象征着百折不挠、执着追求的坚定信念，代表了一种崇尚自由，不动声色又执着向上的精神，我认为，这正是'青藤'教师成长联盟的主旨与精髓。"

薛无境听完连连点头，满意地说："还是你们年轻人有思想呀！

我们成立联盟初衷是帮助青年教师做好人生职业规划，促进他们专业发展。联盟成立后着重从教师教育观念、育人方式、专业发展、课堂教学模式和教育科研等方面开展多种形式的培养模式，使他们逐渐形成独具特色的个性化教学法，开辟一片属于自己的教研天地，将来能在全校乃至全市教育教学中起示范带动作用，成为'专家'型教师。"

赵丽娟认真听着，一年多来，从薛无境为人处世和做事风格，让她更加敬佩。十几年来，服务的每任校长都有自己的性格和处事方式，唯独薛无境让她从心底里产生一种既容易亲近又不敢靠近的复杂心情。亲近于她的善良与朴实，害怕于她的认真与执着，正如薛无境自我评价是一个通透坦诚的人，有事总把话说在明处。他从不遮遮掩掩、虚虚实实，说些让人猜不透的话，做着让人看不懂的事。表扬人时，他总是不吝惜华丽的辞藻，但是，一旦做错事情，批评人也会毫不留情面，是一个爱憎分明、让人敬畏的人。

薛无境看着赵丽娟在想自己的心事，就说："你回去把'盟约'再完善一下，发到校务工作群里，让大家提提建议，尽快定稿。同时，准备好联盟成立的会议议程，找个合适的机会，我请局领导参与一下。"

赵丽娟答应着回到办公室，薛无境则急匆匆径直朝录播教室而去。

双师智能课堂已经开课一个多月，薛无境有些兴奋又有些担心，毕竟，教师水平不同，城区学生和乡村学生学科基础和接受程度有一定差距。尤其桃源学校学生课堂学习习惯欠佳，同上一堂课，农村的孩子能跟上城区课堂的快节奏吗？为此，他多次和阳水学校常允杰校长沟通，希望他们多带一带这边的老师和学生，从而缩小城乡之间的教育差距。对于常允杰校长，两人像亲兄弟似的亲近。两人先后分到杨庄初中，对桌办公教语文。在一个宿舍里同吃同睡，结下了深厚友谊。尤其在教学研究方面，有很多共同语言，两人曾经合作完成一篇论文，荣获省教科研成果一等奖。后来，常允杰通过选拔考试进了市直小学。记得分别时，两个年轻人在学校旁边的小餐馆里借酒话别，微醺后，凭着一股酒劲互相鼓励着，要在东郡这片教育天地里干出一番事业。两个人谈笑风生，畅想着各自的美好未来，借着酒劲有说不完的豪情壮志。酒越喝越兴奋，你来我往竟然喝得不省人事，让各自媳妇搀扶着回了家。虽然长时间不联系，一旦打通电话，总有一种无比亲切的感觉，回想那时场景，两个人都记忆犹新，感慨颇多。

一个月来，两边的教师和学生慢慢熟悉起来，尤其是桃源学校的学生适应了课堂快节奏，师生互动变得流畅起来。薛无境看在眼里，喜在心上。刚才，他接到常允杰电话，说市融媒体中心记者要来采访，他不敢怠慢。

录播教室里，三年级英语教师纪婷兰正在组织学生认真听讲。学生坐姿端正，全神贯注，目光紧盯着大屏幕，生怕回答不出老师的提问而尴尬。此时，阳水学校三年级英语教师正在讲课，提问、训练、解答双方互动频繁，课堂显得紧张而又活泼。薛无境坐在教室后面，认真观察双方课堂教师和学生表现，明显感觉城区和乡村两个不同的原始课堂还是存在一定差距。尽管适应一个多月，已经有很大改观，但是学科基础弱和习惯养成差很难在短时间弥补，桃源学校学生表现得不尽如人意。两名教师授课时激情不同，带动学生的力度也不同，相比之下，乡村教师很难用自己的教学魅力去感染学生，学生在学习过程中的懒惰、被动、消极思想依旧存在，学习内驱力明显不足。

关于乡村教育，薛无境经常和副局长梁瑞东交流，及时汇报自己的所思所想。每当这时，梁瑞东总给他鼓励，说："认识到乡村学校差距，找到症结所在，持之以恒用心用力来做，才能有所提高。总以为自己做得最好，取得一点成绩就满足，怎么会走得更远，飞得更高呢？"

他的肯定与鼓励给了薛无境无尽的勇气和动力，每每在教学上遇到一些困惑与无奈，总是向梁瑞东求助，他也尽力帮助协调解决。

同时，为满足基层学校需求，更好服务学校发展，在制定全市教育发展方案时，梁瑞东也会向他"借智问计"，在他眼里，东郡市校长队伍中薛无境算是一位想干事、能干事、干成事，有深厚教育情怀的优秀校长。

此时，电视台记者肩上扛着摄像机走进来，薛无境马上收回思绪，向他们简要介绍了"双师智能互联"行动开展情况。他们听完之后，开始在课堂上捕捉需要的镜头，薛无境则从教室里退出来。当记者提出要采访时，他把头摇得像拨浪鼓似的一再婉言谢绝，主动要求他们去采访一下学生和教师，并且把夏梅婷推到了镜头前。

当问到学生时，一个学生腼腆地说："我们能和城里的孩子一起上课，非常开心，而且课上隔着屏幕还可以互动，特别有趣。"

当记者拿起课堂上那支神秘的笔，教师纪婷兰说："它的笔端安装有摄像头，通过人工智能技术，在不改变学生纸笔使用习惯的基础上，能够对学生的作业书写时间和质量进行全程记录，这样便于教师关注到每一名学生，制订对应的教学辅导策略，提升专递课堂效果。"

最后采访夏梅婷，她微笑着说："城乡同上一堂课放在十年前根本不可能实现，如今通过专递课堂，为我们乡村学校送来了优质的教育资源，也进一步提升了我们学校的教学质量。"

采访活动在愉悦气氛中结束，临走之际，薛无境希望他们多关注乡村教育现状与发展。当天晚上，东郡电视台以《专递课堂，让优质教育资源城乡共享》为题在"东郡新闻"中播出，并且收入了《非凡十年——信息化赋能东郡教育高质量发展》电视专题片。又过两天，视频在明州市电视台《直播明州》栏目播出。一石激起千层浪，接连几天教师工作群、家长微信群都在转发报道视频，桃源学校信息化教学改革在全校师生和家长中引起了巨大反响。与城区优质学校结成伙伴开展合作共育，犹如一种高效催化剂，打破了桃源学校慢节奏的课堂教学，提升了教师与学生在课堂上的教学效率。

梁瑞东看到报道后，对"双师智能"课堂产生了浓厚兴趣，随即叫上司机朝桃源学校而去。薛无境正和副书记魏镇商量党建工作，听说局领导到来，赶紧跑下楼去迎接。梁瑞东走下车，开口就说："薛校长真是有办法，会借力推动学校发展，快点带我去双师课堂听课。"

薛无境二话没说，陪着梁瑞东去了录播教室。这是一节小学美术课，由阳水学校教师主讲，桃源学校教师辅助。近几年，乡村民办教师进入退休高峰期，新分配的教师不能及时补充，致使学校结构性缺编，尤其是音体美这些科目更是缺少专业教师，一般由教师兼任。为解决美术专业教师缺失问题，薛无境特意向常允杰校长申请了美术专递课堂，让阳水小学专业教师帮教，尽可能弥补美术课堂师资不足的难题。

梁瑞东边听边记，还时不时站起来走到学生中间观察他们的绘画情况，脸上露出欣喜的笑容。薛无境注视着他的一举一动，突然像是想起什么，于是在微信里给赵丽娟留言，让她尽快组织好"青藤教师成长联盟"成立仪式会场。

听课结束，梁瑞东和老师聊了一会儿，又查看一下学生绘画本，脸上露出惊讶的神情。"这种课堂模式确实能够化解乡村学校薄弱学科的不足，我通过观察学生的课堂表现，感觉教学效果挺好。特别是翻看了学生的美术作业本，绘画规范工整，线条清晰合理，也证明双师智能课堂是一种有益的尝试。"他边走边说，在肯定的同时指出了不足，"就两所学校的师生而言，我认为这种课堂是对等的，但是，我发现这边的教师处于一种从属地位，一味听对方讲，作用明显削弱了，变得可有可无。因此，两所学校教师要多坐在一起，开展教学研究活动。学习新课程标准把握好教材，分析学情确定教学活动，从而带动桃源学校兼职教师专业成长。这种由专业教师引领兼职教师，让优质课堂带动薄弱课堂，一定会实现教学相长，城乡教育融合发展。"

薛无境一边认真听，一边点头领会，从心里佩服这位主抓业务的副局长。两个人边走边聊，来到校长室。薛无境沏上一杯茶水，带着恳求的神态说："梁局长，今天你来得正是时候，我们要举行'青藤教师成长联盟'成立仪式，邀请你参加一下吧！"随后，他把成立教师联盟的目的和具体做法向梁瑞东做了简单介绍。梁瑞东听完，欣然接受。

启动仪式由赵丽娟主持，她宣读了学校制定的盟约。优秀教师代表介绍了自己从一名普通教师成长为东郡市教学能手、明州市优秀乡村青年教师的人生历程，青年教师代表做了表态发言。随后薛无境向全体成员说明了成立联盟的初衷和个人发展路径，并提出具体要求。

最后，副局长梁瑞生做总结发言："刚才听完几位教师的发言，我深有感触：人生要有目标，然后才能找到正确的路径，在组织力量协助下，才会到达成功的彼岸。青藤教师成长联盟就是为实现教师发展梦想而专门成立的助力组织，在这里你会明确'我要去哪里''如何才能到达''我收获了什么'。尤其是，我关注到盟约中提到九项选题，既符合学校实际，又契合新形势教育发展需求，很有研究价值和意义。学校要加大支持力度，所选课题成熟一个推荐一个，确保每年市教研院组织的小课题评选中，都有桃源学校的课题入选，让老师在教学研究中找到职业的幸福感和获得感。同时，希望老师们守得住初心，耐得住寂寞，静待花开。我相信：只要大家有理想，有追求，有毅力，就一定会开创广阔的事业天地，实现自己的人生价值和目标。"

会场上响起热烈的掌声，教师们没想到梁局长会出席活动，更没想到他的讲话触发了与会教师内心的职业追求和愿望，激励着他们不断前行。相信那些日积月累的努力，会慢慢积蓄起青年教师迈向成功的能量，让他们离梦想越走越近。

三十七

立冬过后，天气一天冷似一天，白天也变得越来越短。清晨，当第一辆校车停在学校门口时，东边的天空还黑漆漆的。直到学生入校完毕，晨读铃声响起，太阳才慢腾腾露出红彤彤的圆脸从东方升起来，迎接新一天开始。

到校后，薛无境习惯在楼道里转一圈，看看师生早读情况，然后再来到校园里走一走。受暖冬影响，冬天的脚步如同一只爬行的蜗牛，惬意地享受着晴空下的暖阳，时走时停，行进得异常缓慢。校园里树叶还没有完全落尽，或红、或黄耸立在枝头，一阵风儿吹过，尽情摇头晃脑炫耀着生命的坚强与不屈。今年的落叶比往年少很多，零星的树叶被值日学生清扫得干干净净，校园里处处洋溢着一派安静祥和。

副书记魏镇急匆匆迎面走过来，望着薛无境说："薛校长，市教体局要评选'党建思政育人优秀教学成果奖'，我们报一下吧。"

薛无境停下脚步，迟疑了一下，然后肯定地说："自从学校确定'双引双带，筑牢学校发展红色根基'为党支部书记引领项目以来，紧扣要点开展了大量工作，取得了一些成绩，完全可以报一下。你去组织一下材料，按时上报。方便时候，我和市局领导汇报一下学校党建工作。"

"市政府教学成果奖是我们教师梦寐以求的荣誉，有你出面，我就更放心了。"魏镇高兴地笑笑，表情中带着一点酸酸的味道。

薛无境仿佛意识到什么，用严厉的口吻说："荣誉是辛勤付出后用成绩换来的，不是凭借和领导关系好坏就能决定的。我们学校存在一个不良现象：工作不积极主动，总想捡最轻松的教学任务和工作，来了荣誉却像猴急似的往校长室跑，说自己干了多少工作！受了多少累！殊不知，大家的眼睛都是明亮的，干多干少还用自己说吗？与其他教师比较一下就很清楚了。"每次评先树优，有些教师总想把"菜"挖到自己的篮子里，争得灰头土脸也不肯罢休；那些没有推荐上去的教师干脆跑到校长室，委屈得哭哭啼啼，好像学校偏向别人，唯独没有照顾他，总觉得评选办法多么不合理，评委多么不公平。"他想到这里，薛无境越说越来气，声音变得越来越大。

听完这些，魏镇的脸色红一块，青一块，显得很不自然。他不清楚薛无境是不是在说他，但他心里很明白，这些年优秀指标大部分被学校领导干部占用了。自从去年这种状况有所好转，开始向一线优秀教师倾斜，但是中层以上领导干部的"优越"思维很难转变，在评先树优上没少和薛无境发生争执。

"我认真准备材料，按时上报。有些青年党员教师教学成绩突出，署名就写上他们吧。"魏镇嘴上说着，心里却像打翻五味瓶。检讨、自责、后悔、改过、努力的各种味道掺杂在一起灌进他的五脏六腑，折磨着他。他没有多说，径直朝自己办公室走去。

薛无境在校园里转了一圈回到办公室。他刚坐下就接到表哥电话："喂，兄弟上班了吧？"

"郭主任这么清闲，怎么一大早给我打电话？"薛无境迟疑一下，笑着问，"大记者想着兄弟不会有什么好事吧！"

"昨天我回老家，村里乡亲们说自从换了新校长，学校各方面都有很大变化，尤其孩子们回家改掉了先玩的坏习惯，而是先写作业，生活习惯比以前好多了，学习成绩提高也很大。孩子变得更懂事，爱劳动也知道感恩，自己的事情自己做，争着抢着帮父母干一些力所能及的家务活。"表哥在电话里笑着，能听出一点自豪的语气，"听到老百姓都夸你，我感到很自豪。"

"学校做了应该做好的事情，能得到老百姓赞扬，有点受宠若惊呀！"薛无境言语中说得谦虚，脸上却洋溢着喜悦。

"既然做得这么好，肯定有值得别人学习的好做法、好经验。最近，全党代表大会即将召开，我们报刊开设了'铸党建品牌，创时代业绩'专题栏目，正想向你党支部书记约稿呢。"表哥认真地说。

"简直太好了，学校以党'建统领各项工作，做了很多事情，取得一定成绩，借此机会可以宣传推介一下。"薛无境有点意外，显得异常兴奋，"我总结提炼一下，尽快写一份学校党建材料发给你，你给我们润色一下。"

通话完，薛无境心中的兴奋劲一直在涌动。他马上打开电脑，办公室里响起了敲击键盘的清脆声。下班时，他将修改好的文章发到报刊邮箱，并电话告知了表哥。

三天后，《今日东郡》以"双引双带，筑牢学校发展红色根基——东郡市桃源学校党建品牌巡礼"为题刊发报道，全面介绍学校党建品牌建设成果。薛无境心里感谢表哥，也对这次教学成果奖评选充满了自信。当日，魏镇上报党建思政育人教学成果奖时，将学校获得的有关荣誉证书连同载有这篇文章的报纸一同放进档案袋。

放晚学，薛无境和值班教师送走最后一名学生刚要离开学校，突然，收到甄伟主任电话："薛校长，回家了吗？"

薛无境连忙接起电话，说："晚自习刚结束，才把学生护送出校门，还在学校呢。"

"做校长真辛苦呀！每天早去晚走陪着师生一刻也不清闲。"甄伟在电话里颇有感慨地说，"刚才，我接到尤镇长电话，想让我去镇里'助农'直播间做一次直播，介绍一下全镇教育发展情况。我年龄大了，再说学区工作很大程度上是学校做的，因此我推荐你去直播间和网友们交流一下。"

薛无境听完，面露难色地说："甄主任，尽管进入自媒体时代，人人都可以做主播，但是我从没进过直播间直接面对镜头，不知道现场和网友互动是什么感觉。"

"你们年轻人对新鲜事物接受快，我这个快离岗的人很难跟上时代节奏了。不要有顾虑，尤镇长和你一起去。再说，关注这个公众号的人大多是学生家长，你就把一年来的工作和成绩向家长们介绍一下，让他们了解学校，赢得他们的支持。这可是一次学校和社会、家长交流的好机会呀！"甄伟主任在电话里鼓励说。

薛无境听到这些，渐渐鼓起勇气。正当他犹豫不决时，似乎又想到什么。前段时间，市教体局下发《关于开展"问民所需，解民所求"办有温度教育》的通知，要求学校广泛开展联系社会活动，广泛征求意见，积极解决问题，让他们感受到学校的温暖，从而提高学校社会满意度。

想到这里，薛无境不再犹豫，爽快答应了甄主任。

车灯照在冬夜空荡的公路上，清冷而孤独。两旁的行道树早已落光叶子，挺直身子肃立在寒风中，左摇右摆舞动起凌乱的枝丫，合唱着冬日的赞歌。隆冬时节，薛无境反而觉得无比温暖与踏实，与车外寒冷天气相比，他的心却是热腾腾的。

第二天晚上六点，正是老百姓吃完晚饭空闲的时间，助农直播间正式开通了。"今天推销什么？""直播间里大都是美女，怎么来了两个帅'锅'？"直播刚开始，留言区内已经开始热闹起来。大家议论纷纷，充满了期待。

"大家好，我是桃源学校校长薛无境，很高兴能在桃源助农直播间与大家见面。今天不是推销农产品，而是推销我们的学校。对于我，人家可能熟悉，是因为接送孩子的家长每天早晚都能在学校门口看到我；说陌生，是因为我来桃源学校时间短，不到一年半时间。今天关注直播的人很多是家长朋友，如果大家对学校有什么建议和意见，或者是在家庭教育方面有什么困惑，欢迎大家在评论区留言，我会及时予以解答。"镜头里，薛无境开始发言。

"噢，桃源学校校长出镜了！"紧跟着很多人点赞。

"大家留言期间，我先介绍一下学校一年来的工作，请大家批评。首先做好学校顶层设计，我们提出了'区域名校 乡村典范'办学愿景，因为有了目标，学校发展才有方向和动力。从学校三个核心维度，我们确定了'发展学生 幸福教师 荣耀学校'办学理念。"薛无境一边用眼睛看着屏幕下的留言，一边继续说，"一年多来，我们紧紧围绕'立德树人'根本任务，做了大量卓有成效工作，具体表现在六个方面：一是党建统领取得实效；二是办学条件进一步改善；三是学生学科素养显著提升；四是教师职业幸福指数极大增强；五是扎实做好社会优质资源助推学校发展；六是建设'东郡红'学校课程，不断完善三级课程体系。"

此时，坐在一旁的尤镇长提醒薛无境关注留言。

有人问："一年级延时服务期间在做些什么？"

薛无境毫不犹豫回答说："延时期间，教师组织学生开展一些阅读、写字以及跳绳、学跳韵律操等体育活动，辅导学生完成一下作业，及时复习巩固当天所学知识。"

有人问："新学期，学校建设'家长驿站'，接送孩子的家长可以在里面休息，很好。但是外面停放着一些社会车辆，很不协调。"

薛无境想了想，说："为解决家长等待孩子无处可坐的问题，学校投资4万多元建设'家长驿站'，安装休息座椅。你所反映的问题涉及镇容镇貌，镇领导前期做了考察，我们会及时反馈给镇党委、政府，尽快拿出解决方案，给你一个满意的答复。"

有人问："我们现在是六三学制，听说市里要调整，我们家长很焦急，不知道这项工作推进到什么程度？什么时候开始实行五四制？"

薛无境犹豫一下，用平和的语气说："学制调整是大家普遍关心的问题，目前我们仍然实行六三制，具体调整时间等上级统一安排。为做好小初衔接，根据今年8月明州市教育局下发的《关于加强义务教育九年一贯育人机制建设通知》要求，学校结合自身实际，将六年级搬到初中楼，由初中部统一管理。今后我们将重点关注六年级学生的心理状态、课堂改进、课程设置等，做好小初衔接工作，确保教学育人取得实效。"

有人问："学生午餐质量有待提升。"

薛无境答："让学生在学校里吃饱吃好，是学校不断改进的一项重要工作。目前，学生午餐费只有 7 元，但是肉菜价格持续走高，食堂人员的工资居高不下，确实难为了学校食堂管理人员，精打细算，力求用有限的餐费调节好学生伙食。适当时机，学校将召开家长委员会，共同商量解决。"

一个小时过去，不知不觉到了结束时间，但是直播间里热度依然高涨，点赞人数已经超过 6.3 万人。

最后薛无境说："孩子是家庭的希望，家长将孩子送进桃源学校，是对我们最大的信任。我们将不负重托，不辱使命，竭尽全力促进他们健康、快乐、全面成长，培育成为国家的栋梁之材。真诚希望家校之间坦诚相待，互相理解支持，共同推动桃源学校快速发展。关于孩子教育问题，如果大家有什么需求，请随时联系我，我的电话是——祝大家生活幸福，工作顺利！"

夜色渐深，华灯初上，直播间里家校沟通的愉悦氛围久久不能散去。走出直播间，尤镇长兴奋地说："薛校长，你的人气是我们直播间开播以来最旺一个，今晚太成功了！"

"一夜之间能成为网红，太容易了吧，这趟没白来。"薛无境说完，哈哈大笑起来，"在直播间与家长'面对面'交流学校管理和教育工作，电波里的沟通比学校召开家长会方便多，效率也高。通过今晚直播，家长的心通透了，学校的问题也找到了。只要家校携手凝聚起桃源学校发展的合力，共同办好人民满意的教育，露露脸值了！"

第二天一到学校，薛无境接到乔峰山电话。"薛校长，你走进直播间与社会家长沟通，开创了提高满意度沟通方式的先河，是东郡教育第一人，值得宣传推介。"

"乔书记耳朵真灵呀！没想到这么快让你知道了，让领导见笑！"薛无境言语中藏着一点羞涩，"我整理一下昨晚的活动，马上发给你。"

说完薛无境挂断电话。傍晚，东郡教育公众号在"美好教育"

栏目推出题为《校长变"主播"，收获 6.3 万个赞》的文章，对桃源学校开创家校沟通新模式给予肯定与赞扬。

三十八

雪是北方的精灵，总是悄无声息地降落人间，将万物装扮成洁白一片。有雪的日子，校园上空洋洋洒洒，飘荡着漫天的飞雪，处处弥漫着冬天特有的韵致。

纷纷扬扬的大雪下了一夜，丝毫没有停下来的迹象，清晨，天空中依旧飘着雪花。雪情就是命令，薛无境担心路滑摔着学生，一到学校就组织教师清扫校园路面上的积雪。待小学生入校时，校门内外路面积雪基本被清理干净，只是不久，又被落雪覆盖了薄薄一层。

年终岁末，各项评奖结果先后公示出来。学校课程"东郡红"被评为明州市党建品牌课程；《双引双带，筑牢学校发展红色根基》被评为东郡市铸魂育人教学成果奖；学校被明州市教育局列为首批"轻负优质培育学校"。两位表现突出的教师荣获"明州市优秀教师"和"明州市乡村优秀青年教师"称号，尤其在全市组织的各项评选中，学生获奖等次和人数明显增加。昨天，市文明办考察组到学校就创建市级文明校园进行了实地测评，顺利列入推荐名单。

一个个好消息传来，薛无境坐在办公室里感觉到一股浓浓的暖意，尽管外面飘着雪花，北风吹得窗户"呼呼"作响，他却陶醉在收获的喜悦里，表情显得轻松又自然。每当好消息传来，赵丽娟会通过学校公众号传播出去，使人感受到桃源学校正迸发出一种奋进向上的力量。

午饭后，太阳从厚厚的云层里露出来，发出灰乎乎暗淡的光。尽管感受不到热度，阳光依然显示着自己的存在。稀稀疏疏的雪花游荡在空中，仿佛舞池里那群无知的少男少女，凌乱着自己的头发，在属于自己的生命时空里乱舞。操场的雪积了厚厚一层，足可以没过人的脚踝。天气寒冷，课间操已经停了两天，操场里的雪因无人涉足显得厚实而又爽洁。

薛无境呆呆地站在操场边，望着厚厚的积雪，浮现出小时候贪玩的情景。童年时，他和小伙伴在雪地里堆雪人、打雪仗，围着村子满街跑。那时候仿佛感觉不到寒冷，头上冒着热气，红扑扑的脸上流着鼻涕，即使小手冻得麻生生不听使唤，也丝毫不会顾及。粗壮的烟秸秆紧握在手中，挥舞着，往雪里一甩沾满雪，然后用脚一碰，抛出远远的大雪蛋。小玩伴们追逐着，嬉闹着，疯一般跑遍整个村子，陶醉在童年冬雪的乐趣里。大人们忙着自己的事情，不会关注孩子们玩什么，怎么玩，只要不哭着鼻子回来，他们不管也不问。玩累了，到了吃饭时候，伙伴们便各自回家。

"唉，现在孩子们的童年乐趣在哪里？他们整天有写不完的作业，即使完成了作业，身边的电视、手机、电脑又让他们陶醉在自己狭小的空间里。大街上的孩子少了，乐趣也少了，现在的孩子似乎没有了童年。"薛无境想到这里，无奈地叹口气。他仰起头，张开嘴，想让这些来自天国的精灵融化在自己的嘴里。

回到办公室，薛无境找来了钟理才和夏梅婷，说："两位校长，我们的课堂在哪里？知识又来自哪里？"薛无境见他俩坐下来，开口就问。

两个人互相看看，有种丈二和尚摸不着头脑的感觉，一时不知道该怎么回答，"课堂在教室里呀，知识来自课本呀。"夏梅婷反应得快一点。

"你说得没错，但我觉得这样理解有点狭义。知识无处不在，任何一个地方都可以看作学生的课堂，因此，我们必须要突破僵化的局限性思维，在开放格局中思考我们的学校教育。"薛无境脸上露出一些焦虑，"新课程标准已经发布，'大问题''大概念''跨学科''主题式'这些关键词都离不开真实情景，只有真实情境下的学习才有实效和意义，才能将知识转化为实际应用能力和核心素养。"

"是呀，我们现在的课堂依旧停留在过去'讲死知识，死讲知识'，与现实生活联系不够紧密，甚至脱离孩子们的生活实际。"夏梅婷像受到启发一般，若有所思地说，"我们教师抱着课本讲课本，缺少'学知识'转化为'强能力'的思想和行动。"

钟理才认真听着，也在反思初中的课堂教学。"老师们感觉题难了，越来越不会教了，原因是现在的考题越来越活，重点考查学生知识的迁移运用与实践操作。"

"是呀，通过近几年中考和高考题分析来看，单纯书本上知识测试内容很少，大多是开放性的思考分析题，注重于真实情景下知识的综合运用。"薛无境不禁叹了一口气，目光中却透出一种不易察觉的勇气和力量，"我们教师不能再故步自封了，要着眼于学生的核心素养，以学定教，以教促评，深入实施教、学、评一致性，让学生真正成为课堂的主人，知识的主宰者。"

三个人一边讨论，一边思考，脸上的疑惑渐渐消失了。钟理才抬起头，望着两人说："我们老师自觉性和敬业精神还是挺高的，不管什么工作安排下去，都能愉快接受顺利完成，但是想要改变他们的教学思想，还真是有点难。"

薛无境一听，脸色瞬间暗淡下来，仿佛有一种无形的阻力迎面扑来。钟理才在副校长岗位上工作十几年，一直分管初中工作。工作上规规矩矩，事情从没耽误过，要让他打破常规，创新发展就难了。"尽管桃源学校各项工作有很大起色，但未来发展空间依然很大。'逆水行舟，不进则退'。新形势、新任务，改进课堂教学是摆在我们面前的首要任务，如果缺少增强忧患意识不及早行动，就被其他学校超越，甚至会远远地甩在后面，到那时，人去楼空，我们会成为桃源学校的罪人。"

夏梅婷见薛无境说话有点急，想缓和一下略显紧张的气氛，便笑着说："薛校长，自从学期初你提出'关注课堂，强化学校内涵发展'要求后，我们各学部围绕'教学评一致性'已经开展行动了。

老师们在自学新课程标准的基础上，以学科教研组为单位展开研讨，基本把握了其中要义，并且开展听评课活动，将所学、所悟、所想及时转化为课堂教学行为。我们正在打破传统的旧课堂，朝着构建新课堂的目标前进。"

冷静下来，薛无境感觉说话有点过了，听夏梅婷一说，严肃的脸面马上多云转晴，露出笑容。

"那太好了！但我听课发现，课改的步子迈得太慢太小，课堂上传统守旧的影子依旧存在。老师们凭着经验主义只顾低着头走路，而忽视了当前新课程标准下对课堂教学的要求，注重了自己教得怎么样，而忽视学生学得好不好。我们要更多关注学情与效率，在教学活动中做好及时评价，发挥好课堂主阵地的作用。"薛无境抬头看着大家，充满了信心，"只要我们明确方向，转变思想，坚定行动，传统的课堂教学模式就能在继承发展中被新课堂替代。"

三人又围绕课堂教学中存在的问题讨论了一会儿，当钟理才走的时候，薛无境特别叮嘱说："钟校长，明年中考实行全省统一命题，要组织我们学科教师多研究一下中考题，明确考点集中在哪里？考试的题型有哪些？如何教会学生作答？这样才能有的放矢，创造佳绩。"

钟理才答应着走出去。薛无境转过身，笑着对夏梅婷说："大自然给我们送来了礼物，你可要好好珍惜呀！"

夏梅婷听得莫名其妙，当看见薛无境指了指室外厚厚的积雪，她似乎想到了什么，但还是猜不透他葫芦里装的什么药，露出一脸的疑惑。"你想到雪里的童年是什么样子吗？"薛无境又提醒了一句。

"噢——噢——"夏梅婷瞬间茅塞顿开，露出兴奋的表情，"今天利用大课间，我们小学部将课堂搬到雪地里，组织一场'堆雪人创意大赛'吧！让孩子们找一下童年的乐趣。"

薛无境双手伸出大拇指，给了她两个大大的赞。大课间，操场上厚厚的雪地里站满了三五成群的学生，老师带领着他们在各自领地里展开了堆雪人创意大赛。几名学生分工合作，有的用撮子将雪收在一起，堆起雪人身子；有人将雪盛在水桶里压实，当作雪人脖子；有的在雪地里滚成一个大大的雪球，成为雪人脑袋。做成雪人雏形，学生们发挥自己的想象力开始装扮，小黑炭做眼睛，胡萝卜做鼻子，再用笔描摹出黑黑的眉毛、红红的小嘴。穿戴什么呢？学生们纷纷摘下自己的帽子和围巾，脱下自己的外衣，披在雪人身上。二十分钟后，一个个憨态可掬的小雪人展现在操场上，孩子们搓着红通通的小手，站在一旁甜甜地笑着。

傍晚，云开雪停，红彤彤的夕阳映照着雪白的大地，泛出明晃晃耀眼的金光。松散洁白的雪花在孩子们手中堆成一座座充满生命力的雕像，或独自静坐，或母子相随，或同伴嬉戏，或师生共处。一个个形态各异的雪人伫立在操场上，透出活生生灵动的气息。雪人头上戴着各异的帽子，围着各色的领巾，披着各样的服饰。凡是你能想到的，或者是想不到的，孩子们都能凭着自己无限的想象力创作出来，引来师生的啧啧称赞。

放学铃声响了，好奇的师生从操场里进进出出，络绎不绝，他们围在雪人身边久久不愿离去。他们指点着、惊叹着一个个富有创意的雪人，脸上洋溢着教室里久违的笑容，仿佛回到了童年。

最近几天，每次走过操场看到雪地里学生制作的精美雪人，薛无境总为自己一时起意沾沾自喜。一次因时应景的堆雪人创意大赛，让师生们见证了一次现场版的学科融合，在"雪人制作"主题活动中实现了跨学科的完美统一。美术教师的艺术指导、劳动教师的实践指导、语文教师的作文指导，数学教师、英语教师也参与其中，一个简单的堆雪人融入了太多学科因素，让书本知识在现实生活中闪着光，透着亮。

中午，当接到副局长梁瑞东打来的电话，薛无境"腾"地一下从座椅上蹦起来，惊讶得愣在那里，一时不知如何是好。薛无境稍微冷静之后，晃动着脑袋清醒了一会儿，然后通知夏梅婷及小学部中层以上干部迅速到校长室开会，安排迎接明州市小学教学视导。

"告诉大家一个幸运的消息，明州市教学视导团明天来东郡市开展两天视导工作，抽签确定我们小学部作为乡村学校代表迎接检查。这是学校二十年来迎接的最高规格的教学业务检查，希望大家高度重视，认真准备，以最精准的专业素养和最佳的精神面貌展现给上级领导和专家。"薛无境有种异常沉重的心情，一所乡村学校迎接市级规格视导检查，他不知道是喜还是忧，但是直觉告诉他既是一次机遇更是一次挑战。"下面请夏校长安排迎接教学视导具体工作，科室负责同志根据分工和要求，立即准备，确保视导取得良好效果。"

听到这个消息，大家都惊呆了，我望着你，你瞅着他，脸上露出一副紧张且不知所措的神情。夏梅婷根据视导要求，一一做了分工安排。薛无境坐在椅子上，也在提醒自己：即使面对再大的任务和困难一定要稳住，只有校长稳住，下属才能有条不紊开展工作，否则大家就会像热锅上的蚂蚁，四处奔跑，没有任何头绪乱成一团麻，结果会适得其反。

安排完工作，薛无境最后强调说："对于这次检查大家第一次遇到，不要担心害怕，更不能有任何恐慌畏难情绪。我们心理上不要惧怕，不能畏手畏尾，要在思想上重视，更要迅速行动起来。我认为，这是一次展现桃源学校教学工作的好机会。一年来，我们在不断反思中改进课堂，取得了一定成效，只要大家齐心协力将我们最精彩的一面充分展现出来，一定会赢得领导和专家认可，相信我们是最棒的！"

散会后，薛无境安排赵丽娟制定一个接待方案，自己则关在办公室里准备汇报课件。放晚学后，初中部楼上的灯都熄灭了，而小学楼里依旧灯光通明，老师们聚在一起按照教学评一致性的要求研讨讲课内容，反复修改着课件。夜已经很深了，薛无境担心路滑难走，催促着教师们早点回家。站在寒夜里，薛无境望着楼上的灯渐次熄灭，心里感觉到无比温暖。这是一支在关键时刻能冲上去，敢打硬仗的威武之师，也是一支团结奉献、共同担当的精英团队。

第二天，上课铃声刚响，一辆商务车驶进学校。明州市教育局教学视导团成员在梁瑞东副局长陪同下从车上下来，简单介绍之后，一行人往会议室走去。全体人员首先观看学校宣传片，然后薛无境从"基于课程标准的'教学评一致性'教学改进的理解与思考""学校课程教学改革的主要做法及主要成果""存在的主要问题、工作反思与今后的打算"三个方面汇报了教学工作。领导们一边听，一边记，尤其对学校通过建设"东郡红"课程，打造校园红色文化，开展理想信念教育，培育红色新人的做法特别感兴趣。

汇报结束后，一行人参观了学校红色文化。从一楼红色人物，到二楼红色故事，再到三楼红色精神。大家一路走来，被一个个近现代英雄的名字，感人的故事和他们的革命精神所感染，也为学校浓厚的红色文化所折服。在这种环境熏陶下，学生怎会不埋下一颗红色的种子，追寻着先辈们的足迹，赓续红色精神，奋发图强，成为国家的栋梁之材呢？

结束参观，视导团成员来到小学部教室，开始听课及测评活动。薛无境带领梁瑞东和明州市教科院孙科长来到教学常规展览室，翻看了教师们的备课、作业评价等材料。孙科长一边翻阅，一边点头，对老师们书写规范、内容严谨和条理清晰的备课给予充分肯定。走出展室，薛无境在走廊里指着操场上依旧站立在寒风中的雪人说："领导请看，前几天我们开展了'堆雪人创意大赛'，通过主题活动，实现了跨学科融合，这是我们实行'教学评一致性'的具体展示，融合了新课程标准的最新要求。"

孙科长想不到一所乡村学校落实"教学评一致性"竟如此精准，并引申到课堂外；也没想到学校如此注重教师专业成长，打造了属于自己的个性化课堂教学模式；更没想到有这样一位睿智且笃行的校长，引领着学校在教育革新的大潮中砥砺前行，努力托举起乡村

家庭的希望

　　谈话中，薛无境突然有一种大胆想法，于是他走到副局长梁瑞生跟前耳语几句。梁瑞东笑笑，然后走到孙科长身边嘀咕几句，孙科长有点意外地望着薛无境，随后脸上露出欣喜的表情。薛无境见时机似乎已经成熟，于是红着脸脑腆地说："教育是一门学问，更是一门艺术，不仅需要教师团队的辛勤付出，更需要教育专家的指导引领。今天，孙科长带领各位专家莅临学校指导工作，为全校教师送来了先进的教育理念和思想，实属机会难得，受益匪浅。借此机会，我们想聘请孙科长担任学校教学顾问，能够经常沟通指导学校发展，有利于我们更科学、更深入推进新课程标准下的课堂教学改进行动。学校将以此次教学视导为契机，真抓实干，锐意进取，以教师的专业素养提升学生的核心素养，努力将桃源学校办成乡村一流名校。"

　　刚才，梁瑞东已经沟通了，当薛无境提出来的时候，孙科长没有拒绝，因为在薛无境身上他看到了乡村教育的希望和未来，他没有理由不支持学校发展。"承蒙薛校长信任，我非常愿意成为学校教学顾问，共同推动学校课堂教学走向科学，走向高效，走向美好。"不一会儿，赵丽娟把制作好的聘任书送进来。在梁瑞东见证下，薛无境将红艳艳的聘书递到孙科长手中，大家脸上洋溢着意外的收获和幸福的喜悦。

　　一上午教学视导很快结束了，领导和专家们有种出乎意料的惊喜，普遍认为桃源学校是一所有红色味道、有教育情怀、有发展活力的乡村优质学校。临别之际，薛无境将视导团成员一一加为微信好友，希望今后能得到他们的关注和支持。他们都欣然接受。

三十九

　　时光如白驹过隙，忽然而已，一学期接近尾声。晨曦与晚霞交互辉映着时光的闹钟，日子一天天流失，一些美好记忆储存在无限容量的脑海里，积淀成时隐时现的光阴岁月。

元旦过后，学校迎来年终期末考试。按照市教研院安排，桃源学区四所学校统一组织，教师交换监场，集中统一阅卷。学期到收尾阶段，是一年中最忙碌的时期，后勤校长盛才俊正在校长室汇报财务工作。"薛校长，临近年底，学校经费却迟迟没有到位，很多账报不出来。最近打电话要钱的人挺多，也挺急。"

薛无境抬头看了一眼盛才俊，面露难色地说："今年，政府财政紧张，该拨付的款项没有到位。我催一下报账员，你再和他们好好解释一下。等钱到位，我们尽量都支付一些，避免矛盾激化。"

盛才俊叹了一口气说："前几年，学校投资迈的步子太大，各种新式电教设备和学校维修建设投资超过预期，致使积攒下大量债务。今年，市财政紧张，出现报账难。看形势，今后要勒紧裤腰带过日子。"

"是呀，能支出电费、水费保障学校基本运行就不错，以后设备购置、建设维修等大项目要暂停。你和总务处同志要经常到学校各处转转，加强固定资产管理与维护，杜绝人为损坏和浪费现象。尤其是电器设备不使用要及时关闭电源，毕竟一年电费近二十万，作为公共资源能节约一点是一点。"薛无境无奈地摇摇头。去年办公经费拨付很及时，今年就变得不正常了，开支计划和凭证提交好长一段时间，结果一点消息都没有。好在月底，教师工资还能按时发放。

午饭过后，薛无境坐在办公室里撰写年度党组织书记履行全面从严治党责任和抓基层党建工作述职报告。突然，一个人推开门进来，张口就说："薛校长忙着呢！大中午也不休息一会儿。"

薛无境抬起头，赶紧从座椅上站起来，疑惑地问："你怎么有空来了？"他一看是曾经的老同事法家童，便迎上去。

"学校安排我来监考，吃完饭没事，找你坐坐。"法家童坐到沙发上，客气地说，"同一个单位分开好多年，我们还在原地踏步，而你却步步高升干到校长，说来很是惭愧。"

薛无境沏一杯茶，端过去笑着说："是呀，十几年没见，你还是原来的样子，精神饱满，意气风发。你最近挺好吧！"

"一直教语文，年复一年，总是重复着单调乏味的事情，不像你每天都面对着不同的挑战，人生更有意义。"法家童喝了一口，放下茶杯接着说，"你来桃源学校一年多，各项工作发生根本好转，桃源镇内其他学校都在向你们看齐呢。"

薛无境听完，笑着说："我孤零零一个人哪有如此大能量，都是老师们辛勤努力干出来的。俗话说：人心齐，泰山移，只要老师们有目标和干劲，上下同欲，行而不辍，任何奇迹都可能发生。"

"其他学校教师都羡慕这里的教师，很多荣誉让你们争取来了。我们啥好事都得不到，只能望着你们的教师兴叹。"法家童说着，露出羡慕的神情。

薛无境心里笑了笑，脸上却表现得异常平静。的确，他经常鼓励教师：一个人丢掉什么都可以，唯独不能丢了志气。既然选择了教师，就无怨无悔勇往直前，让自己变得更加优秀，更有价值。在校长鼓励支持下，凡是上级组织的各项活动，老师们都以最高的能力和最大的热情积极参与，获奖教师越来越多，教师的获得感和幸福感也越来越强。

"教师是学校发展的核心动力，没有优秀教师就没有学校的发展，所以，我要求老师在平日教学中练好基本功，一旦时机来了，就将他们推到更高的舞台上展示自己。每次听到教师获奖的消息，我为他们感到高兴。优秀的教师才能教出优秀的学生，才能成就优质的学校，这是学校发展的内在精髓。"薛无境感慨地说。

法家童听完后，伸出大拇指说："是呀，校长的鼓励、支持和帮助对教师发展至关重要。现在，很多青年教师选择'躺平'，归入'佛系'，不知所为也无所为，每天重复着单调无趣的事情。而你总是站在促进教师发展的角度，在前面拉一把，在后面推一把，甚至有时候踹一脚，鞭策他们一步一步去实现自己的人生价值。'美人之美，美美与共'，希望别人好，你才能更好，这种品质一般人不具备，而你却表现得很明显。厉害了，我的哥！"

薛无境听到老同事表扬，神态显得有些不自然。"不要表扬我！不管与老师们共事几年总有散场的时候，到那时有人还记得我，作为校长就很知足了。再说，校长是学校里的'短工'，时不时调整，而老师们调动不大，他们才是学校永久的'长工'。干校长不能只看到眼前，也要考虑到学校未来的发展，只有把教师培养好，积蓄好人才，学校发展才会前景光明。"

法家童没想到十几年过去，自己还停留在绿皮车的美好念想里，而曾经的老同事已经坐上高铁周游一圈，尽管回到原地，却是天壤之别。瞬间，他仿佛有一种望尘莫及的感觉，被远远地抛在后面。

考试，阅卷，放假，一切都按照既定程序往前推进。放假前，薛无境把赵丽娟叫到办公室，问："赵主任，学生上午放假回家，下午全体教师大会安排好了吗？"

赵丽娟认真地说："程序已经定好了，具体安排我已经通知校委会成员。不知道薛校长还有什么指示？"

"学期结束，我将这次全体教师大会的主题确定为'分享'，让分管负责同志各自分享一下本学期的工作与收获。同时，你将收集到那些感人的场景图片展示出来，说一说故事背后老师们以校为家的奉献品质和勇于进取、不甘人后的进取精神，从而凝聚起学校发展的不竭动力。"薛无境说完，似乎又想起什么，"会场的背景音乐选好了？"

"去年《加油，加油》挺好的，今年还没确定。薛校长平时喜欢听音乐，知道得多，由你亲自定吧。"赵丽娟笑着说。

"你搜一下今年流行的世界金曲《回家的路》，视频中，有一只狗拉着雪橇穿越丛林。"薛无境说后，犹豫一下，然后肯定地说，

"就是节奏感太强，好在是寒冷的天气，动感的音乐更能振奋老师们激情，无形中增加热量。"这首曲子在薛无境耳边回旋了无数遍，每次听到熟悉的旋律，他会情不自禁随着动感的音乐摇摆起来，浑身充满信心与向上的力量。

在冬天的学期末，薛无境莫名喜欢上这种感觉：外面天寒地冻，北风凛冽；室内暖意融融，欢聚一堂。这种感觉像在家一般，让人亲切又温暖。

赵丽娟不知道薛无境葫芦里卖的什么药，竟要亲自主持。当《回家的路》在屏幕上播放完毕，薛无境走上主席台，说："又是一年春节到，又是一年合家欢。在全校师生共同努力下，学校各项工作取得丰硕成绩，借此机会与大家分享一下，共同感受收获的喜悦。"

首先初中部钟理才校长进行分享，然后小学部夏梅婷校长、党支部副书记魏镇、后勤校长盛才俊、工会主席易华强先后登台，分享了各自职责领域内所做的一些工作和取得的成绩。薛无境一一为他们和获奖的教师赠送了鲜花。

最后，赵丽娟上台，借助大屏幕分享了发生在教师身上那些感人的瞬间。或许平日里一个不经意的动作，却被有心的教师拍下来，发到工作群里，触动着大家敏感的神经。一张张照片只是校园生活中一个短暂的瞬间，却让台下全体教师感受到了身为人师的一种责任，身处桃源学校的家校情怀。

薛无境不善于煽情，却是一个重情重义的人。他知道制度是学校管理的根本遵循，但也不能只凭制度。当热血沸腾的一个生命整天面对冷冰冰的制度，是一种怎样的感受？他能想到，那是一种被囚禁的感觉，将人约束成一个僵化的木偶，机械地重复着昨天的故事。只有制度与人性化管理有效融合，才能打通情感的隔阂，架起相互沟通的桥梁。这种场合，没有平日里严肃认真的说教，只谈付出后的收获，唤醒了每一名教师内心深处向善向上的生命渴望。薛无境导演的这场总结表彰会让每一个人的情感完全释放出来，深度思考着自己的人生价值和生命意义。

会议在热烈喜庆、愉快和谐的气氛中结束，迎接他们的将是一个欢乐吉祥、阖家幸福的新春佳节。

四十

正月十五元宵节过后，空气中的烟花味散尽，年的喜庆终于平淡下来。麦田里浇水的、施肥的、松土的，勤劳的人们又忙碌起来。外出打工的农民离开村子，街巷里变得空荡荡，学校又迎来新的学期。

学生们背着书包，像往常一样早早来到学校，在琅琅读书声中开启新的校园生活。老师们按照原来课程安排继续第二学期的教学任务，习惯了日复一日教学常规，便很快进入自己的角色。冷清一个月的校园在师生们到校后，顿时热闹起来，师生们来来往往，谈笑嬉戏，变得紧张而忙碌。

会议室里，薛无境正在召开新学期第一次校务委员会："根据校长办公会研究意见，新学期，我重点安排以下三项工作：一是，继续关注课堂，通过教师培训学习，不断提升教师科研能力和授课水平，向科学施教要质量，努力打造优质高效课堂。二是，关注学生发展，五育并举融合推进，提高学生核心素养。"薛无境边说边注视着同事们的表情，显得沉稳而庄重，"三是，学校在完成上级安排各项任务基础上，重点做好两件大事，首先按照标准要求，努力创建'明州市智慧校园示范学校'，为学校发展插上现代科技的力量。这项工作具有非同寻常的长远意义，它将改变我们传统的教学模式和办公方式，用现代信息技术助推学校快速发展。其次为庆祝'六一儿童节'，举办一届高水平的文体艺术节，展示学生全面发展素养成果和学校蓬勃向上的精神风貌。"

校委会成员边听边记，内心谋划着如何落实学校部署，发挥科室职责更好展开工作。薛无境讲完，校级班子成员又结合分管工作具体安排，大家思路明确，行动更加坚定。

会议结束后，薛无境单独留下初中部教务主任郭卫华，对他说："郭主任，考虑到你年轻，又懂信息技术，智慧校园示范学校创建由你牵头负责，肩上的担子更重了。"他知道郭卫华身上缺少一些领导干部的担当精神，想给他更多机会锻炼。尤其作为校长，要让每个人的优点充分发挥出来，而不是无限放大他们的缺点，毁了人才也耽误事业发展。

郭卫华一听，深吸一口气，"嘘"了一声，眼瞪得圆鼓鼓的："薛校长，受累多少没关系。我只是科室主任，做些具体工作没问题，让我牵头学校工作没有说服力，怕是难度很大。"说完，脸上显得很为难。

薛无境笑笑，劝慰说："上学期开始，学校逐渐打破层级制管理常规，尝试向扁平化管理转变，目的就是提高工作效率，也想在工作中考验人、锻炼人，让年轻中层干部更有自信，成长更快一些。再说，我的主导思想是谁有能力就往前冲，不需要分管领导充当'二传手'。只要有能力、有责任、有担当，就能完成各项任务，做成一番事业，实现自己的人生价值。"

"我知道薛校长为我好，让我干活多少没意见，一定尽心尽力认真完成，但让我挑头干一件事，这是第一次，我怕干不好。"郭卫华听完，思想不再像刚才那么紧张，语气慢慢缓和下来。

薛无境走过去，拍着他的肩膀说："郭主任，你有能力又年轻，就放手大胆干吧！遇到困难需要我协调解决，学校会及时召开协调会议推动这项工作。我一定给你铺好路子，不会让你受难为。"

郭卫华抬起头，望着这位兄长般的校长，没想到自己在校长心里竟然这么重要和优秀。作为一名普普通通的中层干部，能得到校长的认可和肯定是多么爽心愉悦的事。他一脸的愁容瞬间消失，露出会心的微笑。看到薛无境目光中透出一种恰似兄弟般的情谊和信任，他毫不犹豫点点头，高兴地领着任务走出去。

作为学校领航者，薛无境要让"船员"清晰知道这艘"船"要驶向哪里？当他开完校委会，明确本学期工作重点和具体分工后，心里总算轻松一点，但他最关心学生返校情况，因为每次开学初总会有学生流失到民办学校和城区学校。想到这里，他朝钟理才办公室走去。

"薛校长，初中部学生比较稳定，大都按时返校。只有八年级二班有名学生身体不舒服没来，家长说先让她在家休养一段时间再上学。"钟理才汇总一下各班情况说，"听班主任说，这名学生心理上可能存在问题，爸妈离异，爸爸又长期在外打工，跟着爷爷奶奶生活，厌学情绪很重。"

薛无境听完后，不禁叹一口气说："唉！当下这种问题家庭挺多，父母离异，孩子交给老人抚养，爷爷奶奶娇惯得多。亲生父母为了生活在外忙碌奔波，哪有心思去关心孩子？现在，很多家庭不愁孩子吃穿，但缺少对孩子的陪伴和教育。尤其像这种单亲的'流浪孩子'太多。"临走时，他再三嘱咐钟理才，一定安排班主任和心理教师金娟到学生家里去看看，争取早一天返校学习。

经历过小学阶段的徘徊期，初中学生成绩变得相对稳定，几乎不会流失。薛无境担心小学部情况，便敲开了夏梅婷的办公室。

"夏校长，新学期学生返校情况怎么样？"薛无境见她低头写着什么，开口就问。

"我刚到各班级转了一圈，初步统计结果显示，有十几个学生没有按时到校。班主任打电话问，家长们说在城区买了房子，新学期转走了。"夏梅婷看着手中的笔记本说。

薛无境平静地说："与去年相比，学生流失已经有所下降。但是随着城市化进程加快，楼区越建越多。这么多房子需要乡村人购买，再说，如果城区没有房子乡村孩子找个媳妇都难呀！"

"现在的东郡城比老城区扩大了不知多少倍，人口都在朝城区集中，不久的将来，一个个村庄就会成为'空巢村'。"夏梅婷感慨地说，"到那时，我们乡村学校出路在哪里？尤其现在有些学校，学生不到一百人，办学条件和师资怎么能和城区学校相比较呀！"

"城区教育不断扩大，乡村学校却在逐渐萎缩。新形势下，新问题又出现了。或许将那些规模较小的合并到办学条件好、位置居中的大学校，将有限的乡村教育资源集中到一起，集中优势力量才能维持乡村学校发展。如果分散开来，有限的资源被平均到各个学校，点多面广，我们乡村教育的竞争力就没有了，到那时学生流失将更加严重。"薛无境望着窗外春风中萌动的枝条，思索着说。

两个人正谈着，传达室保安说市图书馆来人了，薛无境赶紧结束话题朝南楼走去。

当薛无境走进办公室，赵丽娟已经为客人沏好茶。"宫馆长，哪阵风把你吹到我们偏远乡村来了？"他推开门笑着说。对于东郡市图书馆馆长宫长庆，薛无境算是老朋友。当初，薛无境在陈湾小学，双方建立了良好合作关系，不但在学校设立市图书馆陈湾小学分馆，还在新城城市书房开辟了校外阅读基地，使陈湾小学师生校内外实现了阅读全覆盖。对陈湾小学设立市图书馆分馆，借助社会图书资源开展大语文阅读，副局长梁瑞东在全市教学工作会议上多次表扬薛无境。

"以前，我们合作挺顺利。现在你换了大学校，我们更应该加强合作。最近，市里要组织青少年读书故事会，希望桃源学校有更多学生参与。"宫馆长毫不掩饰此行目的，就像老朋友见面一样说话干脆直接。

"很好呀，我们需要借助各种各样的活动，让学生在更高舞台上展示自己。"薛无境听完宫馆长来意后，兴奋地说，"只是学生这方面训练少，我们怕把他们推到更大舞台上，能力不足而丢丑，将来失去信心和勇气。"

宫馆长听了薛无境的担忧，笑笑说："如果我们不让学生参加这样的活动，乡村孩子永远没有出头露面的机会，在某种意义上，参与也是一种成长。再说，我联系市阅读学会刘主席，让他派两名专业人员给学生辅导几次，只要有信心，孩子们一定超出我们的想象，站在成功者的领奖台上。"

薛无境听完，心中的忧虑瞬间消失了，便主动邀请宫馆长到学校图书室和阅览室指导一下。打开图书室，一股夏天的霉味在经历秋冬之后依然没有散尽，室内冷冷清清，显然好久没人来了。

转了一圈，宫馆长随手拿起书架上一本书，低沉着声音说："我去了几所学校，图书室几乎都这样，藏书过于陈旧，孩子们真正喜欢读的书太少了。我挺佩服你在陈湾小学时说过的一句话：书宁愿丢失了，也不能放在图书室里霉烂掉。因此，你让语文教师挑选出适合的书放在班级图书角，将孩子们喜欢的图书放在身边，真正利用起来，发挥出它应有的价值。"

"是呀，在你们图书馆支持下，陈湾小学阅读教学搞得风生水起。语文阅读抓细抓实了，学生素养自然而然就能提高上去，为此，陈湾小学赵老师语文考了全市第一，还去市里做过经验交流呢。"薛无境说完，领着宫馆长朝阅览室走去。

阅览室布置得极其简单，东墙边竖着一排书架，书散乱地堆叠着，布满灰尘。东北角放着一个报刊架，报纸陈旧泛黄，已经好久没有更新。中间东西摆放着两排条形桌子，上面落了厚厚一层尘土。

两个人只在室外看了一眼。"宫馆长，现在图书价格高涨，学校经费又紧张，仅凭学校很难解决新购图书不足和阅览条件差的现状，希望市图书馆向乡村学校倾斜一下，帮助我们解决学生'无书可读'的难题。"薛无境带着祈求的眼神说，"我曾经作为一名语文教师，深知没有阅读就没有语文学习。如果教师只关注语文课本上几十篇文章，学生的语文成绩怎么能提高上去？我是看在眼里急在心上呀！"

宫馆长看着一脸着急的薛无境，心里生出一种兄长般的疼爱。他从心里认可薛无境的为人和能力。合作五年多来，双方开展了多次阅读体验活动，配合得很默契，为此结下了兄弟般的情谊。

"市图书馆本来就为读者服务，既然桃源学校有需求，我们一定全力支持。"宫馆长豪爽地说，"我们可以签订一个合作协议，无偿将图书馆里的书借给学校循环阅读。同时，建议你们把阅览室简单装修一下，营造一种温馨舒适的阅读环境，将阅览室打造成校园里师生栖息的精神家园。"

薛无境一听，高兴得简直要跳起来："太好了，我将把陈湾小学的优秀做法搬到这里来，把图书摆放到楼道里、教室里，让学生随时随地可以阅读，发挥出现有图书的最大效益。同时，按照你的建议学校对阅览室装修一下，成为师生紧张教学之余阅读学习、交流思想的好去处。"

目送宫馆长的车驶出校门，薛无境高兴地回转身，瞬间感觉身体轻松了很多。他走起路来轻飘飘的，就像空间站里失重的宇航员，忘掉了长期以来身上的一块心病，显得更加自由自在。

四十一

天气渐渐转暖，假山池塘里的冰慢慢融化，各色大小不一的锦鲤从水底浮出水面呼吸着春天的气息。校园里柳树露出了鹅黄，在浩荡的春风里舒展着曼妙的身姿，引得雀鸟在枝丫间追逐嬉戏。苍劲的塔松苏醒过来，体内的汁液缓缓流动，幽深墨绿的松针里开始透出一点点新绿，一天天变得清新爽朗起来。

校园东南角，薛无境正和后勤校长盛才俊商量为教师修建一处洗车位。"盛校长，只想着办好人民满意的教育，唯独忘了让我们自己满意。学校只有让教师们满意，他们才能更用心用力，专注于课堂教学，提高学校的教育教学质量，因此，我们要把教师的需求装在心里，落实到行动中。"薛无境望着他说，"根据前期教职工需求调查问卷，问题主要集中两个方面：一是解决教职工午休问题；

二是解决教师洗车难题。这两件事学校早应该考虑解决，但迟迟没有行动说明学校对教师关心不够呀，是我们失职，后勤部门尽快想办法解决。"

盛才俊想了想，面露难色地说："以前讨论过这些问题，好事容易做，怕使用管理起来有难度，就一拖再拖。午休问题很容易解决，学校可以拿出两间空闲教室，简单收拾一下就能改造成教师集体宿舍。至于洗车位的问题——"他欲言又止，仿佛有很多难言之隐。

"学校时时刻刻要把教师们的事情装在心里，最大限度满足他们的需求，才能凝聚起学校发展的教师力量。你让装修师傅收拾完阅览室后，接着把空闲的教室改造成宿舍。同时，买阅览桌椅的时候，添置一些双层床，尽可能为更多教师提供休息的床位。"薛无境干脆地说，语气里没有一丝商量余地，让人感觉到校长的威严，"'言必信，行必果。'对于征求来的教师意见和建议，要在第一时间解决。凡是对工作有利的事情，要立说立行抓紧去落实，不要瞻前顾后考虑太多。关于洗车位，我们就定在校园东南角靠近水管和下水道的地方。需要什么设备，你和总务处同志商量着采购吧。"

盛才俊默默点头，还是有点疑虑地说："为规范宿舍和洗车管理，防止个别不自觉的教师在工作时间内乱来，我们要制定有关规章制度来约束教师们的行为，凡是违反规定的教师将被通报批评。"

"你说得很好，凡事不能全凭教师自觉性，我们先把规矩立起来，对那些不自觉的教师用制度去约束他们。今后，凡是符合大多数教师利益的事情，要大胆去做，绝对不能因为个别人不同意和一点点困难撒手不管不问，最终只会伤了更多人的心。"薛无境望着远处在校园里走动的教师，低声说了一句。

正在这时，副书记魏镇兴高采烈从远处跑过来，激动地说："薛校长，明州市级文明校园的牌子我从市文明办领回来了，值得庆贺呀。"

薛无境高兴地看了他一眼，笑着说："我刚接到市人民检察院颜来晴主任打来的电话，说他们被评为'全国未成年人保护工作先进集体'，非常感谢我们的配合，这都是你分管德育工作的功劳呀！"

薛无境回到办公室，喝着茶兴奋了好长一段时间。但是，脑子里却始终放不下一件事，课堂教学改进行动靠谁去推动？如何组织实施？怎么去评价？课改，本来不是一件容易的事，如果只停留在工作安排上，缺少坚强的力量去组织实施和客观评价，将会一事无成。他坐在办公桌前，有序无序的思维如巨浪般涌进脑海，在假设与推理中展开激烈的较量。

不知从何时起，薛无境喜欢挑战困难，很享受在错综复杂困境中找到突围的有效路径，尤其当别人束手无策时他的判断与决定起到了定海神针的作用。他不认为自己是一个聪明的人，但是多年的校长历练让他形成了遇事不慌、积极应对的稳健，就像一位端坐中军帐里的将帅，指引着前线将士们在厮杀中冲出一条希望的道路，抵达胜利的终点。

一杯茶水后，薛无境让赵丽娟通知班子成员到校长室开会。当人员到齐的时候，薛无境直接进入话题说："这学期，基于新课程标准的新要求和'双减'背景下减轻学生课业负担的新任务，学校将'课改'列为重点工作。大家要有时不我待、只争朝夕的紧迫感和知责于心，担责于身、履职于行的责任感，锐意进取，踔厉奋进。只有站在教育改革的潮头，保持住清醒头脑和旺盛的战斗力，才能立于不败之地。因此我们要毫不犹豫抓课改，坚定信心要成效。"

共事近两年，大家已经彼此熟悉，尤其在薛无境带领下，学校工作思路明确，各项工作都在积极稳妥推进，并且取得了诸多成果，已经成为东郡市乡村学校中的佼佼者。但是，大家习惯固有思想下按部就班，"创新"对他们有种不知所措的无奈。

"各位领导是从普通教师一步一步成长起来，在课堂中摸爬滚打了好多年。过去，在课堂中我们意气风发，叱咤风云，积攒了很多有效的策略和经验。我建议，校级班子成员实行包靠学科制，就你曾经担任的学科靠前指导，积极参与，协调推进。我们带头深入课堂听课、评课，做到一周一调度，一月一总结，争取用一学期时间完成相关学科成果报告。"薛无境望着眼前几名得力干将，信心十足地说，"我们先从熟悉的学科做起，有序推进。我带头推动语文学科课改；夏梅婷校长负责英语；赵丽娟主任负责数学；钟理才校长负责化学；魏镇书记负责物理。我们长期在教学一线，熟悉学科改革前沿动向，能把握学科教学规律，从而更好推动课堂教学改进行动。后勤盛校长和工会易主席因为年龄原因不再安排具体任务，只要做好课改保障工作就行。希望大家迅速行动起来，担当作为，早出成果。"

薛无境讲完后，大家纷纷发表自己想法，在思想碰撞中共同寻求课改的突破口。散会后，薛无境立刻找来教务主任郭卫华和学部语文教研组长及备课组长，召开语文课改启动会议。会上，薛无境首先听取他们在语文教学中的困惑，然后做出统一部署。"语文教学是所有学科中最难啃的一块硬骨头，也是首当其冲的课改主战场。当前，所有科目试卷内容阅读量大幅度增加，阅读理解能力不仅仅决定着语文成绩，还制约着其他学科。刚才听大家发言，感受到目前语文教学存在很多问题，所以我们要加快推进语文课改，争取在最短时间内改善语文教学生态，提升学生语文素养。"薛无境一边说，一边注视着每个人的表情，"针对我校语文教学现状，我提三点建议：第一启动语文阅读工程，学校向市图书馆提报了阅读书目，书很快能派送到各班图书角。郭主任调整统一阅读时间，语文教师做好阅读指导。第二为检验阅读成效，每周拿出一节语文课作为'阅读分享课'，让学生互相交流阅读内容和心得。第三开展每周一次大写作，学生要多写，教师要简批、略批，用你们美丽的眼睛发现学生作文中的闪光点，多鼓励表扬，激发他们的写作兴趣。"

在座的人听得目瞪口呆，感觉校长建议与传统语文教学彻底翻转，带着一股打破常规、革新图强的新潮。会议很快结束，大家半信半疑，带着一种试试看的心态走出校长室。

市图书馆与桃源学校合作签约仪式在教学楼前举行，在分管教学副局长梁瑞东和市文旅局郑局长见证下，馆校双方签署合作协议，紧接着宫长庆馆长将新购三千多册图书转交给薛无境。

活动结束后，一行人参观了新建阅览室。仿古的书桌、茶色的藤椅、便捷的茶几、旺盛的绿萝，一切都显得温馨自然，舒适怡人。前面中间放置标有"桃源论坛"的讲台，陈旧的木制书架换成了崭新的钢制书架，原来的旧书全部撤换成老师们平时喜欢阅读的图书。以往，老师们在办公室安心备课，显得紧张又忙碌。自从有这个好去处，教学之余老师们就来这里读读书，谈谈心，成为校园里最靓丽的一道风景线。

梁瑞东转了一圈赞叹不已，对着身边人说："薛校长不但有想法，工作做得也出类拔萃，不到两年时间就把学校理顺得规范有序，成绩斐然。他充分利用校内校外两种资源，将各种优势积极调动起来，推动学校快速发展，值得全市学校学习。"大家听完，都向薛无境投来赞许的目光。

周五放学后，全校语文教师在会议室集合召开"语文教改推进会议"，薛无境亲自主持。"放学后把大家留下来，是要统一思想，推进语文教改行动。前几天，教研组召开了专题会议，我看到大家已经开始行动起来了。"薛无境面对全校三十多名语文教师侃侃而谈，"从事语文教学二十六年，我认为语文教师有三种境界，大家可以对号入座。第一种是教师在水里游泳，学生在岸上看。这样的教师霸占着课堂，唯恐学生学不会，喋喋不休地满堂灌，学生成了无辜的看客。第二种是教师和学生一起在水里游泳，这种教师将课堂留给学生一半，有意识让学生参与教学活动，培养学生主动学习意识。第三种是教师在岸上看，学生在水里游。我国著名教育家叶圣陶曾说：'教任何功课，最终目的都在于达到不需要教。假如学生进入这一境界，就能够自己去探索，自己去辨析，自己去历练，从而获得正确的知识和熟练的能力，岂不是就不需要教了吗？'这样的教师完全将课堂交给学生，让学生成为课堂的主人，教师起主导作用。老师们，你讲得再好是你对语文的理解和把握得好，学生学得好才是'王道'。所以，我希望老师们要彻底将自己从语文课堂中解放出来，将学生拖进水里，让他们在语文知识的海洋里尽情遨游。"

话音一落，会场上响起热烈的掌声。这几年语文教师太难了，只是揾着课本讲课本，阅读无书可读；作文两周一次要求全批全改，一次作文，老师要认真批阅两三天才能完成，写好的批语学生满不在乎，老师们做了大量无用功。学生不经常性练笔，作文水平怎么能提高呢？他们被薛无境求真务实，敢于担当的精神所折服，庆幸遇到了一位懂业务、重实效的专家型校长。

"备课过程中，我们语文教师要注重学习和积累，把你读到的好文章分享给同事，分享给学生。希望每周每位教师推荐一篇好文章，并在文后自行设计理解题，由学部语文教研组长分年级汇总，学期末就能形成桃源学校特有的阅读作业设计。那时，每个人都是知识的贡献者，也是知识产权的拥有者。"薛无境信心十足地说。

星期一升旗仪式，薛无境站在队伍最后面。当升旗仪式开始后，有几名教师陆陆续续才到。薛无境把魏镇叫到跟前，压低声音说："魏书记，关于升旗仪式，我们强调过多次，为什么总是抓不好。如果一个人都不把升旗仪式放在心里，怎么谈爱国。结束后，你约谈一下那几位迟到教师，坚决杜绝这样的事情再次发生。学校里没有什么轰轰烈烈的大事情，都是一些细枝末节的小事，只要将小事做好，学校工作就完美无缺了。再者说，管理是一项常抓不懈的持久战，不要指望一次要求一项制度就会万事大吉。要一以贯之，久久为功，坚持把每一件小事情做好，良好的精神风貌才能恒久不变。"

魏镇不停点头答应着，拿着笔在点名册上圈起来。"魏书记，你是庆六一文体艺术节总指挥，有些工作要早安排，早排练，确保为全校师生呈现一场精彩的盛会。"薛无境提醒说。

"薛校长，我已经召开相关负责人会议，做了具体分工，今周我再调度一下，有问题随时向你汇报。"魏镇一边说，一边关注着升旗仪式的进程。

升旗结束后，薛无境将郭卫华叫到办公室："郭主任，智慧校园创建推进到什么程度了？遇到什么困难吗？"薛无境见他走进来，开口就问。

"根据明州市智慧校园示范校评价指标，我已经把任务分解到具体负责同志，这段时间大家一边学习，一边摸索着往前推进。"郭卫华站到薛无境面前汇报说。

薛无境高兴地点头说："这段时间，我已经感受到变化了。教师出勤不再集中签到而是在手机上打卡，并且请假也用手机操作，这样便于每月后台统计；通知也不用我签批，办公室在企业微信上一转，我在手机上签发'同意'就行；家长也能在手机上查看学生的学习状况，节省了纸张，也便捷很多。"

"按照智慧校园建设实施要求，学校管理将更加便捷高效，只是老师们刚接触这些新鲜事物还不习惯。我想，老师们经常使用，熟悉相关流程，大家一定愿意网上操作。"郭卫华说完，脸上露出笑容。

"刚开始接手这项工作时，你顾虑重重，现在看来，事情并没有你想象的那么难。只要充满自信，脚踏实地，事情一定会朝着我们希望的方向发展。"薛无境鼓励说，"还有不到一月时间，明州市教育局将对我市智慧校园示范校创建工作进行抽查，留给我们的时间已经不多了。'临时抱佛脚'靠侥幸是躲不过去的，督查人员通过后台应用数据判断是不是达标，所以我们要加快实操化推进速度，争取以优异的成绩顺利通过验收，也推动学校管理由传统低效向智慧高效转变。"

郭卫华从心里感恩遇到一位好校长，时时给他鼓励与肯定，让他在平凡且平淡的工作中重新找到人生坐标，向着更加美好的前程接续奋进。

四十二

北方的春天来也匆匆，去也匆匆。南海的风一路凯歌，推搡着北风回到老家西伯利亚。棉衣脱下没几天，大街上开始流动着半截袖和花裙子。

五一过后，学校调整夏季作息时间，午饭后学生趴在教室的桌子上午睡。薛无境从一楼转到三楼，看到学生都安静下来才回到办公室。他丝毫没有睡意，坐在沙发上为一件事发愁。青少年正处在骨骼生长关键期，整个夏天趴在课桌上午休，对身体发育多么不利呀！学校是非寄宿制学校，没有宿舍床铺供学生休息，这可怎么办？

上课铃响后，薛无境将钟理才和盛才俊叫到办公室。"我发现一个问题，和你俩商量一下。进入午休时段，学生趴在桌子上睡眠质量不高，也影响身体发育，怎么解决好呢？"薛无境见他俩坐下，直接把问题抛出来。

两个人相互看看，不知道怎么回答。沉默一会儿，钟理才面露难色地说："以前，学生午休趴在教室里，学生们都习惯了。更何况，从全市看，非寄宿制学校几乎所有学生都在教室里午休，这个问题不好解决。"

"我们小时候，上学带着一个装肥料的尼龙袋子，铺在课桌底下就睡。现在条件优越，没人再用那东西了。"盛才俊接着话题说。

薛无境认真听着，却始终保持沉默，心想：一位好校长不仅要善于发现问题，而且要敢于面对问题，勇于解决问题，不能遇到问题绕开走。这个问题不能再拖下去，要尽快让孩子睡上安稳觉。"我关注网上有种午休垫，很简易，价格也不高，铺在地上就可用。如果学生有它，就可以躺平身子安心睡上一觉。"

听完之后，两个人面面相觑，脸上露出一点担忧。"现在的家长事事多，有一点不合心意就拨打惠民热线，让学生自己购买，会不会引来家长投诉？"盛才俊皱着眉头说。"如果学生买午休垫，都铺在教室里，怕也盛不下，再找什么地方呢？"钟理才也疑惑地问。两个人的话语中都带着一种畏难的情绪

薛无境仿佛早有考虑，坚定地说："怎么去购买？盛校长组织家委会成员坐下来商量解决。今后，凡是涉及与学生有关的钱和物，一律由家委会成员协商确定，我们只做好规范引领，不收家长一分钱。午休如何管理？由钟校长负责安排。教室空间有限，一部分学生可以留在本班教室，将课桌临时集中在一起，午休垫放在空闲的地方；另一部分学生可以到多功能教室，我们需要将利用率低的功能室临时用作午休室，平时上课，中午休息，一室多用，尽可能将闲置空间充分利用起来，确保学生午休质量。"

两个人听完，露出赞许的目光。大家都知道学生趴在课桌上午休会影响身体，却始终拿不出解决问题的办法，这个问题仿佛很清楚原因出在哪里，却又说不出解决办法。两个人听完薛无境一番话，感觉豁然开朗。问题不在难与易，只要勇敢面对，再难的问题也能解决；相反，一味找理由去推脱，再容易的问题也变得难上加难。问题不在事情本身，而在人身上。

一周后，所有的房屋都利用起来，学生安心睡上午休垫，薛无境看在眼里喜在心上。这件事在东郡教育公众号发布后，一些校长纷纷打电话咨询，薛无境仿佛成了第一个"吃螃蟹"的人，学生睡得香甜，他也收获了成功的甜蜜。

下午正课结束，学生进入课后延时服务。操场上人声鼎沸，热闹非凡，锣鼓队、彩旗队、腰鼓队、拍篮球、校园舞、健身操、跳绳表演等一支支队伍在各自场地中紧张排练。级部主任和指导教师在表演队伍中来回穿梭，纠正那些不规范的动作，薛无境和魏镇站在表演队伍旁边不时给予表扬和鼓励。"薛校长，这次庆六一文体

艺术节是你来桃源学校后最隆重、最热烈的一次活动，我要求级部主任利用阳光大课间、体育课和课后延时服务等等一切可以利用的时间，认真准备，争取用最精彩的演技展现给全校师生。"魏镇边走边说。

"是呀，为了排练节目老师们挺辛苦的。我看这些节目都是老师们的原创，他们一边搞创意一边教给学生，确实花费很多心思，能看出我们教师队伍中藏龙卧虎呀！"薛无境脸上露出微笑，"魏书记，你是总指挥操心最多。前几天，省教育公众号公布了'省级卫生先进单位'，桃源学校位列其中，你作为分管领导功不可没呀！"

魏镇脸上像开了花，高兴得合不拢嘴："是薛校长领导得好，我们只是做了分内事情。"魏镇谦虚地说，"老百姓有句俗话，'要想跑得快，全靠车头带'。学校发展就看校长一把手，只要你指明了方向，我们这些干活的就会往前冲。如果校长没有明确目标，不提出具体要求，我们就像'无头苍蝇乱撞'，不知道该怎么做好。"

薛无境听完笑笑，没有再说什么。

第二天一上班，郭卫华找到薛无境说："薛校长，智慧校园示范学校验收组今天将到我市，检查内容以后台数据为准，同时抽签确定抽查学校。汇报 PPT 已经做好拷贝到你的电脑上了。"

"如果抽到我们学校由你来汇报吧，毕竟这方面工作你最专业，也非常清楚学校在这个方面做了什么，做得怎样。"薛无境眼里透出鼓励的目光，"你们年轻人有机会多锻炼，经历事情多了，再遇到困难就会迎刃而解。"

"好吧，但愿别抽到我们学校。"郭卫华祈求说，"做得再好，也有美中不足的地方。"

正如郭卫华所期盼的，在担忧焦急中等待一天，检查组没有来，而是去了其他学校。放晚学时，薛无境将郭卫华叫到办公室，带着轻松的心情说："非常感谢你的付出与努力，让学校治理方式由传统笨拙朝着智慧快捷的方式转变。尽管检查组没来，但是智慧校园还有大量工作要做，你要持之以恒向前推进，真正让信息技术改变我们的校园生活。"

"薛校长放心吧，在今后工作中，我会及时提醒教师利用信息技术手段来改善我们的课堂教学，运用企业微信各种程序来提升学校办公效率。"郭卫华像是立下军令状，坚定又果断地说。

薛无境从心里喜欢郭卫华，做事情稳妥又踏实，所以有些难处理的问题总是有意让他去解决。在薛无境意识里，校长不仅行使学校管理权，还要培养后备人才，尤其要培养有思想能作为的教师脱颖而出一步步走上校长岗位，毕竟，学校是青年人施展才能的天地，未来要由他们做主。

距离六一儿童节还有两天，文体艺术节一切准备工作紧锣密鼓向前推进。薛无境一早到学校转了转，然后去了桃源学区甄伟主任的办公室。"甄主任，受疫情影响三年，学校一直没组织过大型活动。现在疫情结束了，又恰逢六一儿童节，学校要举行一次文体艺术节，营造节日喜庆气氛，借此展示学校素质教育成果，我特来向你请示。"薛无境坐在甄主任对面，笑着说。

"很好，学区完全赞成和支持。我来桃源镇七年，大规模全镇集体活动组织得很少。想不到还有最后一次机会，也算我离岗前的汇报演出吧。"甄伟坐在沙发上，身子往座椅后背上一靠感慨地说，"你们认真准备，到时候我邀请一下市教体局和镇党委主要领导，让他们一起参加，共同见证近年来桃源教育素质教育发展成果和全体师生良好的精神风貌。"

薛无境坐在那儿，显得有些紧张，心想：如果上级领导出席活动，这事可就闹大了。一杯茶没喝完，他就从甄伟主任办公室走出来，然后开车直接去了曲志强的企业。

曲志强正和几个部门经理商量问题，见薛无境走进来，连忙站起来。那些经理见有客人来，都走了出去。"薛校长怎么有空跑到我这儿来了？"他一边沏茶一边客气地问。

"好久不见，想你了呢！最近企业效益挺好吧？"薛无境顺手接过茶杯，坐在曲志强对面，半开玩笑说。

"挺好的。疫情过后，国家出台了一系列民营企业扶持政策，我们企业正趁着社会经济全面复苏的势头，抓紧时间赶制订单呢。"曲志强脸上带着成功人士的自信。

"老同学不仅是创业成功人士，还是慈善爱心人士，感谢你为学校设立教育发展基金，极大刺激了教师工作积极性和学生学习热情，真是功德无量呀！"薛无境赞扬一番后，话锋一转，说，"后天是六一儿童节了，邀请你作为特邀嘉宾参加文体艺术节庆祝活动，可要赏脸呀！"

"只要没有重要的商业应酬，我一定参加。"曲志强爽快地答应了，"如果需要我做点什么，老同学尽管指示。"

薛无境心里笑了笑，有种愿者上钩的感觉。"你参加，那简直那太好了！甄主任还邀请市教体局和镇党委领导参加，如果老同学能发扬一下爱心，为教师定订制一件 T 恤衫，他们穿着统一的服装更显规范和精神，气场会格外壮观。"

曲志强愣了一下，脸色显得不自在，但很快舒展开来，便爽快地说："既然领导们都去，咱俩又是老同学，我支持一下。现在定制已经来不及，你统计好每一名教师的服装尺码，我马上安排人到服装城采购，别耽误你们后天上场。"

薛无境从曲志强办公楼走下来，心里感觉无比轻松。多年来，桃源学校老师从来没有一件统一的服装，而城区民办学校教师都有工作制服，相比之下，老师们的精气神逊色不少。多年的问题终于得到解决，薛无境怎能不高兴呢？

回到学校，薛无境迅速召开校委会，对校园环境、演出环节、后勤保障、嘉宾接待、宣传报道等方面做了详细安排。他力求每项工作有人负责，每名教师都有事做，凝聚起大家的力量，办一届出彩的文体艺术节，让学生高兴，让社会满意。

四十三

六一儿童节到了，校园里绿树成荫，鲜花盛开。师生们兴致勃勃，欢腾雀跃，处处洋溢着祥和喜庆的节日气氛。

晨光透过法桐树的叶隙落在校园里，光芒万道，清爽怡人。花坛里月季花、凌霄花等各色花卉姹紫嫣红，争奇斗艳，尽情释放着娇美的容颜；假山上流淌下清澈的池水，激荡着水中的荷花欢闹不已；池中的锦鲤追逐嬉戏，自由畅游，如入无人之境，享受着属于自己的快乐时光。教学楼前，一块块宣传看板整齐排列在广场两侧，图文并茂展示了学校两年来取得的丰硕成果。电子屏里滚动着庆祝儿童节的红色标语，营造出一种热烈浓厚的节日氛围。

操场上，人声鼎沸，彩旗招展，表演队伍已经整齐排列在跑道上，随时等待开幕式的号令。主席台后面是一幅巨大的幕布，在红色的背景下写着"传承红色基因，放飞青春梦想——桃源学校庆六一文体艺术节"。此时，薛无境和甄主任站在校门口，等候领导们到来。"薛校长，今天真是好日子，我打报告已经约好了局领导和镇领导。恰好，按照市里统一安排，包靠镇街的市领导也要到学校和学生一起欢度儿童节。"甄主任认真地说。

薛无境一听，感到有点惶恐不安，毕竟他直接面对市领导的机会不多，这让他有点紧张。但一想到全校师生在注视着他，更何况他是这里的主人，又瞬间镇定下来，激动地说："感谢甄主任对桃源学校厚爱，给我们提供如此高规格的展示机会，我们一定全力以赴，为领导奉献一场精彩纷呈的演出。"

两个人正说着，镇党委书记董涛波和企业家曲志强先后从车上走下来。互相问候之后，一起站在校门口等领导。薛无境望着教师们统一着装，笑着对三人说："这次活动感谢曲总赞助，为每名教师购买了一件T恤衫。老师们穿着统一的上衣，显得规范整齐，更有精神。"

"一万块钱对曲总不算什么，但是这份爱心很难得。少喝一顿酒就能省下钱来奉献社会，为母校多做几件好事，不愧是名副其实的爱心企业家。"董涛波朝曲志强点点头，称赞说。

"曲总作为社会知名人士，出钱出力关心支持学校发展，学校已经聘任他为社会监督委员会主任，一起推动学校发展。"薛无境面带微笑说，"我们希望曲总做大做强企业，不断为学校发展注入强大动力，共同努力办好老百姓满意的乡村教育。"

不一会儿，一辆商务别克车和大众帕萨特一前一后停在校门口，局长芮涛生从前车走下来，随后市领导从后车下来。大家见状，急忙迎上去。

市领导抬头看了看，对周围的人笑着说："三年前，疫情复学验收时，我作为桃源镇的市级包靠领导来过这儿。三年过去了，学校变得越来越整洁有序，教学和文化氛围也越来越浓，和城区学校完全一样了！"

待大家一一介绍后，市领导有点吃惊地说："想不到，薛校长还是市政协聘任的文史研究员！你的名字我听文史委同志提到过，工作之余热爱东郡文史研究，利用假期和双休日跑遍了东郡市角角落落，已经整理发表了十几万字的文章，很是敬佩呀！"

受到领导夸奖，薛无境显得很不自然，也不知道说什么好。此时，赵丽娟戴着话筒，腰间挎着扩音器，已经做好解说准备，薛无境便引领大家来到展板前。赵丽娟用甜美的声音全面细致介绍学校工作，从党建统领到现代学校治理，从规范管理到人情关怀，从课程建设到学生核心素养，从课堂教学到各项活动开展，最后到展示学校成果的光荣榜。领导们边听边看，不住点头称赞，薛无境站在旁边，偶尔也会指着看板上的图片和文字补充几句。

芮涛声和董涛波两个人跟在市领导后边，边听边靠在一起耳语着什么。薛无境听不清他们在说什么，但是通过脸上的表情能猜到两个人在分享一件值得庆贺的喜事。听完学校介绍，薛无境看看开幕式时间已到，便急匆匆带着领导们往操场走去。此时，全校师生已经在操场上集结完毕，随时准备着艺术节开幕。

看到一行人在薛无境带领下步入操场，大家的目光齐刷刷聚焦到一起，都在猜想今天有哪些领导来参加活动。领导们健步走上主席台，落座后欣喜地看着眼前壮观的场面，脸上透着笑。薛无境环视操场一周，当看到魏镇朝他招招手，示意一切准备工作就绪，便把话筒拿到嘴边，拉开了庆六一文体艺术节的帷幕。

薛无境怀着激动的心情首先介绍出席活动的各位嘉宾，老师们听着，露出惊奇的神情。在他们记忆中，作为一所乡村学校能邀请市领导和局长参加活动尚属首次，不禁生出一种从未有过的自豪感。

魏镇一声哨响，站在跑道内的各支表演队伍立即打起精神，挺胸昂头，展现出一种战斗者的姿态。四名护旗手穿着统一的白色衬衣，蓝色裤子，精神抖擞抬着国旗，走在队伍最前面。一名学生指挥员走在国旗后面，举着手中的旗有节奏地上下舞动。后面四名同学看着指挥员的旗号，抡起胳膊使劲敲着大鼓，意气风发。再后面依次是小鼓方阵、小号方阵、花束方阵、彩旗方阵和各年级运动员代表队，他们迈着整齐矫健的步伐，喊着响亮的口号款款从主席台前经过。

待运动员入场完毕，局长芮涛声讲话说："初夏时节，树木繁茂，百花争艳。在六一儿童节到来之际，我代表市教体局向桃源学校全体少年儿童表示热烈祝贺，祝你们健康成长、全面发展、学有所成；也祝老师们身体健康，工作顺利——"最后，他面带微笑说，"今天，我给全校师生带来一个好消息，我市申请成为省首批'乡村教育振兴试验区'。鉴于桃源学校优质的办学水平和教育质量，经局党组研究决定，确定桃源镇为'强镇筑基'试点乡镇，目的是充分发挥桃源学校作为乡镇驻地学校的支撑和辐射带动作用，强化乡镇驻地学校在新型城镇化中的引领和吸附效能，提升镇域内整体办学质量水平，从而推动义务教育优质均衡发展，赋能乡村振兴。"

操场上响起热烈掌声，老师们欢欣鼓舞，击掌庆贺。两年来，学生在教师精心培养下捷报频传，中考升学率不断攀升。家长们满意地笑了，老师们却在日复一日的辛苦付出中熬白了头发。多少个日日夜夜，多少次挥汗如雨，桃源学校从一所乡村薄弱学校创建为优质学校，里面凝聚着老师们多少智慧和辛勤的汗水，一块块金色的奖牌就是最好的见证。

最后，市领导宣布：桃源学校庆六一文体艺术节开幕。操场上，各年级排练的节目轮番上场，腰鼓、跳绳、拍篮球、健美操、武术一个比一个精彩，一个比一个吸引人的眼球。主席台上的人看着学生们精彩表演，惊叹不已。标准整齐的动作，自然大方的神态，几乎达到了专业演员的水准。薛无境想，只有老师们想不到，没有学生做不到，只要给学生足够信任，他们一定会给大家创造一个意想不到的惊喜。领导们认真欣赏着，不时转过头和身边的人议论着，称赞着，脸上露出喜悦的神情。

表演结束，各项比赛正式开始。领导们兴奋地从主席台走下来，薛无境陪着市领导走在前面，他让赵丽娟拿来一本《走读东郡》顺便递给他。市领导翻了翻笑着说："这本书写了家乡的风土人情和历史文化，要让孩子们多读一读，从小培养他们的家国情怀。同时，我也让新华书店负责同志配送了一批学生必读书本，从小教育学生养成多读书、读好书的习惯。"

甄主任紧跟在芮涛声旁边，两个人有说有笑，声音压得很低。薛无境只顾和市领导谈书的内容，偶尔转身一瞬间，感觉芮涛声和甄主任目光正注视着他，时不时点头笑一笑。

送走领导们，薛无境陪着甄主任来到办公室。他沏了一杯茶端到甄主任面前，顺便坐在他身边。"薛校长，今天活动很精彩也很成功，领导们对你和学校评价很高。"甄主任端起茶杯，吹了吹漂浮在水面上的茶叶，轻咽了一口，兴奋地说。

"因为你和学区领导得好，学校才做得好。没有你的大力支持和正确领导，两年时间，桃源学校也不会实现弯道超车，取得如此大成绩。"薛无境有意往甄主任脸上贴金。

"这样说我很高兴呀！在桃源镇工作七年，我做事认真讲原则，做人本分守底线，踏踏实实从来没有偷懒，也算为桃源教育做出一定贡献。"甄主任略带感慨地说，"再有一个月，我就退下来了，虽有伤感但问心无愧。"

薛无境从甄主任目光里，看到了一点失落。人呀！在职场上都有退下来的时候，不知道自己到了那一天会是什么滋味。"甄主任，不要想那么多，说不定你还领着我们继续干呢。"薛无境安慰说。

"怎么可能呀！人到一定年龄，该退就退下来，安享晚年，也为你们年轻人让路。"甄主任认真地说，"虽然我们共事时间不长，但交情很深。两年来，通过桃源学校发生的巨大变化，我认为你是一个思想睿智、尽职尽责、敢担当能作为的好校长。刚才，我在芮局长面前称赞你的优点和工作成绩，希望将来能接替我的工作，借助实施'强镇筑基'试点乡镇，发挥好驻地学校龙头带领作用，推动全镇学校更好更快发展。"

薛无境听完，不知道说什么好，一时间，办公室显得异常安静。此时，薛无境内心的各种感情交织在一起，为甄主任即将离任伤心，也为他推荐自己心存感恩，更为自己曾经与甄主任有过的误解而自责。或许，人在某个特定时间，多愁善感的情绪犹如一个奇妙的"哈哈镜"。悲，哭不得；喜，笑不得，只能在心底里围着敏感的神经末梢打转转。

暑假，为精简机构，提高工作效率，努力创建省首批"乡村教育振兴实验区"，东郡市教体局印发《关于加强镇街学区建设实施意见》。通知明确规定实施"强镇筑基"试点的乡镇不再单独设立学区，镇街驻地学校校长兼任学区主任，统筹管理全镇街教育教学工作。

三天后，薛无境被东郡市教育工委任命为学区主任兼桃源学校校长。